暗手

角川文庫
22125

目次

主な登場人物

加倉昭彦……台湾で殺しを重ね、イタリアに逃れてきた日本人。ヨーロッパの黒社会で「暗手《アンショウ》」と呼ばれている。ほかに高中雅人、ヴィト・ルーなどの偽名を使い、裏社会に生きる。

大森怜央……イタリアのサッカークラブ、ロッコに所属する日本人ゴールキーパー。

大森綾……怜央と8歳違いの姉。

ミカ……ミラノの高級売春クラブの日本人娼婦。

アドリアーナ・バレッリ……ミラノの高級売春クラブのマダム。年齢不詳の美人。

王天《ワンテイエン》……サッカー賭博の帝王。中国大陸から東南アジア、オセアニア、ヨーロッパまで手広く稼いでいる。

ジミー・チャン……中華系マレーシア人。賭博組織の末端に連なるチンピラ。

馬兵《マービン》……凄腕の殺し屋。人民解放軍特殊部隊出身。

イーサン・ホー……アメリカ生まれの中国人。傭兵。馬兵に恨みを持っている。

蔡道明《ツアイタオミン》……台湾生まれの大人《ダーレン》。昔気質の黒道《ヘイタオ》で、面子をなによりも重んじる。

呉孝勇《ウーシャオヨン》……かつて台湾プロ野球の放水《ファンシュイ》（＝八百長）に関わっていた組織の末端にいた男。今は手下を従えるまでに出世した。

謝志偉《シエジーウエイ》……呉孝勇の右腕。

曹暁旭《ツアオシャオシュー》……上海や北京の金持ちからの依頼を受けて八百長を仕組むことを仕事にしている男。

ダニエル・フー……曹の右腕。

ジャンルカ・アブルッツェーゼ……怜央のチームメイト。センターバック。

ジャンルイジ・ポジェッティーノ……怜央のチームメイト。売り出し中のミッドフィルダー。

周凱《チョウカイ》……情報屋。

シルケ……ベルギー人。ミカの同僚。

暗手

0

欲望に身を任せた。
嘘をつき、それを糊塗《こと》するためにさらに嘘をついた。
糊塗しきれなくなると、殺した。
嘘をついてまで手に入れたかった女に愛想を尽かされた。家族に捨てられた。
さらに殺した。
顔を変えた。名前を変えた。
そして殺した。
殺した。殺した。殺した。
殺しすぎて台湾にいられなくなった。
そしておれは今、イタリアにいる。

1

運河沿いのバルでオレンジジュースを啜《すす》った。

ナヴィリオと呼ばれるエリア。運河のおかげで密貿易が発達し、かつては犯罪者の巣窟《そうくつ》と呼ばれていた。今じゃ、お洒落《しゃれ》な観光地だ。

運河の両脇の道を無数の人間たちが行き来する。大抵は地元民。少しダサい恰好《かっこう》で歩いているのは外国からの観光客。

オレンジジュースを啜りながらそんなやつらの顔を眺める。漫然と眺め続ける。

いつしかそれが習性になっていた。顔を見られるのが嫌いだ。代わりに人の顔を見る。飽きることがない。

しばらくすると、人混みの中にジミー・チャンの顔が浮かび上がる。中華系のマレーシア人。サッカー賭博《とばく》組織の末端に連なるチンピラで、ヨーロッパ中を忙《せわ》しなく渡り歩いている。

ジミー・チャンはおれの隣の席に腰をおろした。

「久しぶりだな、暗手《アンショウ》」

ジミー・チャンが言った。暗手というのはヨーロッパの黒社会《ヘイシエアフウイ》におけるおれの呼び名だ。暗闇から伸びてくる手。いつしかそう呼ばれるようになった。

本名はだれも知らない。おれも忘れてしまった。

「なんの用だ」

おれはオレンジジュースを啜りながら聞いた。目はまだ人混みの中の顔を追っている。

「おまえ、日本語ぺらぺらだったよな」

「英語もイタリア語もぺらぺらだ」

おれは答えた。ジミー・チャンが顔をしかめた。

「レオ・オーモリを知ってるか」

「名前だけなら」

おれはうなずいた。大森怜央《おおもりれお》。五年ほど前に、日本からベルギーのサッカークラブに移籍してきたゴールキーパーだ。そこでの活躍が認められ、今はミラノから北東に車で一時間半ほど走った田舎町、ロッコのクラブにいる。

プロビンチアの奇跡——田舎町の奇跡と呼ばれてセリエAに昇格したのが先シーズン。すぐにセリエBに落ちるだろうと目されていたが、なんとか踏ん張ってセリエAに残留した。そのロッコが守備力強化のために大森をベルギーのクラブから買ったのだ。

「ある筋がオーモリを手に入れたがってるんだ。引き受けてくれないか、暗手」

それには答えず、グラスに残っていたジュースを飲み干した。

八百長絡みの仕事は消してしまったはずの記憶を刺激する。

おれは暗手。イタリア黒社会の何でも屋。殺し以外の仕事ならなんでも請け負う。殺しには飽いた。反吐《へど》が出るほど飽き飽きした。

「うまく行けば、二十万ユーロがおまえの懐《ふところ》に入る」

ジミー・チャンが下卑《げび》た目でおれを見る。おれは人混みからジミー・チャンに視線を移した。

「おまえはいくら取るつもりだ」

ジミー・チャンの睫《まつげ》が震える。おれはジミー・チャンを殺すところを想像する。そうするだけで、おれの目は氷のように冷たくなるらしい。度胸のないチンピラはそれで震え上がる。

「お、おまえに三十万、おれに十万。それでどうだ」

「おまえはなにもしない。それなのに十万だと」

「話を持ってきたじゃないか」

ジミー・チャンの口から唾《つば》が飛ぶ。おれは嗤《わら》ってやる。そもそも、四十万などという半端な金額がおかしいのだ。この件でジミー・チャンに提示された金額は五十万ユーロに違いない。

「おまえに四十万。おれに十万」

ジミー・チャンが折れた。おれはグラスをテーブルに置いた。

「わかった。引き受けよう」

おれの目はまた人混みに向けられる。無数の顔を眺めはじめる。

＊＊＊

ヨーロッパのサッカーシーズンは秋にはじまり、夏が来る前に終わる。シーズンを通してサッカー賭博は行われているが、大きな金が動くのはシーズンが終わりを迎える時だ。

優勝が絡む試合。チャンピオンズリーグやヨーロッパリーグへの出場権が絡む試合。そして、降格や昇格が絡む試合。試合は熱くなり、金を賭《か》ける連中の頭も熱くなる。賭け金が跳ね上がる。

八百長を仕組んでいるやつらが涎《よだれ》を垂らす。

イングランドのプレミアリーグ、ドイツのブンデスリーガ、イタリアのセリエA、スペインのリーガエスパニョーラ、チャンピオンズリーグにワールドカップ。そしてEURO。

どれほどメジャーなリーグでも、どれほどメジャーな大会でも、八百長を仕組もうとする連中は跡を絶たない。

スーパースターは八百長には関わらない。つまり、八百長も跡を絶たない。スーパースターを目指す連中も関わらない。

だが、そんな連中は一握りに過ぎない。大抵のサッカー選手はスーパースターになるどころかビッグクラブから声がかかることもなく、弱小、もしくは中堅クラブでキャリアを終える。稼げる金もたかが知れている。

あるいは、南米やアフリカからやって来る選手たち。やつらは金儲《もう》けのためにヨーロッパにやって来る。クラブが払ってくれる給料以上の金がもらえるのなら、モラルは簡単に道端に投げ捨てる。

そうやって、ヨーロッパ中に八百長の触手は伸びていく。

中国人が金を稼ぐようになって、その傾向は顕著になった。

やつらほど博打《ばくち》好きな民族はいない。だれもかれもが博打にとち狂っている。

おれも昔、台湾で野球の八百長に手を染めた。破滅した。

今は秋。シーズンははじまったばかり。春が来る頃には大森怜央を落とさなければならない。

おれは自分のアパートに戻り、作戦を練る。

〝暗手は引き受けた仕事は必ず成功させる〟

それがおれの信用だ。信用を失えば生きてはいけない。

それがルールだ。

＊＊＊

地味だが金のかかったスーツ。丁寧に撫《な》でつけた髪の毛。銀縁《ぎんぶち》の眼鏡。

それだけでおれの印象はずいぶん変わる。顔見知りの車泥棒から借りたアウディＱ５を駆ってアウトストラーダを北上し、ロッコへ向かう。

大森怜央の行動パターンはすでに入手済みだ。今日は水曜日。練習が終わるとクラブハウスで昼食をとり、家の近くのバルでエスプレッソを啜りながら、スマホで日本の情報をチェックする。家にひとりでこもっているのが苦手なタイプ。日本人には珍しく語学習得にも意欲旺盛《おうせい》で、今では日常会話ならイタリア語にも不自由しない。

ロッコは周囲を森に囲まれた小さな町だ。町の北西に細長い湖が広がり、景観は隣町のコモと瓜《うり》二つ。だが、コモは高級リゾートとして発展したが、ロッコは田舎町のまま眠り続けている。

町の中心にある教会のそばにスペースを見つけてアウディを停める。午後一時二十分。五分ほど歩いて大森の行きつけのバルへ向かい、カプチーノを注文する。

無愛想な主人がおれのイタリア語を耳にして目を丸くする。

バルは田舎町のバルなりに混んでいる。おれはカウンターに肘《ひじ》をつきカプチーノを啜る。

「日本人か？　レオの取材に来たジャーナリストか？」

隣にいた小太りの中年男が話しかけてくる。濃い緑のジャケットにオークリーのサングラス。典型的なイタリア男。

「日本人だが、ジャーナリストじゃない」

「じゃあ、レオのファンか。レオに会いたくてこんな田舎町までやって来たのかい？」

おれは曖昧《あいまい》に微笑んだ。

「おれはレオの応援団の副会長なんだ。知ってるか？　レオがゴールマウスを守るようになって、ロッコの失点は去年よりずっと減ってるんだ。レオが来た時は、日本人にゴールキーパーなんてできるのかって思ってたけど、レオは凄《すご》いぜ」

「もうすぐ日本代表の正ゴールキーパーになるさ」おれは言った。「それぐらいいい選手だ」

男が破顔した。大森が誉められると自分が誉められたように感じるのだ。

「もうすぐ、レオがここに来るぜ。練習が終わったらここに顔を出すのが日課なんだ。今いる客の半分以上はレオ目当てで通ってるのさ。凄くフレンドリーな男だ。あいつに会ったらだれだってファンになる。なあ、会ってみたいか？　よかったら、紹介してやるぜ。おれはなんたってレオ応援団の副会長なんだからな」

「いいのかい、お願いしても」

「もちろんさ。わざわざ日本から来てくれたんだ。任せておけ」

イタリア人の単純さは賞賛に値する。おれは男が差し出してきた手を握った。

「ありがとう、アミーコ」

友よという呼びかけに、男はまた破顔する。

「おれはレオのアミーコだ。おまえがおれのアミーコってことは、おまえもレオのアミーコだ」

「レオが来たぞ」

だれかの声が響いた。客たちの視線が一斉に店の外に向けられる。深紅のアウディTTが爆音を轟《とどろ》かせながらこちらへ向かってくる。

TTはバルの真ん前に停まった。大森のために用意された特等席。大森は愛されている。このバルだけではなく、街中から愛されている。

かつて、おれにもそういう時があった。ノーヒットノーランを達成したあの夜、おれは間違いなく街中のヒーローだった。

大森が車から降りてきた。公表されているスペックは身長百九十二センチ、体重八十八キロ。日本人離れした体格に、愛嬌《あいきょう》のある顔。大森はだれかれかまわず笑顔を振りまきながらバルに入ってきた。迷う素振りも見せず、窓際のテーブルにつく。そこもまた大森のための特等席なのだ。

「来いよ、アミーコ」

男がおれを促した。人混みを掻《か》き分け特等席に近づいていく。

「レオ、紹介するぜ。日本からわざわざやって来たおまえの大ファンだ」

男が大森の前に立つ。大森は一瞬、きょとんとした顔をする。男の早口のイタリア語が理解できなかったのだ。

「高中《たかなか》と申します」

おれは言った。高中雅人《まさと》。パスポートも名刺も用意してある。

「この方が紹介すると言って聞かないものですから。申し訳ありません」

「大森です」

大森はにこやかな笑みを浮かべて立ち上がった。百八十五センチのおれを見おろした。

＊＊＊

サッカーの八百長と一口に言っても、その形態は様々だ。

シーズン終了間際によく起こるのが、チームによる対戦相手の買収だ。降格圏にいるチームはなんとしてでも勝ち点を積み上げたい。優勝を狙っているビッグクラブや、降格争いを演じている弱小クラブに八百長を持ちかけても意味がない。

中位に位置している中堅クラブ。勝ったからといって優勝争いに絡めるわけでも、ヨーロッパリーグへの出場権に手が届くわけでもない。負けても降格するおそれはまったくない。

そんなチームに、なんとしてでもリーグ一部に残留したいクラブが話を持ちかける。

次の試合で勝ち点を譲ってくれ。百万ユーロでどうだ。

大抵の場合、取り引きは成立する。買収されたチームはフォワードがシュートをミスする。ディフェンダーがペナルティエリア内でファウルを犯す。キーパーがなんの変哲もないシュートを見送る。

　そして、試合後のプレスカンファレンスで言うのだ。

「シーズン終盤に来て、選手全員のコンディションが落ちてきている。あり得ないミスが続いて負けてしまった」

　疑いは残るが証拠はない。だれもなにも証明できないまま、すべてはうやむやの内に葬《ほうむ》られる。

　八百長組織が絡む場合、ことはもう少し複雑だ。

　だれかがだれかを買収する。金、あるいは女、あるいは脅し。

　買収されただれかが、またかだれかを買収する。買収の対象は多岐にわたる。チームのオーナー、あるいはチームの監督、あるいは選手、あるいは審判。

　組織にとって旨《うま》みのある買収の対象は審判と選手、中でもゴールキーパーとディフェンダーだ。

　フォワードやミッドフィルダーを買収できたとしても、それで試合結果をコントロールすることは至難の業だ。

　素晴らしいスルーパスを出しても相手にカットされるかもしれない。生涯に一度というようなシュートを放ったとしても、キーパーのファインセーブに合うかもしれない。

　いずれにせよ、前線の選手は試合の勝敗を決定づけることには使えない。

　ディフェンダーなら相手の決定的なパスを見送ることができる。ペナルティエリア内でファウルを犯して相手にペナルティキックを与えることができる。

そして、キーパーなら相手に得点をゆるすことができる。

昔、ある男が得意げに言った。

「心を読むんだ。そして、いいように操ってやる。買収できないやつなんていない」

かつて、おれは買収され、チームメイトを買収した。

ほとんどの人間は買収できる。だが、できないやつもいる。

おれは買収できなかった男を殺した。

そして、堕《お》ちはじめた。

2

「貿易商ってやつですね」

大森が言った。スパークリングウォーターの入ったグラスを傾ける。酒はいける口だが、シーズン中は飲まないらしい。

「そんなに大袈裟《おおげさ》なものではないんですよ。どちらかというと、個人輸入業者と呼んだ方が近い」

おれは赤ワインを啜り、生ハムを口に運ぶ。味はしない。台湾にいた頃、おれは味覚を失った。ある日突然、なにを食べても飲んでも味を感じなくなったのだ。味がしないだけで、不味《まず》いわけではない。だから、食べる。身体にエネルギーを補充するためにだけ食べる。

フロアスタッフが大森の頼んだズッパを運んでくる。ここは大森の行きつけのリストランテ。オーナーシェフは、ロッコの選手たちの栄養士を自任しているらしい。日本語に餓《う》えているのだと言った。

バルで男に紹介された後、大森自《みずか》らが晩餐《ばんさん》におれを招待してくれた。日本語に餓《う》えているのだと言った。

「普段ミラノにいるんなら、田舎の料理は口に合わないんじゃないですか」

「ミラノで旨いものを食おうと思ったら、それなりに金がかかる。田舎の方が安くて旨いものの宝庫ですよ」

大森の耳におれの声は届いていない。

「いつか、ミラノでプレイしたいなあ」

「ミラン？　インテル？」

おれはミラノを二分するビッグクラブの通称を口にする。ACミランにインテル・ミラノ。どちらもここ数年は低空飛行を続けている。

「どっちでもいいです。おれを認めてくれるなら。ユーベでもいい」

トリノに本拠を置くユベントスこそはセリエAの盟主だった。

「チャンピオンズリーグに出たいんすよ、おれ」

チャンピオンズリーグはヨーロッパ主要国リーグの上位チームがしのぎを削る大会だ。

名のあるチームはみな、自国のリーグとこのチャンピオンズリーグを制することを各シーズンの目標に置く。サッカー賭博で動く金も膨大だ。

「いつか出られるさ。焦ることはない。大森君はまだ若いんだし」

「もう二十五ですよ。キーパーだから、最低でもあと十年は現役でいけるだろうけど、十年しかない。給料だってたかが知れてるし、ロッコ辺りでちやほやされても日本代表に呼ばれるにはきついし」

日本代表にはアンタッチャブルと呼ばれる正ゴールキーパーがいる。もう四十歳に近くパフォーマンスも落ちてきているが、その人気は絶大で、代表監督が彼をレギュラーから外そうという動きを見せるだけで世間から袋叩《ふくろだた》きにあってしまう。

「失礼だけど、給料はいくらもらってるの」

おれは訊《き》いた。

「五十万ユーロっす」

日本円にして六千万というところか。Jリーグの給料よりはましだが、ヨーロッパでなにかと苦労を強《し》いられることを考えると割のいい数字ともいえなかった。

「ロッコのような田舎の弱小クラブがそれだけ出すとは、君の将来性を買ってるんだろう。二、三年後にはビッグクラブからオファーが来て多額の移籍金が手に入ると踏んでるんだな」

「ベルギーにいた時は二十万ユーロっすよ。こっちで名をあげて、いつかチャンピオンズリーグに出てやる。その夢がなかったら、絶対断るオファーだったんすから」

「フォワードやミッドフィルダーなら数試合活躍すれば注目を浴びるけど、キーパーはね」

「高中さん、結構詳しいっすね」

大森がまじまじとおれの顔を見つめている。反射的に顔を伏せたくなる衝動を抑え、おれは微笑む。

「ミラノに住んでると、いやでもサッカーに詳しくなるよ」

「もしかして、インテルかミランに知り合いがいたりとかしません？」

「知り合いの知り合いならいるけどね」

釣り針《ばり》を垂《た》らす必要もない。大森は自分から餌《えさ》に食いついてくる。

上昇志向が強すぎる。キーパーというポジションも焦りに拍車をかけているのだろう。フォワードは試合中にどんな酷《ひど》いミスを犯しても、最後にゴールを決めれば英雄になれる。

キーパーはどんなに素晴らしいセーブを連発しても、最後に失点を食らえば戦犯扱いされる。

脚光を浴び続けるには常に自分をアピールしなければならないのだ。

おれのリゾットが運ばれてきた。大森はおれと同じリゾットの他にパスタも頼んでいる。メインはふたりとも肉料理。

大森がパスタを食べ終えたところで提案した。

「シーズン中は飲まないと言っていたけど、一杯だけでもだめかい」

「だめってことはないですけど」

「次はふたりとも肉料理だろう。赤ワイン、ボトルで頼みたいんだが、ひとりじゃ飲みきれない。お近づきのしるしに一杯か二杯だけどうかな」

「わかりました。次の試合は日曜だし、だいじょうぶでしょう」

「ありがとう」

おれは店の人間を呼び、ワインの銘柄を告げた。男の顔色が変わった。

「もっと手頃なワインも用意してありますが」

「レオのために注文するんだ。わかるだろう？」

ウィンクしてやると、男の顔がほころんだ。

「そういうことなら喜んで」

「なに揉《も》めてるんですか」

大森が口を挟んでくる。

「なんでもないよ」

おれは答えた。去り際に、店の男が大森の耳になにかを囁《ささや》いていく。

――一本千ユーロのワインだぞ。いいパトロンになってくれるかも。大事にしろよ。

大森は間違いなくこの田舎町に愛されている。

「高中さん、今度、ミラノで飯奢《おご》ってくださいよ」

大森が言った。

「いいとも。ミラノで試合がある時は連絡してくれよ」

おれは答える。

＊　＊　＊

結局、大森はワインを四杯飲んだ。

肉を食べ、デザートを食べる間にも会話は弾んだ。

大森は日本に恋人がいたが、長く続く遠距離恋愛の果てに破局した。今はフリー。

時々無性にやりたくてたまらなくなる。そんな時は娼婦《しょうふ》を買う。一般の女には手を出さない。

もっと有名になって、有名な女とやりたいから。

大森はそううそぶく。

自分が日本人じゃなければ、とっくに中堅以上のクラブから声がかかっていたはずだ。

大森はそう嘆く。

有名どころのキーパーの名を挙げ、その連中に負けないだけの才能が自分にはあるのだと演説をぶつ。

大森の話に耳を傾けながら、既視感に襲われる。

どこかで聞いた言葉、どこかで見た表情。

不意に気づく。

大森は似ているのだ。昔のおれに。どんな大スラッガーだろうがおれのスライダーを打つことはできない。そう確信していたおれに。

金と女と境遇への不満。

手札は揃っている。焦りさえしなければ、大森は落ちるだろう。

かつて、おれが落ちたように。落ちぶれて台湾に行き着いたおれ。金が必要で、ある女をどうしても手に入れたかった。八百長に手を染め、自分を慕っていた弟分を殺した。煉獄《れんごく》に自ら足を踏み入れた。

大森もおれと同じ道を歩むだろうか。

知ったことではなかった。

＊　＊　＊

翌日、ロッコからミラノへ戻る。大森のチームメイトであるジャンルカ・アブルッツェーゼが八百長組織からの呼び出しを受けて、ガッレリアにあるバルへやって来る。

「あんたがマノかい」

ジャンルカはおどおどした顔と仕種《しぐさ》でイタリア語で「手」を意味する言葉を投げかけてくる。おれはうなずき、向かいの席に座るよう身振りで指示を出した。

ジャンルカは今年三十二歳になるセンターバックだ。二年前まではイタリア南部の弱小クラブにいて、八百長に手を染めていた。

一度でも八百長に関われば、一生逃げることはかなわない。試合中、自陣ペナルティエリア内でファウルをしろと言われればやらざるを得ない。チーム内のだれかの買収に手を貸せと言われれば貸さざるを得ない。

ジャンルカは頭のてっぺんから爪先《つまさき》までぬかるみにはまっている。

「レオと仲がいいそうじゃないか」

おれはいきなり切り出した。ジャンルカはチーム内に信望がある。そんな男が口利きをすれば狙った相手は落ちやすくなる。

ランナー――八百長に関わる人間は、ジャンルカのような人間をそう呼ぶ。

「レオだって？　あいつは日本人だぞ。八百長なんか、死んだってするもんか」

「声が大きいぞ、ジャンルカ。自分が八百長に関わっていると知られてもいいのか」

「レオは無理だよ」

「おまえだって最初に声をかけられた時は、死んでも八百長なんかはしないと見得を切ったそうじゃないか」

おれの言葉にジャンルカの瞼《まぶた》がひくついた。

ジミー・チャンからの情報――ジャンルカはチームメイトの女房とねんごろになった。逢《あ》い引きの様子を写真に撮られ、その写真をジャンルカの女房とチームメイトに見せると脅された。ジャンルカは泣きながら八百長に手を染めると約束した。

金。女。脅迫。だれだって最後には心が折れる。

「あいつは金じゃ動かないぞ」ジャンルカが言う。「素晴らしい才能を持ったキーパーだ。順調にやっていけば、いずれ中堅クラブから声がかかる。その先は、チャンピオンズリーグに出るようなクラブだ。夢があるんだ。金じゃ動かない」

「やつの女の好みはどうだ」

おれはジャンルカのたわごとを聞き流した。

ジャンルカはおれを見た。おれの瞳《ひとみ》の奥にある深淵《しんえん》を覗《のぞ》きこみ、溜息《ためいき》を漏らした。

「なあ。ロッコの試合で八百長を仕組みたいなら、おれがやる。なにもレオを巻き込まなくても――」

「やつの女の好みは？」

ジャンルカの肩が落ちる。

「小柄な女が好きみたいだ」

「肌と髪の色は？　白か、黄色か、黒か。金髪か、赤毛か、黒い髪か」

「白と黄色。髪の毛の色には特にこだわりはないと思う。小柄だけれど、出ているところは出ている。そんな女によく声をかけてるよ」

「付き合っている女は？」

「今はいない。日本にいた恋人とはベルギーでプレイしている頃に別れたと言っていた」

「どこで遊ぶことが多い？」

「ミラノだ。練習がオフの日にみんなでミラノに繰り出してクラブへ行ったり、女を買ったりする」

「よく行くクラブの名前と女を買う場所は」

おれはジャンルカが口にした名前を頭に刻みこんだ。メモは取らない。そんなことをするのは馬鹿だけだ。

「なあ、レオはいいやつなんだ。練習熱心で、なによりカルチョを愛してる」

カルチョというのはイタリア語でサッカーを示す言葉だ。

おれはエスプレッソを啜った。

「おれはいつかあいつがチャンピオンズリーグの舞台でプレイする姿を見たいと本気で思ってる。あいつはロッコの……いや、弱小チームでしかプレイできないカルチャトーレの希望の星なんだよ。そっとしておいてくれ」

カルチャトーレはサッカー選手のことだ。おれは笑った。

「ゴールキーパーだぞ。おれたちが真っ先に目をつけるポジションだ。レオは悪い時に悪いチームに所属していた。運がない。それだけだ。おまえが気にすべきは、浮気の写真が女房の目に入らないようにするってことだけだろう」

ジャンルカは唇を噛《か》み、うなだれた。何年も八百長組織の人間と関わっているうちに、抗《あらが》うことの無意味さを悟ったのだ。

「また連絡する。レオに余計なことは言うな」

おれは懐から取りだした封筒をジャンルカに渡す。中に入っているのは五千ユーロ。ジャンルカはすんなり受け取った。

エスプレッソの代金、一ユーロをテーブルに置き、おれは席を立つ。ジャンルカは受け取った封筒を虚《うつ》ろな目で見つめている。

3

スマホが鳴る。発信者の番号を確認し、電話に出る。

「なんの用だ」

ぶっきらぼうに声を吐き出す。

「そんな声を出すなよ。びびっちまうじゃないか」

ジミー・チャンの声が耳に飛び込んできた。

「進捗《しんちょく》状況はどうかと思ってね」

「依頼を引き受けてからまだそんなに経ってない」

「なにをするにしてもあんたは迅速に動く。みんな知ってることじゃないか、暗手」

おれは返事をしなかった。

「実はな、暗手。お偉方のひとりがあんたと会いたいと言ってるんだ」

「だれだ」

「王天《ワンティエン》」

ジミー・チャンが口にした名を聞いて、おれは眉《まゆ》を吊《つ》り上げた。

自ら天の王を名乗る男。サッカー賭博の帝王。中国大陸から東南アジア、オセアニア、ヨーロッパまで手広く稼いでいる。

「なぜ、やつがおれに」

帝王は玉座に座っているだけだ。下々の相手などはしない。

「今、ミラノに来てるんだ。あんたの話をしたら、会いたいと言って聞かないのさ」

鼻の奥で硝煙《しょうえん》の匂いを嗅《か》いだような気がした。

「会う必要はない。引き受けた仕事は全うする」

「わかってるよ、暗手。だけど、おれも王天には逆らえない。あんたも王天に逆らうべきじゃない」

溜息を押し殺す。

「ヴィア・サルピ。龍華飯店《ロンファファンディエン》。わかるか」

ミラノの中華街、パオロ・サルピ通り。龍華飯店は広東《カントン》料理のレストランだ。

「ああ、わかる」

「そこで午後一時に。店の人間におれと待ち合わせをしていると伝えてくれ」

「わかった」

電話を切る。左の肘を揉む。古傷――台湾で受けた銃創が痛む。

鼻の奥に硝煙の匂いが残っている。硝煙に血の匂いが混ざる。

黒道《ヘイタオ》とは二度と関わりたくない。だが、金を稼ぐには黒道《ヘイタオ》と手を結ぶしかない。

死ねばいいじゃないか――時々、そう思う。おれには夢もない。希望もない。生きる意味も失った。

それなのになぜ生きているのか。他人の血を啜りながら生き長らえているのはなぜか。

いつも答えを探している。

おまえがおまえだからだ――いつも頭に浮かぶのはそんな答えだった。

＊＊＊

パオロ・サルピ通り――ミラノの中華街は世界中のどんな中華街とも似ていない。目につくのは飲食店ではなく、衣料用品店ばかりだ。

ミラノの中国人は、ファッション業界の下請けとしてこの地に招かれた。だから、飲食店ではなく、衣料用品店が乱立する特異な中華街として発展した。

もちろん、街を仕切っているのは黒社会の連中だ。元々この地に住んでいたミラノっ子たちから土地を買い、ビルを買い、それを中国人たちに高値で貸し付ける。

通りを数メートル歩くだけであちこちから様々な中国方言が聞こえてくる。北京語《ペキン》、上海語《シャンハイ》、広東語、福建語《フージエン》——おれに理解できるのは北京語だけだ。こっちへ来て、台湾訛《なま》りを直すのに相当苦労した。

それとなく前後左右に視線を走らせる。この中華街に台湾出身の人間はそれほど多くない。だが、なにかの縁でこの街に辿《たど》り着く台湾人がいるかもしれない。かつて、台湾のプロ野球で八百長に手を染め、その後、殺戮《さつりく》を演じた日本人の面影をおれに認めるやつが出てくるかもしれない。

台湾の黒道には、今なおおれを殺したがっている連中がいる。

やつらに殺されるのが運命ならかまわない。だが、黙って殺されるには、おれは業《ごう》が深すぎる。

龍華飯店はパオロ・サルピ通りの西の外れに位置する。味は一流だが、店構えは凡庸だ。

店の前にポルシェ・カイエンが停まっている。運転席に座った男が鋭い視線を通行人に向けている。カイエンの外にもひとり。地味なスーツにくわえ煙草《たばこ》。左の脇の下が膨らんでいるのは、今時流行《はや》らないショルダーホルスターに銃を差し込んでいるからだろう。

男たちの視線を無視して店に入り、近づいてきた若い女にジミー・チャンに会いに来た旨を告げる。若い女が厨房《ちゅうぼう》に消え、代わりに、薄汚れたエプロンを身につけた中年男が現れる。

「こちらへどうぞ、先生《シエンシャン》」

先生——ミスターと呼ばれることなどまずない。王天の客だから敬称がつくのだ。

男は厨房に向かっていく。その後を追う。炎が舞う中、数人の料理人が鍋《なべ》を振っている。香辛料や調味料の匂いが充満している。男は厨房を横切り、奥へと続く扉を開けた。

扉の向こうは狭い通路だ。通路の先に階段があり、それをのぼると広々としたエリアに出た。

VIP御用達《ごようたし》。人目につきたくない連中が使う特別あつらえの個室がある。

男が個室のドアをノックした。ドアが開き、ジミー・チャンが顔を出す。いつものにやけた顔ではなく、どこか緊張した面持ち。おれを認め、手招きする。

男が無言で立ち去っていった。

部屋に入る。十五人は座れそうな円卓に、三人の男が掛けている。料理が載ったいくつもの皿とワインボトルにグラス。吸い殻《がら》でいっぱいの灰皿。

「ボス、こいつが暗手です」

ジミー・チャンが葉巻を吸っている男におれを紹介した。他のふたりが舐《な》めるような視線をおれに送ってくる。

王天と護衛たち。

「よく来てくれた。座るといい」

王天は自分の向かいの席を指差した。ジミー・チャンの右隣。下々の者は謁見《えっけん》をゆるされただけでもありがたいと思わなければならない。

「好きなものを食べて飲んでくれ」

王天は葉巻をくゆらす。四十代半ばの優男《やさおとこ》。高級ブランドのスーツをまとい、髪の毛を綺麗《きれい》に撫《な》でつけている。一見、太子党《タイズーダン》――中国共産党高級幹部の子弟の雰囲気だ。実際、太子党なのかもしれない。

「結構です。昼飯は済ませてきました」

目に留まったバルでパニーニを食べ、エスプレッソを飲んだ。夜も同じように目に留まったバルでパニーニを食べ、エスプレッソを飲むだろう。

「噂通り、陰気くさい男だな」

おれは口を閉じた。王天はおれを揶揄《やゆ》しているわけではない。ただ、頭に浮かんだことを口にしているだけだ。

「普通話《プートンフア》に少し訛りがある。どこの出身だ？」

普通話というのは北京語のことだった。

「福建です」

おれは言った。福建と台湾は海を隔てた隣同士。言葉の訛りもよく似ている。

「なるほど。福建の田舎者が、なぜミラノにいる？　なぜこんな仕事をしている？」

「話せば長くなるし、話すつもりもありません」

おれの答えに、護衛たちが目の色を変える。帝王にそんな物言いをする人間はいない。

「おまえたちは静かにしていろ」

王天が護衛たちを叱咤《しった》した。

「いいだろう。仕事さえきっちりやってくれれば、おまえの過去などどうでもいい。どうだ、日本人は落とせるか」

「落ちない人間はいません」

王天が笑った。おれの答えが気に入ったのだ。

「酒は飲まないと聞いたが、一滴もやらないのか」

「気が向けば、飲む時もありますよ」

「一杯どうだ。おまえと乾杯したい」

「一杯だけなら」

王天が目配せする。護衛のひとりがワインボトルを摑《つか》み、おれの席へやって来る。おれのグラスにワインを注ぐ。ラベルを盗み見る。トスカーナの赤ワイン。ボトル一本で五百ユーロは下らない。

「乾杯」

王天がグラスを掲げる。同じくグラスを掲げる。

「乾杯」

香りを嗅ぎ、ルビー色の液体を少しだけ啜る。香りも味もわからない。

「若い時に調子に乗って、王天と名乗るようになった。天の王になってやる。本気でそう思っていたんだ」

王天はワインを啜り、葉巻をくゆらせる。

「必死でのし上がってきたが、いつだって上には上がいる。今もそうだ。天の王になるにはまだまだ階段をのぼっていかなきゃならない。わかるな？」

おれはうなずく。

「おれがサッカー賭博で動かすのは、自分の金と、おれより上にいる連中の金だ。何倍、いや、何十倍に増やして返さなきゃならん。八百長が成功しようが失敗しようが連中には知ったことじゃない。おれに預けた金が何十倍になって戻ってくる。重要なのはそれだけだ」

おれはうなずく。

「おれも同じだ。おまえがあの日本人を落とすかどうかは、おれの知ったことじゃない。おれの関心は、おれが望む試合で、あの日本人がミスをすることだけだ。おれの金が何十倍に増えることだけだ。わかるな？」

おれはうなずいた。

「おれの望む通りになれば、おまえは報酬を得る。望む通りにならなければ、おまえは自分の命で償うことになる。わかるな？」

「もう何十年もこの世界で生きてるんですよ、王天先生」

おれは口を開いた。また、護衛たちの目の色が変わった。

「わかっているならいい。おそらく、今シーズンの末には、とてつもない大金が動く。おれたちの望む通りにならなかったら、地の果てまで追いかけてでもおまえに償わせるぞ」

「その時はお好きなように」

おれは腰を上げた。

「お、おい、暗手……」

ジミー・チャンが狼狽《うろた》える。帝王の許可なく席を立つのは愚か者のすることだ。護衛たちが今にも嚙みついてきそうな顔でおれを睨《にら》んでいる。涼しい顔で微笑んでいるのはおれと王天だけだ。

「それでは、失礼します」

「よろしく頼んだぞ、暗手。期待を裏切るなよ」

王天の声を背中に聞きながら個室を出た。そのまま厨房へ向かう。ドアが開く音に続き、足音が聞こえてくる。

おれは手近にあった中華鍋を手に取った。

「おい、待て」

護衛のひとりだろう。おれの態度に腹を立て、お灸《きゅう》を据えるつもりなのだ。

立ち止まり、待つ。

「暗手だかなんだか知らねえが、ボスにあんな態度を取るやつがどうなるか、思い知らせてやろうか」

声が充分な近さに達したところで振り返る。中華鍋を護衛の顔に叩きつける。

衝撃。

男がもんどり打って倒れ込む。

中華鍋を放り投げ、おれは厨房を横切った。

護衛が聞いて呆《あき》れた。王天に侍《はべ》っているふたりも、店の外にいるふたりもチンピラと変わらない。

おれは殺し屋——いや、殺戮者だったのだ。

年は取ったが、チンピラにしてやられるほど衰えてはいない。

＊　＊　＊

目に留まったバルでパニーニを頬張り、エスプレッソで胃に流し込む。食べ終えるとねぐらへ戻る。

おれはコル・ディ・ラーナ通り沿いのアパートメントの一室を借りている。ミラノの中心から南に下ったところにある、旧市街と呼ばれるエリアだ。運河も近い。一時期は寂《さび》れていたが、近年、若者向けのハイセンスな店が多くできて、活気を取り戻している。

近隣の人間はおれをヴィトと呼ぶ。ヴィト・ルーというのが、おれの今の名前だ。スイス南部で生まれ育った中華系で、市内の中華レストランで働いていることになっている。そのレストランで仕事をしたことはないが、給料はもらっているし、税金も納めている。

だだっ広い部屋にあるのはベッドとクローゼットにライティングデスクだけ。食器棚どころか冷蔵庫すらない。帰宅する都度、ミネラルウォーターのボトルを買い、夜中に飲み干して、朝、出かける時に空のボトルを捨てる。

食事は常に外食。酒は飲まず、コーヒーも外で飲む。洗濯はコインランドリー。ネットに繋いで仕事の連絡に使うノートパソコンが一台。

それ以外に必要なものはない。

シャワーを浴び、パジャマに着替え、ライティングデスクに立てかけてある写真立てを手にとってベッドの端に腰掛ける。

女の写真――かつて心の底から欲した女の写真。

この女を手に入れたくて、おれはおれを慕っていた男を殺した。煉獄へと突き進んだ。

なにも考えず、なにも想像せず、ただ、写真を眺める。

飽きることはない。おれは今でもこの女を欲している。

だから、死ねないのだ。だから、意味もなく生きている。

おれは欲深い人間だった。今では欲はほとんどない。しかし、性根《しょうね》は変わらない。おれは相変わらず欲深い人間なのだ。

空が白みはじめるまで写真を眺め、夜明け前に短い睡眠を取る。

それがおれの日課だった。

4

来月早々、ロッコはミラノに遠征してインテル・ミラノと試合を行う。キックオフの時刻は未定だが、おそらく午後三時だろう。

金のあるクラブは、クラブハウスに集合して専用バスに乗り込んで遠征先、あるいは空港まで移動する。試合終了後もスタジアムからそのままバスで帰るのだ。

しかしロッコのような田舎クラブは選手を移動させるバスをチャーターする費用にも苦労する。ミラノへの遠征なら、選手たちは個々の車でミラノへ来て、ロッコへ帰ることになる。

大森とは試合後にミラノで食事をする約束を交わした。

女を調達しなければならない。大森好みの小柄だがプロポーションのいい女。身体だけではない。頭もそこそこ回らなければ使えない。

シニョリーナ・バレッリに連絡を取る。

アドリアーナ・バレッリ——ミラノの高級売春クラブのマダムだ。シニョリーナは未婚女性に対する敬称で、アドリアーナは薹《とう》が立ちすぎている。だが、アドリアーナにシニョーラと呼びかける者はいない。

「シニョリーナ・バレッリ。ヴィトだ。少し相談したいことがあるんだが」

アドリアーナの携帯の番号を知る者は少ない。おれはアドリアーナに気に入られ、番号を教えてもらった。

「あら、ヴィト。久しぶりね。わたしのことなんか忘れちゃったのかと思ったわ」

アドリアーナの少女じみた声が鼓膜を震わせる。

「貧乏暇なしというやつでね。いつも仕事に忙殺されているんだ」

「知ってるでしょうけど、わたしを買うのは高いわよ。もう半分引退しているようなものだもの。それでもわたしを買いたいというお客様にはふっかけることにしてるの」

「知ってるだろうが、おれは必要な金はケチらずに使う」

アドリアーナが笑った。

「相変わらずね、ヴィト。いいわ、食事を奢ってちょうだい。それでチャラにしてあげる」

アドリアーナは夜の住人だ。食事と言えば、ランチを指す。

「アリーチェっていうリストランテを知ってるかしら。ガリバルディ門のそばにあるの。最近、評判がいいみたい」

「聞いたことはないが、調べるよ。いつがいい？」

「明日のお昼。一時過ぎなら空いているわ」

「了解。おれの名前で予約を入れておく」

「楽しみにしてるわ」

電話が切れた。おれも電話を切る。プロフェッショナルとの会話は気分がいい。

パソコンを開き、アリーチェというリストランテを検索に掛ける。ウェブサイトにアクセスし、予約を入れようとして満席になっていることを知る。

なるほど、評判がいいというのは本当のようだ。

おれは電話をかけた。

「はい、アリーチェでございます」

「明日の昼、予約を入れたいんだが」

「お客様、申し訳ございません。明日の昼はすでに予約で満席になっております」

「五百ユーロ」

おれは言った。

「なんとおっしゃいました？」

「席を用意してくれれば、君に五百ユーロを渡す」

「そのようなことをおっしゃいましても——」

相手の声が揺れた。

「君の名前は？」

「カルロ……カルロ・ファヌッチですが、それがなにか？」

「カルロ。店は関係ない。おれと君との契約だ。明日の一時、ふたり。席を用意してくれれば、君に直接五百ユーロを渡そう。あぶれた客には、新入りがオーバーブッキングをしたとかなんとか言い訳すればいい」

「お客様のお名前は？」

「ヴィト。ヴィト・ルー。素敵な女性を連れていく。いい席を用意してくれ、カルロ。頼んだぞ」

「かしこまりました、シニョーレ・ルー。明日のご来店をお待ちしております」

おれはまた電話で挙げた成果に満足し、スマホをそっとデスクに置いた。

＊　＊　＊

アドリアーナは深紅のタイトスーツに身を包んで現れた。身長は百八十センチ近く。ブルネットの髪の毛に緑の瞳。スーツの下はランジェリーしか身につけていないに違いない。ぱっくり開いたスーツの胸元からは双丘の膨らみと、それを包み込んでいるレースの一部が覗けている。

まるでランウェイを歩くスーパーモデルだ。店中の男ども——客からスタッフまでがアドリアーナを凝視している。

「待たせたわね」

椅子を引くおれに微笑みながら、アドリアーナは腰掛けた。

「予想していたよりは早い」

時刻は午後一時二十分を回っていた。

「それに、あなたは目立つのが嫌い」

「そういうのが君のスタイルだということは承知している。嫌なら、最初から声はかけない」

「相変わらずね」

アドリアーナは口元を押さえて笑った。五十歳を超えているはずだが、三十代前半にしか見えない。薄い化粧を施しただけの顔の肌は艶《つや》やかで、老いや衰えというものを完全に拒絶していた。

「ちょっと待って」

おれが口を開きかけると、アドリアーナが制した。

「あなたの声を聞いたのは二年ぶりなのよ。まずは食事をしながら旧交を温めましょう。仕事の話はそれから。いい？」

「了解した」

おれはそう言って、メニューに目を通した。

メニューに記載されているのは間違いなくイタリア語だった。だが、おれにはちんぷんかんぷんだった。インテリアから想像はつく。ここはフレンチ、和食、バスク料理といった各国料理の影響を色濃く受けた新手《あらて》のイタリア料理を出す店なのだ。

「お手上げだ。おれの分もオーダーしてくれないか」

おれは言った。

「相変わらずパニーニかピッツァしか食べないのかしら」

彼女の言葉におれはうなずいた。

「じゃあ、ズッパとパスタぐらいかしらね」

おれはまたうなずいた。

「ワインは？」

おれは首を横に振る。

「思い出したわ。あなたとの食事、とっても退屈だった」

喋《しゃべ》りながら、アドリアーナの目はメニューに記された文字を追い続けていた。

「決めたわ」

彼女が言った。相変わらず、決断が早い。おれは手をあげて店の人間を呼んだ。男がやって来て、彼女がオーダーを告げた。

男が去ると入れ替わるように女がやって来た。両手にワインのボトルを抱えている。トスカーナの赤だった。

「ひとりで一本飲むのか」

おれは訊いた。

「あら、二本でも三本でも平気よ。あなたの懐《ふところ》具合を慮《おもんぱか》って一本だけにしたのよ」

「それはありがとう」

アドリアーナはワインをテイスティングし、夢見るような目つきになった。

「素晴らしいわ。あなたも飲めばいいのに」

「おれは水が好きなんだ」

おれはガス入りのミネラルウォーターを口に含む。

料理が運ばれてくるまでの間、料理を食べている間はアドリアーナがひとりで喋りまくった。おれは相づちを打つだけだ。

アドリアーナのとめどない話に耳を傾けながら、ズッパを数口啜り、次に運ばれてきたショートパスタを数口食べた。それで満腹だった。

「昔よりさらに少食になったんじゃない」

アドリアーナが言った。

「そうかな。自分じゃよくわからん」

「ベネデッタを覚えている？」

「ああ」

二年ほど前、とあるサッカー選手を脅迫するネタを作るために協力してもらった女だった。

「彼女、あなたのことをヴァンピーロと呼んでいたわ」

ヴァンピーロというのは吸血鬼のことだ。

「あまりにも食事を取らないから、きっとどこかで人間の血を吸ってるんだわって」

「腹が減ったらパニーニかピッツァを食べている」

「その痩《や》せた身体を見れば、だれだってヴァンピーロを想像するわよ。もっと筋肉がつけばセクシーなのに」

「おれのことは気にせず食べてくれ。話も聞いている」

「わたしはあなたに会うたびに、ヴァンピーロじゃなくファンタズマを想像するけど」

吸血鬼に幽霊。いずれにせよ、女たちがおれから受ける印象はそう変わらない。

アドリアーナはその見事なプロポーションからは想像もできない健啖《けんたん》ぶりを発揮し、料理を平《たい》らげ、ワインを飲み干した。もちろん、デザートも食べた。エスプレッソで口直ししたあとは、甘い食後酒だ。

「夜は食べている時間がないから、昼食が重要なの」

「このリストランテは気に入ったのかい」

「まあまあね」

アドリアーナは食後酒を飲み干すと、テーブルに両肘をついた。

「さ、仕事の話をしましょう」

おれは単刀直入に言った。アドリアーナは、こと仕事の話になると無駄話を嫌うのだ。

「どんな女？　どんな男をカモにするの？」

「小柄だがグラマー。白人か黄色人種。相手はジョカトーレだ」

「髪の毛と目の色は？」

「何色だろうとかまわない」

「ジョカトーレは白人？」

「日本人だ」

「ああ、ロッコにいるゴールキーパーね」

仕事の相手が男である場合、女もサッカーに詳しくなる。それがイタリア人というものだ。

「小柄でグラマーで頭の回転が速い……ちょうどいい子がいるわ。日本人よ」

「日本の女がミラノで娼婦をやっているのか」

「服飾デザインで一旗揚げようとミラノに来たの。でも、いつまで経っても日の目を見ず、かといってそのまま日本に帰ることもできず、日々の暮らしに窮して。よくあるパターン。最近、中国人の客が多いの。彼らは白人の女を抱きたがるけど、日本人がいると聞くと食指を動かすのよ」

「使えるのか」

「女が要《い》る」

「客あしらいも上手。きっと、あなたは気にいると思う。今夜、会う手筈《てはず》を整えましょうか」

「よろしく頼む」

「じゃあ、いつものホテルで待ってて。午後九時に行かせるわ」

アドリアーナは微笑《ほほえ》むと「失礼」と呟《つぶや》いて席を立った。これ見よがしに尻《しり》を振りながらトイレに向かっていく。店中の男どもがその尻を凝視していた。

＊　＊　＊

ミラノ中央駅に近い五つ星ホテルに部屋を取り、そこでしばらく横になった。眠るわけではない。眠りたくても眠れない、寝つけない。ただ横たわり、頭の中を空っぽにして休むだけだ。

午後八時に電話が鳴った。相手は名乗りもせずに用件だけを告げた。

「女の名前はミカ。約束通り、九時に」

電話が切れた。

シャワーを浴び、水を飲み、待つ。

九時ちょうどにドアがノックされた。

覗き穴から外の様子をうかがう。ショートヘアの若い女が立っている。挑むような目が印象的だった。

ドアを開けた。

「こんばんは。ミカよ」

素っ気ない口調だった。

「入れ」

イタリア語でミカを招き入れ、ドアを閉めた。

「もうシャワーは浴びたのね。わたしも浴びてくるから待ってて」

発音はぎごちないが文法的には完璧《かんぺき》なイタリア語だった。

「その必要はない」

おれは言った。

「そういうのが好きならどうぞ」

ミカはバッグをソファの上に放り投げ、ブラウスのボタンを外しはじめた。おれはミカのするがままに任せた。

ブラウスとミニスカートを脱ぐと、挑発的なランジェリーが現れた。身長は百五十五センチというところだろうが、胸と腰回りはよく発達していた。ウエストもほどよくくびれている。

「わかった。服を着ろ」

おれはブラを外そうとしたミカを制した。

「着たままがいいのね？」

「なにを飲む？」

ミカは腰に両手をあてがっておれを睨んだ。

「ねえ、これはなんなの？」

「セックスをするために君を呼んだわけじゃない」

おれは日本語で言った。ミカの目が丸くなった。

「中国人だと聞かされてたわ」

「中国語が話せる日本人だ。なにを飲む」

「ガスなしの水を」

おれはうなずき、ミニバーからミネラルウォーターのボトルを取りだし、グラスに注《そそ》いだ。その間に、ミカは服を身につけた。

「服飾デザイナーを夢見てるんだって」

ミカにグラスを渡した。

「そうだけど、それがどうかした？」

「娼婦に身をやつしてまで成し遂げたい夢なのか」

「ねえ、もう一度聞くけど、これはなんなの？」

「面接だ。どうしてミラノで娼婦なんかをやっているんだ？」

「このまま日本に帰るのが悔しいの。ミラノは家賃も高いし、普通の仕事で稼ごうと思ったら、勉強をする時間が足りなくなる。でも、この仕事なら、週に何日か働くだけでお釣りが来るわ」

「もっと稼げる仕事がある。やることは娼婦と変わりないが、相手をするのはひとりだけだ」

「だれかをはめるのね」

ミカは水を啜った。頭の回転は速い。

「娼婦と悟られないこと。相手に惚《ほ》れさせること。さっきみたいな態度じゃ話にならない」

「いくら？」

ミカはソファに腰をおろし、脚を組んだ。

「手はじめに一万ユーロ。うまくいけばさらに四万ユーロ」

「はめる相手は？」

「大森怜央」

「だれ、それ？」

おれは笑った。

「サッカー選手だ」

「サッカー選手は嫌い。昔、わたしの友達が遊ばれて捨てられたわ」

「やるのか？」

「なにをどうすればいいのか、教えて」

「OK」

おれは言った。

5

大森から連絡が来た。ロッコで開催されるホームゲームの翌日、練習がオフになるのでミラノへ行く予定だ。ついては、約束通り、食事を奢《おご》ってください。

おれはほくそ笑み、約束の時間と場所を決めた。リストランテはこの前、アドリアーナと行った店がいいだろう。若い連中ならあの手の料理を気に入るはずだ。

リストランテに電話をかけ、カルロを呼び出す。当日の夜は予約で満席とのことだったが、カルロはもうおれに逆《さか》らうことができない。

ろくでもない金を受け取ったやつは、一生、その金の奴隷になる。

ミカに電話をかけ、手筈《てはず》を整える。ミカは前金の半額、五千ユーロを株式の投資に回したと言った。

今時の若い女の考えることはよくわからない。

月曜になるまで、おれは部屋に引き籠《こ》もった。外出するのは、近場のバルでパニーニを胃に収《おさ》める時だけ。

毎日同じパニーニを注文して食べるおれに呆《あき》れた店員が言った。

「そんなにうちのパニーニが好きなのかい？　他にも美味《おい》しいメニューがあるのに」

「ここのパニーニが死ぬほど好きなんだ」

おれはパニーニを頬張りながら答えた。店員は肩をすくめ、おれのそばから離れていった。

＊＊＊

ジャン・ガレアッツォ通り沿いにある高級ホテルのジュニアスイートを取り、ロビーで大森の到着を待つ。

大森はアウディでやって来た。ロッコからならアウトストラーダを使えば一時間半。いや、大森の性格なら相当に飛ばすだろうから一時間もあればミラノの中心街に辿《たど》り着く。

ヴァレットサービスにアウディの鍵《かぎ》を渡しながら、大森は目を輝かせていた。ロビーにいるおれを見つけると、目だけではなく顔全体が輝いた。

「高中さん、すげーホテルじゃないっすか。飯《めし》食って酒飲んで、後は寝るだけだから、こんな高級ホテル取ってくれなくてもよかったのに」

「君がいつかビッグクラブに移籍したら、今日のことを思い出してもらおうと思って奮発したんだ」

おれは言った。大森の荷物を受け取ろうとしたベルボーイを制し、エレベーターホールへ向かう。大森は小ぶりなスーツケースをひとつ、引いているだけだった。

「荷物を部屋に置いたら、飯に行こう」

エレベーターに乗り込み、大森の肩を親しげに叩《たた》く。大森の目はまだ輝いていた。金持ちのパトロンと知り合えた興奮に酔っているのだ。

「すげえ……」

部屋に入ると、入口で立ち尽くした。

「スイートですか？」

「申し訳ない。ジュニアスイートだ。スイートは取れなかったんだ」

「一泊いくらするんすか」

「さあね。部下に取ってもらったので、ぼくにもよくわからん」

「高中さん、どんだけ稼いでるんすか」

「それほどでもない」

おれは素っ気なく答えた。大森の頭の中で妄想が広がるに任せる。

「さ、荷物を置いたら行こうか。これから行くリストランテは最近人気でね。予約を取るのも大変だったんだよ」

「ロッコはいい町だし、料理もそこそこなんすけど、飯屋の数が少なくて、どうしても飽きちゃうんすよね」

大森は笑っている。大森の顔から笑みが絶えることはない。

＊＊＊

リストランテは混み合っていた。カルロが店の中央にある四人掛けのテーブルにおれたちを案内する。おれはカルロと握手しながら、さりげなく金を渡す。カルロはウィンクでそれに応《こた》えた。

「お洒落《しゃれ》な内装の店っすね」

「料理もお洒落だよ」

大森はメニューに目を通しはじめた。おれはカルロにワインを注文した。白は店のソムリエに任せる。赤は、先日アドリアーナが注文したトスカーナ。

「高中さん、メニューは見ないんすか？」

大森が訊《き》いてきた。

「元々少食でね。イタリアの量は食べきれないから、いつも同じものを注文するんだ」

カルロに、先日と同じズッパとパスタを注文した。大森は前菜、パスタ、魚に肉とフルコースのオーダーだった。デザートは頼まない。

おれもそうだった。かつてのおれは、甘いものにも目がなかったが、シーズン中は一切口を付けなかった。

カルロが去る。しばらくするとソムリエが二本のワインを運んできた。

「今日は飲んでもいいだろう？　君とぼくの、ミラノでの初めての宴《うたげ》だ」

「今日はそのつもりで来ました」

「ワインは勝手に頼んだが、テイスティングは君に頼むよ」

大森はソムリエがグラスに注いだ白ワインを慣れた手つきで味見した。

「旨《うま》い」

「ヴェネト州の白ワインでございます」

ソムリエが自慢げに言った時、店の入口で女の甲高い声が響いた。

ミカだった。予約を入れたのに席がないとはどういうこと——ミカは店の人間にそう詰め寄っていた。ミカと一緒にいるのは白人女だった。

「おや、あの子は……」

「知り合いっすか」

大森の言葉にうなずき、おれはカルロを呼んだ。

「あの女性だが、知り合いなんだ。どうやら、予約を入れたのに席がないと怒っているようだが……」

「予約は受けていないんですよ。それなのに、間違いなく予約したと言って聞かないんです。今、店のマネージャーが対処しますので——」

「いいんだ。もしかまわなければ、このテーブルで一緒にどうかと思ってね。席もふたつ空いていることだし」

「よろしいのですか？」

おれは大森に目をやった。大森はミカの容姿を観察していた。

「おれはかまわないすけど」

ミカが気に入ったようだった。

「じゃあ、彼女たちを呼んでくれ」

おれは言った。

「どういう知り合いなんすか？」

カルロが背を向けると大森がテーブルに身を乗り出してきた。

「確か、服飾のデザインを学びにミラノに来てる子だったと思うよ。ミラノの日本人社会は狭いからね。よく顔を合わせるんだ」

「へえ。可愛い子っすよね。彼氏とかいるのかな」

「そこまでは知らないよ。自分で訊いてみるといい」

「高中さんじゃないですか」

おれが喋《しゃべ》り終えるのと同時にミカの声が聞こえてきた。満面の笑みを浮かべてこちらに向かってくる。顔つきも服装も、初めて会った時とは別人のようだった。

「久しぶりだね、ミカちゃん。ちょうどふたり分、席が空いてるんだ。よかったら一緒にどうかと思ってね」

「ありがとうございます。せっかく予約取ったのに、予約は入ってない、席は満席だって言われて、もうムカついちゃって。あ、この子はシルケ。一緒にデザインを学んでるベルギー人」

シルケはミカの同僚――娼婦《しょうふ》に違いない。

「はじめまして、シルケ。高中です」

おれはイタリア語で挨拶《あいさつ》した。

「こんばんは、シルケです」

シルケのイタリア語は流暢《りゅうちょう》とはほど遠いものだった。

ミカとシルケが席に着くのを待って、大森を紹介した。

「こちらは大森怜央君。ロッコというチームのゴールキーパーだよ」

「ジョカトーレ？」

シルケの顔が輝く。それとは反対に、ミカは渋面を作って見せた。

「サッカー選手なんですか」

「あれ？　スポーツなんかやってる汗臭い男は苦手ってタイプ？」

「昔、わたしの友達がJリーグの選手に遊ばれて酷《ひど》い捨てられ方したの。だから、サッカー選手のイメージはよくない」

「だれだよ、そんなことしたやつ。名前教えてよ。おれが説教してやるから」

「いいですよ。昔の話だし」

ミカは大森の視線をかわし、メニューに目を落とした。駆け出しの女優では相手にならないほどの芝居っぷりだった。芝居が下手な娼婦は稼げない。

ソムリエがやって来て、女性たちの飲み物はどうするかと目でおれに訊いてきた。おれはうなずいた。ソムリエがミカとシルケのグラスに白ワインを注いでいく。

「とりあえず、初めての出会いを祝って乾杯しよう」

おれはイタリア語で言った。大森とミカのやりとりを不安そうに見守っていたシルケがぎごちなく微笑んだ。

「チンチン」

おれたちはグラスを合わせた。

「この白ワイン、美味しい」

ミカが破顔した。そこからは、ミカの独壇場だった。

豊富な話題でテーブルの主役におさまり、大森の露骨な口説き文句を軽やかにかわし、イタリア語を交ぜてシルケを退屈させることもなく、キュートで初心《うぶ》な若い日本女を演じきった。

食事が一段落したところで、シルケが席を立った。

「ぼくも失礼するよ」

おれも席を立ち、トイレに向かう。このタイミングで、ミカは大森と連絡先を交換する手筈になっていた。

席に戻ると、大森が駄々をこねていた。

「もう一軒飲みに行こうよ、ミカちゃん」

「ほら、サッカー選手って、すぐに女の子が自分の思い通りになると決めてかかってるんだから。わたしたちは帰ります。高中さん、ワイン、ご馳走《ちそう》様でした」

ミカはてきぱきと支払いを済ませ、シルケを従えて店を出て行った。

「可愛いだけじゃなくてカッコいいなあ、あの子」

大森が呟《つぶや》いた。

「そんなに気に入ったなら、彼女の携帯の番号、教えようか」

おれの言葉に、大森は得意げな笑みを浮かべた。テーブルの上のスマホをかざす。

「番号もメアドもゲットしてるんすよ。サッカー選手なんか嫌いみたいなこと言ってたけど、ほんとに嫌いなら教えてくんないすよね、普通」

おれはうなずき、カルロを呼んでエスプレッソを頼んだ。

＊＊＊

踊りたいという大森をミラノでも有名なクラブに送り届けてから、帰宅した。

パソコンを立ち上げ、メールをチェックする。ミカからのメールが一通。

『あいつからもう十回ぐらいメールが来てる。デートしようってうるさいの。どれぐらい焦《じ》らせばいいかしら？』

君に任せる。そう返信してパソコンをシャットダウンした。

急《せ》いてはことをし損じる。

まだ時間はたっぷりある。時間をかけて大森を本気にさせ、逃れようがないほどに搦《から》め捕ってやればいいのだ。

シャワーを浴び、水を飲み、ベッドの縁に腰掛けて女の写真を眺める。

おれはすべてを失い、亡霊のように地上をさまよっている。なのに、今夜は臭い芝居を演じ、女衒《ぜげん》のように振る舞っていた。

なにをしている？　なにを求めている？　なんのために生きている？

写真を眺めながら、自らに問いかける。

答えが返ってくることはない。おれは虚《うつ》ろなのだ。問いかけはその虚ろの中に吸い込まれるだけだった。

いつしか窓の外が白みはじめる。

おれはベッドに横たわり、目を閉じる。

6

ジミー・チャンはピッツァを頬張っていた。おれはやつの向かいに腰をおろし、やって来たウェイターにズッパを注文した。

「スープだけでいいのか？　おれの奢りだ。好きなものを食えよ」

おれは首を振り、店内をさりげなく見回す。昼飯時を過ぎて、客の姿はまばらだった。地元っ子御用達《ごようたし》のトラットリア。金持ちや観光客には無縁だが、昔ながらの料理を楽しむことができる。

「なんの用だ？」

エスプレッソを啜《すす》りながら新聞に目を通している老人を見ながら訊いた。

「王天《ワンテイエン》が進捗《しんちょく》状況を知りたがっている」

「おれに任せると言ったんだ。でんと構えていればいいものを、あの男も小心者だな」

「それだけの金が動くんだよ、暗手《アンショウ》」

おれは肩をすくめた。

「それに王天は最近、機嫌が悪い。この前、あんたがボディガードを叩きのめしただろう」

「そういえばそんなこともあったな」

「そのボディガードは殺されたらしいぜ。他の連中も半殺しの目に遭ったっていう噂だ」

おれはうなずいた。

「あんたのせいなんだぞ、暗手。少しぐらいは気にする素振りを見せたらどうだ」

おれは肩をすくめた。

「王天はあの件であんたに恥をかかされたと思っている。もし、今回の件でなにかしくじれば八《や》つ裂《ざ》きにされるぞ」

「あんなボディガードを抱えてるようじゃ、それは無理だな」

「新しいボディガードを雇ったんだ。いや、あいつはボディガードなんてもんじゃない。殺し屋だ。馬兵《マービン》って名前、聞いたことあるだろう」

思わずジミー・チャンの顔を見た。

「この世界に生きてて、馬兵の名前を知らなきゃもぐりだもんな」

人民解放軍特殊部隊出身の殺し屋。除隊すると同時にアメリカへ渡り、黒社会《ヘイシエアフウイ》の大物たちを数多く殺して名をあげた。銃でもナイフでも素手でも確実に狙った相手を殺す。

昔、台湾で馬兵が仕事をする現場を目撃したことがある。おれが殺そうと狙っていた相手を横取りされたのだ。

馬兵は影のようにターゲットに近づき、なんの予備動作もなくナイフを操った。ボクサーが繰り出すジャブのように素速く的確にナイフをターゲットの胴体に突き刺していく。心臓をひと突きというのは時代遅れだし、確実な殺し方ではない。何度も何度も刺して内臓を完膚無きまでに痛めつけ、出血を促すのだ。

馬兵は相手を二十回刺した。くずおれる相手に背を向け、なにもなかったかのように立ち去った。

その場にいることに気づかれていたら、おれも同じ目に遭っていただろう。だが、殺しの腕ではかなわなくても、気配を断つ術《すべ》に関してはおれの方が上だった。

馬兵は中肉中背だった。頭髪は薄く、どこにでも転がっているような平凡な顔立ちだった。雑踏に紛《まぎ》れれば他の人間と区別がつかなくなる。そんな男が顔色ひとつ変えずに人間の身体に何十回もナイフを突き立て、悠然《ゆうぜん》と立ち去ったのだ。

あの時のナイフ使いが馬兵だと知ったのはずっと後のことだ。ヨーロッパへ渡り、賭《と》博《ばく》組織の末端として働くようになると、自然と馬兵の噂が耳に入ってくるようになる。馬兵は主戦場をヨーロッパに移していたのだ。

殺しの手口を聞いてぴんと来た。あの時のナイフ使い。凡庸な顔立ちの殺し屋。

あの時は気づかれなかった。いや、気づかれなかったと思っていた。

もし気づかれていたとしたら。あるいは、後になって気づいたとしたら。

馬兵はおれを殺しに来るだろう。

おれはその時を待っていた。だが、その時がやって来ることはなかった。

「聞いてるのか、暗手」

ジミー・チャンの声がおれを現実に引き戻す。

「ああ。その馬兵が王天にべったりくっついてるのか?」

「いや。王天を護衛してるのは馬兵の手下だよ。本人は姿を見せないんだ」

「手下か。馬兵は一匹狼だと聞いていたが」

「殺しの仕事はひとりでするらしいぜ。護衛みたいな仕事は人を使う。ひとりだけじゃ難しいからな」

「どんなやつらだ」

「みんな無口で陰気くさい。兄弟かよって突っ込みたくなるぐらいやることなすこと同じなんだ」

「数は?」

「四人。ふたりがいつも王天のそばにいて、他のふたりは車や建物の周りを警戒してる」

「前の連中より百倍ましだな」

「でも、金がかかる。一ヶ月契約で五十万ユーロだってさ」

ジミー・チャンはまるで自分の懐が痛むとでもいうように顔をしかめた。

ズッパが運ばれてきた。おれは飲んだ。味がわからないのだから、ズッパの中身がなんであろうと気にならない。

「それで、進捗状況だけど、どうなってる?」

「王天には焦るなと伝えておけ」

「困るよ、暗手。王天に怒鳴られるのはおれなんだ」

「それもおまえの仕事の一部だ」

「本当にだいじょうぶなんだろうな、暗手。しくじったら、あんただけじゃなく、おれもやばいことになる」

「心配性だな、ジミー」

「言っただろう。シーズン終盤になりゃ、気が遠くなるような額の金が動くんだ。神経質にもなるさ」

「おれに仕事を頼んだんだ、おれを信じろ。おれがしくじったことがあるか？」

ジミー・チャンは首を横に振った。

「じゃあな。報告できるような進展があったら連絡する」

おれは腰を上げた。飲みかけのズッパが入った皿からまだ湯気が立ちのぼっている。

店を出た。ジミー・チャンの後を尾《つ》けてきた馬兵が風のように現れて、おれの腹にナイフを突き立てる瞬間を待った。

馬兵は現れなかった。

＊　＊　＊

週末、ミカを連れてロッコに向かった。ロッコのホームで開催される試合に大森から招待されたのだ。

必ずミカを連れてきてくれ。

大森はおれにそう懇願《こんがん》した。

ふたりはときおりメールで連絡を取り合っている。大森は毎日のようにメールを送ってくるが、ミカが返信するのは二、三日に一度。おれが指示したわけではない。

ミカは大森との恋愛ゲームを楽しんでいる。

チケットはクラブハウスに用意されているということだった。質素なクラブハウスに立ち寄り、チケットを二枚受け取った。チケットには『VIP』という印が入っていた。

天気がよかった。スタジアムまでは歩いていきたいとミカが言った。駐車場を探すのも面倒だったし、スタジアムまでは徒歩で十五分ほどだった。クラブハウスに車を預け、おれたちは歩いた。

「サッカーの試合、生で見るの初めてなの」

ミカが言った。頬がかすかに紅潮している。

「田舎町の小さなスタジアムだし、今日の対戦相手はロッコと似たような弱小チームだ。あまり期待しない方がいい」

「でも、初めてなのよ」

ミカはむきになって言い張った。ミカはジーンズに薄手のフリースのようなジャケットを羽織っていた。ジャケットの下はタンクトップ。背が低いので、見おろす形になるおれからは、ブラに押し上げられた胸の膨《ふく》らみがよく見えた。

「アドリアーナにあなたのことを聞いたわ」

おれはミカの言葉を聞き流した。

「なにも教えてくれないの。信用できる商売相手だって、それだけ」

「契約はきちんと守る」

「賭博組織の一員なの？　八百長で儲《もう》けてるの？」

おれは口を噤《つぐ》んだ。

「余計なことは訊くなってことね。わかりました。でもひとつだけいい？　お願いがあるの」

「なんだ？」

「この仕事、もう少し長くかかりそうでしょ？　前金の一万ユーロの他に、もう少し前渡しでもらえると助かるんだけど」

「いくら欲しいんだ？」

「あと一万」

「わかった。ミラノに戻ったら渡そう」

「ありがとう」

それっきりミカは口を開かなかった。秋空の下、おれたちはゆっくり歩いてスタジアムに辿り着く。キックオフの二十分前だった。

スタジアムの周辺は賑《にぎ》やかだった。ロッコがセリエAに昇格して以降、ホームゲームが開催される週末は、いつもお祭り騒ぎなのだろう。パニーニやピッツァ、グリルした肉を挟むサンドイッチを売る屋台の車があちこちに並び、男たちはそれをビールで胃に流し込んでいる。

そんな光景を眺めるミカの目が輝いていた。

「食べたいのか」

「味はなんとなく想像がつくんだけど、お祭りとかこういうところだと、どうしても食べてみたくなっちゃうのよね」

「待ってろ」

おれはサンドイッチを売っている屋台に足を向けた。牛肉のサンドイッチとビールを注文する。牛肉はすでにグリルで焼き上がっていた。大振りなパンが真っ二つにされ、それに肉を挟めばできあがりだ。金を払い、サンドイッチとビールを受け取り、ミカのところへ戻る。

「さあ、どうぞ」

「ヴィトって優しいのか冷たいのかよくわからないわ」

「よせ」

おれは言った。

「あ、ごめんなさい、高中さん」

「どんな時でも気をゆるめるな。おまえにはそれができると思っている。だから、金を払ってるんだ」

「わかった」

「中に入るぞ」

おれとミカはチケットに記されているゲートに向かった。ミランやインテルのホームスタジアムであるサン・シーロなどとは違って、ロッコのスタジアムの警備は緩やかだった。ミカのビールが見咎《みとが》められることもなく、おれたちはスムーズにスタジアムに入れた。

おそらく、ミカの胸元がものを言ったのだ。ラテンの男たちは女にとことん弱い。

席に着く。バックスタンド正面の、ピッチ全体が見渡せるいい席だった。スタジアムの収容人員は一万五千人というところか。すでにスタンドは七割方埋《がた》まっていた。

ピッチで練習をしていた両チームの選手たちがロッカールームに引きあげていく。

「あ、大森君だ」

チームメイトに交《ま》じってピッチを離れる大森がこちらに顔を向けて手を振っていた。あらかじめ、おれたちが座る席を知っているのだ。

ミカが手を振り返すと大森が破顔して駆けてきた。

「来てくれたんだ」

スタンドのすぐそばまでやって来た大森にロッコのサポーターがすぐに群がっていく。チームスタッフが飛んできて、大森とサポーターの間に割って入った。

「勝つから。ミカのために勝つから」

大森はそう叫んでロッカールームへと通じる通路に消えて行った。

「大森君って、ちょっと馬鹿っぽいよね」

ミカが言った。

「おまえに夢中なんだ」

おれが言うと、ミカは満更でもない笑みを浮かべた。

「陸上トラックもあるのね」

「イタリアのスタジアムはクラブじゃなく、国や自治体の金で造ったものが多いからな。どうしても、多目的な用途に使えるスタジアムになるんだ」

「他の国は違うの？」

「ヨーロッパじゃ、どんな小さな町にもサッカー専用のスタジアムがある」

「みんなサッカーが好きなのね。なにがそんなに楽しいのかしら」

「さあな」

おれは肩をすくめた。

「高中さんはどのスポーツが好きなの？」

「好きなものはない」

おれの答えに、ミカは納得したというようにうなずいた。

ミカがまた口を開こうとした時、客席のあちこちから歓声が上がった。いつの間にか、スタジアムはほぼ埋まっていた。両チームの選手たちがピッチに姿を現した。ロッコの選手たちはチームカラーである赤のユニフォームを身にまとっている。対戦相手は淡い水色のユニフォームだった。

「ロッコは勝てるかな？」

選手たちに拍手を送りながらミカが訊いてきた。

「賭《か》け屋のオッズじゃ、対戦相手が有利と見なされている」

「賭け屋のオッズ？　どこで見たの？」

「ネットだ」

「なるほど」

選手同士が握手を交わし、コイントスが行われ、キックオフの笛が鳴った。

足もとが揺れる。バックスタンドに陣取った熱狂的なサポーターたちが声を張り上げて歌いはじめた。

「凄《すご》い、凄い」

ミカの目が輝いている。その横顔は普通の二十代半《なか》ばの女のものだった。金で身体を売り、人生の深淵《しんえん》を覗《のぞ》いた者のそれではない。

対戦チームがボールを保持し、攻撃をしかける。ロッコは守備をしっかり固めてのカウンター狙いだった。

個々の選手間の実力はそう大差ない。やっかいなのは、向こうの七番。右のサイドアタッカーだった。スピードがあり、ドリブルもうまい。ロッコのディフェンス網は七番に翻弄《ほんろう》され、切り刻まれつつあった。

「あいつ、嫌い」

七番がボールを持つと、ミカが憎々しげに吐き捨てた。ロッコのサポーター全員が同じ気持ちを共有している。そのうち、七番にボールが渡るとブーイングが起こるようになった。

そのブーイングに背中を押されたかのように、ロッコのサイドバックが七番にスライディングタックルを仕掛けた。だが、七番は余裕綽々《しゃくしゃく》でそのタックルをかわし、ドリブルに入った。細かくボールにタッチしながら、しかし、ぐんぐんと加速していく。カバーにいったロッコのボランチとセンターバックも簡単にかわされ、手薄になったペナルティエリアにパスが通る。

こらえきれなかったもうひとりのセンターバックがパスを受けた相手のセンターフォワードに後ろからタックルにいった。センターフォワードは大袈裟《おおげさ》に倒れた。

笛が鳴った。主審がペナルティキックを宣言した。

スタンドが揺れる。怒れるロッコ・サポーターたちが口汚く主審を罵《のの》る。

だが、判定が覆《くつがえ》ることはない。倒されたセンターフォワードがボールをペナルティマークの上に置いた。

大森がそのセンターフォワードを睨《にら》んでいる。猛禽《もうきん》類の目つきだった。

バックスタンドのサポーターたちが大森の名前をコールしはじめた。

レオ！　レオ！　レオ！

そのコールは瞬く間にスタジアム中に広がった。

レオ！　レオ！　レオ!!

ミカはなにかを祈るかのように両手を組んでいる。ミカの目は潤《うる》んでいる。

相手のセンターフォワードがボールから離れて後ずさった。大森はゴール中央で仁王立ちだ。センターフォワードが助走に入る直前、すっと腰を落とした。

シュートが放たれる。ボールはゴール左に向かって飛んだ。いいシュートだった。大森が真横に跳んだ。精一杯伸ばした腕にボールが当たった。シュートのコースが逸《そ》れ、ボールはゴールラインを割った。

声にならない無数の声がスタジアムを覆った。立ち上がった大森が誇らしげに右手を空に向かって突き上げた。

声にならない声が大森の名を叫ぶコールに変わった。

チームの苦境を救った英雄に対する賞賛のコールだ。

いつの間にか、ミカも大森の名を連呼していた。

試合はコーナーキックに変わった。あの七番がボールを蹴《け》った。だが、大森がボールをキャッチした。そのまま勢いをつけてダッシュし、敵陣近くで待っていた味方にボールを投げた。

ボールは綺麗《きれい》な放物線を描いて味方に渡った。おれは目を瞠《みは》る。キックならともかく、サッカーのボールをあの強さであの距離まで投げられるゴールキーパーはそうはいない。もし大森がサッカーではなく野球をやっていたら、百五十キロ台後半の速球を投げるピッチャーになっていただろう。

ボールを受けたロッコの九番が反転し、相手ゴールに向かってドリブルをはじめた。攻めることに夢中になっていた相手は、ディフェンダーが三人しか残っていない。九番の他に、ロッコの八番と十一番が全速力で駆け上がっていた。九番がディフェンスを引きつけられるだけ引きつけ、がら空《あ》きになった相手ゴール前のスペースにボールを蹴り出した。

八番がそのボールに触れ、前に飛び出して来た相手キーパーを嘲笑《あざわら》うようにボールを左にはたいた。

猛然とダッシュしてきた十一番がそのボールをダイレクトでシュートした。ボールがゴールネットを揺らした。

見事なカウンター攻撃だった。それも、大森のあの素晴らしい遠投がなければ生まれなかった。

再びの大歓声。客席が揺れる。スタジアムが軋《きし》む。

サポーターたちはゴールを決めた十一番と大森の名を交互に連呼した。

「大森君って、凄くないですか?」

ミカが言った。

「ああ。いいゴールキーパーだ」

おれは答えた。

＊　＊　＊

結局、ロッコは虎の子の一点を守りきって勝った。相手チームは二十本近いシュートを放ったが、枠内に飛んだシュートはすべて大森が防いだのだ。

この日の大森は神がかっていた。普通なら三対一ぐらいのスコアで相手チームが勝っているところだ。

「ほんと、今日の大森君は凄かったな」

試合終了後、クラブハウス近くのバルで時間を潰《つぶ》していた。ミカはカプチーノを、おれはガス入りの水を頼んだ。

「君にいいところを見せたい一心だったんだろう」

「それにしたって、実力がなければできないでしょう？」

おれはうなずいた。今日のようなパフォーマンスを続けることができれば、大森は出世の階段を駆けのぼっていくだろう。

「今夜のスポーツニュースや明日の朝刊は大森をマン・オブ・ザ・マッチに選ぶだろう。

それぐらいの活躍だった」

ロッコの勝利とワインかビールに酔っぱらったサポーターたちが、次から次へとやって来て握手やハグを求めた。

「日本人だろう？ おれたちの神様の同胞だろう？ 握手させてくれ」

間違いなく、この日のロッコでは大森が神だった。

ミカのスマホに着信が入った。ミカが電話に出る。何度かうなずき、すぐに電話を切る。

「大森君から。クラブハウスの方に来てくれって」

おれはうなずき、飲み物の代金をテーブルに置いた。

ロッコの町では相変わらず優勝でもしたかのような馬鹿騒ぎが続いている。すれ違う連中が、おれたちを見るたびに「日本人か？ レオの国から来たのか？」と声をかけてくる。

最初はいちいちそれに応じていたミカも、やがて日本人かと問われると首を振るようになった。

クラブハウスの周りも同じだ。サポーターが小さなクラブハウスを取り囲み、ロッコを応援する歌をがなり立てている。

とてもじゃないが、このサポーターの波を掻《か》き分けて大森が外に出てこられるとは思えなかった。

「車の中で待とうか」

おれはそう言って、車を停めた方角に目をやった。おれの車のボンネットに見知らぬ男が腰掛けていた。反射的に右手が腰にいきそうになるのを辛《かろ》うじてこらえた。

男は気のいい田舎のイタリア男だった。

「それはおれの車だぞ」

車に近づき、男に言った。男はボンネットから腰を上げた。

「タカナカさん？」

「そうだが」

「レオからこれを預かってきた」

男が鍵をおれに手渡した。

「レオのアパートメントの鍵だよ。この騒ぎが収まるまで選手はクラブハウスから出られないから、先に行っててくれってさ」

男は大森のアパートメントまでの道順を教えると立ち去った。

「勝手に部屋に入っていいの？」

「いいらしいな」

おれたちは車に乗り込んだ。

大森のアパートメントはロッコ郊外の緑豊かな丘の上に建っていた。この辺りでは一等地だ。クラブが借り、選手に貸しているのだろう。

アパートメントの敷地に勝手に車を停めた。スペースはいくらでもあった。中に入り、階段をのぼり、男から聞かされていた部屋番号のドアに鍵を差し込む。

ドアが開いた。

「本当に勝手に入っていいのかしら？」

ミカの言葉にうなずき、おれは部屋に足を踏み入れた。

広いダイニングリビングの隅にウェイトトレーニング用の器具が無造作に置かれていた。インテリアは白が基調だったが、大森の趣味とは思えない。家具付きのまま入居したのだろう。部屋は他にベッドルームが三つとバスルームがあった。

「サッカー選手ってもっと凄い豪邸に住んでるのかと思った」

「そんなのは一握りの選手だけだ」

おれとミカはそれぞれ勝手に室内の品定《しなさだ》めをはじめた。

家具調度はちゃんとしているが、大森個人のものは驚くほど少ない。ロッコに長居するつもりはないのだ。必要最小限のものを運び込み、別のクラブからオファーがあれば、さっさと出て行く。それがステップアップを目指す若いサッカー選手の常だ。

大型の液晶テレビはハードディスク付きのものだった。電源を入れ、ハードディスクに記録されている中身を見た。

ほとんどすべてがサッカーの試合だった。セリエAはもちろん、イングランドのプレミアリーグ、スペインのリーガエスパニョーラ、ドイツのブンデスリーガの主立《おもだ》ったチームの試合が録画されている。

ビッグクラブの試合を真剣に観ながら、いつかその舞台に立つ自分を夢想している大森の姿は簡単に想像できた。

昔のおれも同じだったからだ。

高校時代、憧《あこが》れのピッチャーが投げる試合を飽きることなく観戦した。そのストレートの威力に感嘆し、変化球の切れ味に溜息《ためいき》を漏らした。

そして、いつか自分もあのマウンドに立って、それ以上のピッチングを披露してやるのだと意気込んでいた。

成功することしか考えていなかった。プロ野球の歴史に名を刻む投手になるのだ。それ以外の未来はあり得ない。

若かった。腹が立つほどに愚かだった。

テレビを消した。ミカがリビングから消えていた。リビングから廊下に出てすぐの部屋のドアが開いていた。明かりも点《つ》いている。

中を覗く。

ミカがベッドのサイドテーブルに立てかけられていた写真立てに見入っていた。

「どうした？」

声をかけると、背中を蹴られたかのように身体をびくつかせた。

「びっくりした」

ミカは胸に手を当てた。

「その写真は？」

「こんなところに飾ってあるから、彼女かなと思ったんだけど、ちょっと年上すぎるかな……」

おれはミカから写真立てを受け取った。写真に目を落とし、凍りついた。

似ていた。おれがだれよりも欲した女にそっくりだった。

いや。似てはいない。目や鼻、口といったパーツははっきりと違っている。だが、顔全体から受けるイメージが同じだった。

「どうしたの、高中さん？　顔が真っ青だよ」

ミカの声が耳を素通りする。おれは立ち尽くしていた。写真から目を離すことができなかった。

＊　＊　＊

大森は男を連れてきた。行きつけのトラットリアのシェフだ。この日のために店を休ませたのだ。大森がどれだけミカに入れあげているかがわかる。

シェフ付きのディナーにミカは目を輝かせて喜び、大森は喜ぶミカを見て鼻の下を伸ばした。ふたりの会話は弾む。

おれはそんなふたりの様子をただ眺める。頭の中では、大森の寝室にあった写真の女の顔が渦を巻いていた。

マルコという名のシェフが満面の笑《え》みを浮かべて前菜を運んできた。生ハムやサラミの盛り合わせと、ソテーした手長海老《えび》。海老のまわりには蒸した旬《しゅん》の野菜が配置され、シェリー酒を使ったというソースが添えられていた。

ワインもマルコのチョイスだ。ヴェネト州の白。

ミカはワインを啜《すす》って目を丸くした。ナイフで切った海老の身にソースをつけて口に放り込んでさらに目を丸くした。

「美味しい」

「だろ？　マルコの作る料理はなんだって旨《うま》いんだ。おれがもっと金を稼げるようになったら、ミラノにリストランテを出させてやるって約束してるぐらいなんだ」

大森はご満悦だった。大森もワインを飲んでいる。今夜はとことん飲むつもりなのだろう。

「リストランテだと、そうしょっちゅうは行けないわね」

「ミカはタダだよ。なにを食っても飲んでもおれ持ち」

「ほんと？」

ミカの目がまた丸くなる。

ふたりはあっという間に前菜を平らげた。おれも海老をかたづける。相変わらず味はしない。

料理とワインも手伝って、ふたりの会話は加速していく。サッカーの話、ファッションの話、その間に挟まれる大森の口説き文句。ミカはそれを優雅にかわしていく。

イカスミのショートパスタ、サルシッチャを使ったトマトソースのタリアテッレ。次々に料理が運ばれてきて、次々に若いふたりの胃に収まっていく。

おれはマルコを呼ぶ。おれの皿は少なめにしてくれと囁《ささや》く。マルコはウィンクをしてキッチンに消えていく。

二本目のワインはエミリア・ロマーニャ州のランブルスコ。赤の発泡ワイン。おれはワインを一口啜るたびにグラス半分の水を飲む。大森とミカはワインをがぶ飲みしている。

メインの料理は仔牛《こうし》のロースト。ソースはバルサミコ仕立て。ワインがトスカーナの赤に変わる。

大森の顔が赤い。ミカの目がかすかに潤んでいる。

「レオの家族ってみんな日本にいるの？」

ミカが訊く。いつの間にか、「大森君」という呼びかけが「レオ」に変わっていた。

「家族っつっても、姉貴がひとりいるだけなんだ。親父はくそったれの酔っぱらいで、おふくろにおれを産ませた後、家を出てった。おふくろもおれが小学生の時に乳がんになって、死んだ。それから、ずっと姉貴がおれの面倒を見てくれたんだ。親戚《しんせき》もいなくてさ、姉ひとり、弟ひとり。姉ちゃんには感謝してもしきれない。もっと稼げる選手になって楽させてやりたいんだよな」

「ふーん。お姉さんとは結構年が離れてるんだ」

「八歳違うんだよ。おれのために高校途中でやめて、必死で働いてくれてさ。男作ってる暇もないから、美人なのにいまだ独身。今のおれの稼ぎだと、税金抜かれるともう働かなくていいって言ってやれないんだ」

「お姉さん、なんて名前？」

「綾《あや》」

「綾さんか。どんな人なんだろう。写真とかないの？」

「あるよ。ちょっと待ってて」

大森が席を立ち、ベッドルームへ向かっていく。あの写真の女が姉なのだ。ミカがおれを見ていた。あの写真の女がだれなのかを探るために、わざと大森の家族を話題にしたのだ。

おれはワインを啜り、水を飲み、仔牛を口に放り込む。なんの味もしない肉の塊を、意味もなく咀嚼《そしゃく》する。

大森が写真立てを手に戻ってくる。やはり、あの写真だった。

「ほんとに綺麗な人。レオと八つ違うってことは、三十過ぎ？　全然見えないなあ」

頭の中で渦巻いていた大森の姉、綾の顔が静止した。その目はじっとおれを見つめている。

掌《てのひら》に汗が滲《にじ》んだ。目の奥がちくちくと痛んだ。胃の奥に火傷《やけど》しそうなほどに熱い塊が生じていた。

「大森君、すまない」

おれは立ち上がった。

「どうしたんすか、高中さん」

「急用を思い出した。これからミラノに戻らなければ……」

「マジすか？　まだデザートも食べてないし、食後酒だってたっぷり用意してあるのに」

「また今度お邪魔させてもらうよ。君はいい――」

おれは腰を上げようとしていたミカを制した。ミカは探るような目をおれに向けた。

「せっかくの夜なんだ、君はゆっくりしていけばいい。明日、大森君がミラノまで送ってくれるさ」

「もちろん。ミカちゃんはゆっくりしていきなよ。ゲストルーム、昨日、おれが丁寧に掃除したんだぜ」

おれはミカにうなずいた。ミカは目を伏せた。

「そうね。女子としては、マルコのデザート食べないわけにはいかないもん。じゃ、高中さん、気をつけて帰ってね。お酒も入ってるんだし」

「ああ、すまないね。マルコ、ご馳走様」

キッチンのマルコにイタリア語で声をかけ、おれは大森のアパートメントを後にした。

＊＊＊

ぐるぐる回っている。

大森綾の顔が頭の中でぐるぐる回っている。その顔はやがてあの女の顔になる。かつて愛した女。だれよりもなによりも欲した女。その女を手に入れたくておれは殺しに手を染めた。どこまでもどこまでも堕《お》ちていった。

回る、回る、回って堕ちていく。

自分という人間を、自分のしていることを嘘《うそ》で糊塗《こと》し、その場しのぎの言葉でごまかし、しかし、収拾がつかなくなって女に悟られた。

女はおれを非難し、侮蔑《ぶべつ》し、背を向けた。

あれほど手に入れたかったのに。そのために殺し、殺し、殺し続けたのに。

回る、回る、回る――

路肩に車を停める。ステアリングに頭を打ちつける。

それでも回り続ける。胸がむかつく。目の奥の痛みが消えない。

ドアを開け、頭を突き出し、吐く。大森の家で食べた物すべてが未消化のまま食道を逆流してくる。

吐く物がなくなるまで戻し続けると、ドライビングシートの背もたれに体重を預ける。
まだ回っている。回り続けている。
おれは運転席に座ったまままきつく目を閉じる。

＊　＊　＊

翌朝、ミカからのメールが届く。
『大森と寝たわ』
メールを削除し、ベッドの端に腰掛けてあの女の写真を眺める。
大森綾とは似ていない――呪文《じゅもん》のように呟いて自分に言い聞かせる。
「麗芬《リーフェン》」
写真を見つめたまま、女の名前を口にする。
身体が震える。震えが止まらなくなる。

7

運河沿いのバルでパニーニを食べる。エスプレッソでパニーニを胃に流し込む。通りを行き来する連中の顔を眺める。ときおり、新聞に目を通す。

ガゼッタ・デロ・スポルト——ミラノに本拠地を置く有名なスポーツ新聞だ。

そのガゼッタが大森を絶賛していた。サムライ・ポルティエーレという見出しをつけて特集まで組んでいる。ポルティエーレというのはゴールキーパーのことだ。

記事はこう締めくくられていた。

『数年後、このサムライはチャンピオンズリーグの舞台でゴールを守っているだろう。今の活躍を続けていれば、ビッグクラブからオファーが届くことは間違いない』

隣の席にだれかが座った。驚愕《きょうがく》と恐怖を呑《の》みこむ。座ったやつの気配にまったく気づかなかった。

「暗手か？」

訛《なま》りのない北京語だった。

「ああ」

おれはゆっくり首を巡らせた。瞬《まばた》きしそうになるのを辛うじてこらえた。隣に座っているのは馬兵《マービン》だった。

「王天《ワンティエン》がおまえに会いたがっている」

馬兵は自分の雇い主を呼び捨てにした。馬兵に主《あるじ》はいない。契約を結び、仕事をする。それだけだ。

「聞いている」

「なのにおまえは無視しているそうだな」

「会う必要がないからだ」

馬兵が笑った。

「多分、おまえが正しいんだろう。だが、王天にはそんなことは関係ない」

「どうしておれがここにいるとわかった？」

馬兵はまた笑った。

「近日中に王天に会いに行け。じゃなけりゃ、おれの仕事が増えることになる。おれがだれか知ってるか」

おれは首を振った。

「馬兵だ」

おれは目を剝《む》いた。芝居には自信がある。

「おれの名を知ってるなら、おれの評判も耳にしているな」

おれはうなずく。

「だったら、おまえは王天に会いに行く。そうだろう？」

「近日中に」

「賢明な選択だ」

馬兵が腰を上げた。途中で動作を止め、おれを見おろした。

「台湾にいたことはあるか?」

汗の滴《しずく》が背中を流れ落ちる。

「北京、上海、香港《ホンコン》、マカオ、台湾。どこにでもいたことはある」

「そうだろうな。どこかで見た顔のような気がしたんだが……一度見た顔は忘れない。だが、おまえの顔は記憶にない」

「あんたと会うのはこれが初めてだ」

「王天に会いに行け」

馬兵はそう言うと、雑踏の中に分け入った。すぐに周囲の風景に溶け込み、消えてしまった。

おれは食べかけのパニーニを手にしたまま待った。

馬兵が整形する前のおれの顔と整形後のおれの相似点に気づくのを。おれを殺すために舞い戻ってくるのを。

一時間待ったが馬兵は現れなかった。

＊＊＊

試合のない日のサン・シーロは閑散としている。地下鉄出口付近に車を停め、ミカを待った。

待つことには慣れている。時間を持てあますことはない。退屈を感じることもない。おれたちの世界では生きるというのは待つことだ。待てないやつは早死にする。

十分後、ミカが姿を現した。おれは車をミカの前に移動させた。ミカが助手席に乗ってくる。ジーンズにTシャツ、薄手の革のジャンパー。ミラノというよりはパリに似合いでたちだった。

「昨日は高中さんに置いてきぼりにされるとは思わなかったなあ。もう少し引っ張るつもりだったのに」

ミカが言った。

「どうだった」

おれは訊いた。

「どうって？」

「大森はどんなセックスをするんだ」

「普通だったけど」

アクセルを踏む。車が動き出す。

「どう普通なんだ？　ただ突っ込むだけか？　それとも丁寧に愛撫《あいぶ》するタイプか？　舐《な》めるのが好きか？　舐められるのが好きか？」

「そんなことまで教えなきゃいけないの？」

「そうだ」

アクセルをさらに踏む。スピードが上がる。おれの視線はルームミラーからサイドミラーへと忙《せわ》しなく行き来する。今日、馬兵が現れてから、いつも以上に尾行や監視の確認をとっている。

「フェラチオされるのが好きみたい」

ミカの声は不機嫌だった。

「それから、乳首を舐めてくれって何度も言われたわ」

「受け身が好きなんだな。挿入する時はどうだった？　正常位か？　それともバックか？」

「わたしが上になった。自分でおちんちんを持って中に入れてくれって」

大森綾の顔が脳裏に浮かぶ。大森は姉に育てられた。シスターコンプレックスが肥大してもおかしくはない。

「一度だけか？」

ミカが首を振る。

「寝る前に三回。起きてから一回。若くて体力があるから、疲れ知らず」

「アブノーマルな行為は？　縛《しば》ったり、縛られたり――」

「いたってノーマル。次に会う時にはセクシーなランジェリーを身につけて来て欲しいって頼まれたけど、それぐらい」

「次に会う約束は？」

「来週は日曜にミラノで試合があって、翌日はオフだから会おうって」

「そうか」

交差点を右折する。サン・シーロから市街地へ、遠回りしながら近づいていく。尾行してくる車はない。

「お姉さんの話もいろいろ聞いたわ。知りたくない？」

ミカが言った。素知らぬ顔をしているが、おれを動揺させようとしているのは明らかだった。

「話せ」

おれは言った。頭の中がぐるぐる回る。意志の力でそれを抑えこむ。

「横浜《よこはま》の金沢八景《かなざわはっけい》の近くでひとり暮らし。横浜駅近くのイタリアンレストランでホールを束ねてるんですって」

「それから？」

「去年、ソムリエの資格を取って、さらに上を目指して猛勉強中。真面目で頑固な性格らしいわ」

「それから？」

「ねえ、レオのお姉さん、だれかに似てるの？　あなたの大切な人？」

「どうしてそう思う」

「だって、ベッドルームであの写真を見つけた時の高中さんの顔、凄かったもの。まるで、鬼になったみたいだった」

麗芬《リーフェン》の顔が脳裏に浮かぶ。麗芬の顔が大森綾の顔に変わる。大森綾の顔が麗芬になる。ぐるぐる回って変わり続ける。

「鬼か……」

かつてのおれはまさしく鬼だった。悪鬼だった。

「どんな人だったの？」

ミカが訊いてきた。

「なぜ知りたがる。おまえには関係のないことだろう」

「どうしてかな……なにがあっても平然としてる高中さんがあの写真見た時だけ素《す》になった気がして、高中さんをそうさせる人ってどんなだろうって思ったの」

「おれはクライアントで、おまえはおれに雇われている」

「わかってる」

「夜の世界に身を置いてるんだ。少しはおれたちのような人間のことはわかっているだろう。好奇心は時に命取りになる」

「ねえ、わたしとレオがやってるとこ、想像した？」

ミカはおれの言葉を無視した。

「いや」

おれは答えた。車はどんどん市街地に近づいている。尾行してくる車はない。

「わたしなんて眼中にないんだ」

それでわかった。ミカは嫉妬《しっと》している。生身の自分にはまったく興味を示さない男が写真の女にとち狂っているという事実に腹を立てている。

「おれは仕事をしているだけだ」

「仕事の最中はセックスはしない主義なわけ？　一緒に仕事をしてる相手と寝ないっていうのはわかるけど、恋人ともしないの？」

「恋人はいない。セックスをする相手もいない」

「どうして？」

「勃《た》たないんだ」

ミカがシートベルトを外した。おれの方に身を乗り出し、ズボンの上から股間《こかん》に触れてきた。

「本当に勃たないの？」

おれはうなずく。

ミカがズボンのジッパーを下ろした。中からおれのものを摑《つか》みだした。口に含む。舌を動かす。指で根元をしごく。

おれのものは萎《しお》れたままだった。

麗芬を失った時、おれは牡《オス》としての機能も失った。

「ほんとなんだ」

ミカがフェラチオをやめた。バッグからハンカチを取りだし、自分の唾液《だえき》で濡《ぬ》れたおれのものを丁寧に拭《ふ》いた。拭き終えると元の場所に収め、ズボンのジッパーをあげた。

「バイアグラとか飲んでもだめなの？」

「飲もうと思ったこともない」

ミカはおれの横顔を見つめている。おれの目は忙しなく動いている。尾行してくる車はない。

「わかった」

ミカが言った。ミカはおれから視線を外すとまっすぐ前を向き、一言も発しなくなった。

＊＊＊

ドゥオーモでミカを降ろし、サルピ通りに向かう。龍華飯店《ロンファファンディエン》のそばに車を停める。

レストランに入ると例の部屋に通された。

王天とボディガードがおれを迎える。ふたりのボディガードは前回と違い、プロだった。身のこなしでそれとわかる。おそらく、馬兵の部下だろう。

馬兵はいない。おれは落胆する。

馬兵が気づいてくれればいいのに。気づいて、おれを殺しに来てくれればいいのに。

「座れ」

王天が言った。おれは座った。

「暗手と呼ばれるおまえでも、馬兵のことは怖いらしいな」

王天が嗤《わら》った。

「馬兵を恐れないやつはいない。いずれにせよ、近々状況説明に来ようとは思っていた」

おれは言った。おれの口調に王天の目が濁《にご》っていく。

「だれに向かって口を利いてるかわかっているのか」

「前回は初対面だし、あんたに敬意を払った。だが、あんたのやり方は敬意に値しない」

おれは王天の目を見返した。

「おまえは死にたいのか」

「例のゴールキーパーに女を接近させた。女はプロだ。ふたりは寝た。あんたたちが試合に金を賭ける頃には、ゴールキーパーは女にぞっこんだろう」

王天の目に光が宿る。怒りよりも金儲けに意識がシフトしたのだ。

「さすがは暗手だ」

「こういうことには時間がかかる。おれの評判は知っているはずだ。仕事はきっちりやるから、あまりせっつかないでくれ」

「何度も言うが、これには大金が絡んでいる」

「馬兵を雇ってもお釣りが来るほどの大金だ。わかっているさ」

馬兵と手下《はべ》を雇うには最低でも月に五十万ユーロの経費がかかる。見栄《みえ》だけで自分のまわりに侍らすには馬兵は高くつきすぎるのだ。

「だが、あんたが余計なことをするとその大金をどぶに捨てることになりかねない」

王天の目がまた濁りはじめた。だが、前回いたチンピラどもとは違い、馬兵の部下たちはぴくりとも動かなかった。よく訓練されている。いつでも銃を抜けるよう右腕は弛《し》緩《かん》している。目に宿っているのはおれの不審な動きを瞬時に察知するセンサーだ。

しかし、このふたりでも馬兵には遠く及ばない。馬兵は暗闇の底に潜む怪物だ。音もなく標的に近づき、確実に、容赦なく殺す。標的はなぜ自分が死ぬのかわからぬまま息絶える。

「もうおれはなにもしない」王天が言った。「おれの代わりに馬兵がおまえを見張る。なにかひとつでもしくじったら——」

王天は右手で自分の喉《のど》を掻き切る仕種《しぐさ》をしてみせた。あまりにも芝居がかっていて笑い出してしまいそうだった。

「しくじったりはしない」おれは腰を上げた。「もう何年もこの仕事で食ってるんだ」おれは王天とボディガードに背を向けた。部屋を出ると、奇妙な昂揚《こうよう》感がおれを捉《とら》えた。

馬兵がおれを見張っている。常におれを監視する。

いつか馬兵はおれに気づくだろうか。

そう考えただけで全身の肌が粟《あわ》立った。

恐怖のせいではない。おれを捉えているのは歓喜だった。

8

ロッコがミラノにやって来た。インテルと対戦するためだ。

オンラインのブックメーカーの賭け率はインテル一辺倒。ここ数年低迷が続いていたが、今シーズンは二位という好位置につけている。

おれは〇対〇のドローという結果に千ユーロを賭けてみた。おれとミカは大森からこの試合に招待されていた。ミカが見ているのだ。大森が張り切らないはずがない。神がかった好セーブを連発するだろう。

インテルは二位につけているとはいえ、総得点が上位五チームの中では一番低かった。決定力のなさを安定した守備でカバーしているのだ。それは一対〇での勝利数がどのチームよりも多いという結果が証明している。

試合開始前、インテリスタ——インテルのサポーターたちは余裕綽々だった。ハーフタイムには苛立《いらだ》ちを隠せなくなり、試合終了後には人生に絶望したかのようにうなだれてサン・シーロのスタジアムを後にした。

おれの予想通り、大森が爆発したのだ。

前半十三分、インテルの右サイドアタッカーがライン際をドリブルで抜け出し、絶妙なクロスを蹴った。そのクロスをインテルのフォワードがヘッドでゴールライン際に叩きつけた。だれもがインテルのゴールを確信した次の瞬間、横っ飛びした大森が指先でそのボールを弾《はじ》いた。

このスーパーセーブで大森は波に乗った。インテルがロッコのゴールに放った枠内シュートは七本。そのすべてを大森はセーブしたのだ。

クライマックスはロスタイムだった。なにがなんでも勝ち点三が欲しいインテルは波状攻撃を仕掛けてきた。

ミッドフィルダーから左のサイドバックにロングパス。サイドバックはそれをダイレクトでペナルティエリア内に蹴り込んだ。ボールはロッコのディフェンダーに当たり、ペナルティエリア外にいたインテルの選手の足もとに転がった。その選手はシュートを放った。コースを狙った低い弾道の最高のシュートだった。

しかし、大森は神がかっていた。まるでシュートコースを読んでいたかのように身体を横倒しにしながらシュートをパンチングで弾いた。そのボールがまた別のインテルの選手の前に飛んだ。インテルの選手はボレーでそのボールを蹴った。倒れていた大森は身体を反転させて右腕を伸ばした。ボールが腕に当たって跳ね返った。

ロッコの選手がボールをクリアしようとして蹴り損ねた。そこへインテルのアタッカーたちが押し寄せ、ボールを奪った。

そして三度のシュート。だが、体勢を立てなおして待ち構えていた大森がそのシュートを押さえた。

スタンドを埋め尽くしていたインテリスタが溜息を漏らし、やがて、大森を讃《たた》えるために拍手しはじめた。

この夜、サン・シーロの英雄は間違いなく大森だった。

「レオ、凄いね」

ミカが目を輝かせていた。おれは舌打ちをこらえていた。

おれの千ユーロは七千ユーロになった。だが、大森の価値はもっと跳ね上がったはずだ。

このまま価値が上昇し続ければ、大森は八百長には手を出さないランクの選手に登りつめてしまう。

「どうしたの？　レオが活躍したのに難しい顔をして」

ミカが言う。ミカの無邪気さが腹立たしい。おれは席を立ち、帰途につくインテリス夕と共にスタジアムを後にした。

人混みから離れると、頭に刻みこんだ番号に電話をかけた。

来週、ロッコと対戦するチームの選手だ。ナイジェリア出身の三十二歳。上を狙うには薹《とう》が立ちすぎている。あとは下《くだ》っていくだけのサッカー人生しか残されてはいない。金が欲しいはずだし、これまでも金でゲームを売ってきた。

「マノだ。おれのことを覚えているか」

電話が繋《つな》がるとおれは言った。

「もちろんだよ、マノ」

流暢なイタリア語が返ってきた。もう十年近くイタリアで暮らしているのだ。

「頼みがある」

「金になる頼みかい？」

「ああ」

「八百長は無理だぜ。うちのチームには今はその手の選手はいないんだ」

「来週の試合には出るのか？」

「もちろん。このチームにおれ以上の点取り屋はいない」

「相手のポルティエーレに怪我をさせて欲しいんだ」

「あの日本人かい？　今夜は大活躍だったそうじゃないか」

「大怪我は負わせるな。せいぜい、一ヶ月程度の離脱で済む怪我を負わせて欲しい」

「難しい注文だな。いくらもらえる？」

「五万ユーロ」

「OK。やるよ」

相手は簡単に承諾した。おれたちは電話を切った。余計な質問はなし。依頼があり、依頼を引き受ける。仕事が終わったら、金が渡される。

おれが信用を裏切ったことはない。おれに仕事を依頼される連中はおれを信頼する。

スマホを上着のポケットに押し込む。少し離れたところに立っていたミカがおれをじっと見つめていた。

「だれに電話してたの？」

おれに近づきながらミカが訊いてくる。

「知り合いだ」

おれは答える。ミカは鼻を鳴らし、おれから目を逸《そ》らした。ミカはおれのことを信頼していなかった。

＊　＊　＊

大森と待ち合わせたのは娼婦とポン引きがたむろするピッツェリアだった。試合が終わったのが午後十一時。大都会ミラノとはいえ、零時を回って旨いものを食える店となると限られてくる。

大森を待つ間、ミカは居心地が悪そうだった。この店でピッツァを食べている娼婦たちはいわゆる立ちん坊だ。ミカは高級娼婦。だが、娼婦は娼婦。同じ体臭を放っているのか、立ちん坊たちはミカが同類だと見抜く。なにを気取っているのかと剃刀《かみそり》のような視線を送ってくる。

「他にましな店はないの」

「食べ物に期待しないならある。だが、大森は旨いものをリクエストしてる」

ここはピッツェリアだが、パスタでもリゾットでもステーキでもなんでも旨い。

午前一時近くになって大森が姿を現した。

「ごめん、ごめん。道に迷っちゃって」

屈託《くったく》のない笑みを浮かべておれたちの席にやって来る。何人かのポン引きが大森に気づいた。おそらくインテリスタなのだろう。大森の背中に中指を突き立てたやつもいた。

笑みを浮かべているポン引きは、インテルの最大のライバル、ACミランのサポーターであるミラニスタだ。

「凄かったじゃない、レオ。今日も大活躍。最後はインテリスタがレオに拍手してたもの」

隣に腰掛けた大森にミカがしなだれかかる。

「料理は勝手に注文しておいたけど、いいかな」

おれは言った。大森はうなずいただけですぐにミカに顔を向けた。

「おれ、イケてた？」

「うん。めっちゃイケてた」

大森の視界におれは入っていない。ミカしか見えないのだ。ミカしか見たくないのだ。ノーヒットノーランを達成した夜のことを思い出した。神宮《じんぐう》球場。地鳴りのような拍手。揺れるスタジアム。試合後のヒーローインタビュー。すべてが終わるとシャワーを浴び、チームメイトたちと夜の銀座に繰り出した。

入れ替わり立ち替わりするホステスたち。だれもがおれの席に着きたがっていた。だれもがおれと寝たがっていた。

大森もロッコに帰れば女はよりどりみどりだろう。だが、大森は有象無象《うぞうむぞう》の女たちよりミカを選んだ。

おれより純粋なのだ。

料理が運ばれてきた。大森とミカが舌鼓《したつづみ》を打った。ミカの顔からはついさっきまでの不機嫌さが綺麗に消えている。

おれはトイレに立つふりをして勘定を済ませ、ひとり、店を出た。

腹は減っていないし、おれは邪魔者だ。

車を停めた場所まで夜風に吹かれながら歩いた。背中に視線を感じ、振り向いた。

だれもいない。

だが、おれにはわかっている。馬兵《マービン》が、あるいは馬兵の部下がおれを見張っている。

おれは前を向き、なにごともなかったかのように歩きはじめる。

早く来い、馬兵——呪文のように呟きながら。

＊＊＊

部屋に戻るとシャワーを浴び、メールをチェックした。

受信したメールはどれもこれもゴミくずみたいなものだったが、中の一通がおれの目を引いた。

差出人はイーサンとなっている。おれが知っているイーサンはイーサン・ホーだけだ。

アメリカ生まれの中国人。十八歳で海兵隊に入隊し、除隊後、傭兵《ようへい》になった。おれがヨーロッパへ来る前に、インドネシアで一度だけ一緒に仕事をしたことがある。

おれのメールアドレスはツテを辿って知ったのだろう。

メールを開いた。

『馬兵がミラノに現れたと耳にした。なにか知っているか？』

英語だった。

噂《うわさ》を思い出す。六、七年前、イーサンは傭兵から足を洗い、ニューヨークで警備会社を立ち上げた。元傭兵を集めたボディガードの派遣会社だ。

イーサンは意気軒昂《けんこう》だったと聞いている。殺伐《さつばつ》とした中東の戦場から大都会に凱旋《がいせん》したのだ。戦闘服をスーツに着替え、死の恐怖に怯《おび》えることなく金を稼ぐ。

だが、イーサンの夢はすぐに潰《つい》えた。

イーサンが警護を担当した中国人の大金持ちがイーサンの目の前で殺されたのだ。

やったのは馬兵。

イーサンを嘲笑うかのように狙撃《そげき》ライフルで金持ちの眉間《みけん》を射貫《いぬ》いたという。

イーサンとイーサンの会社の信用は地に堕ち、仕事がなくなった。イーサンは会社を畳み、再び砂塵《さじん》舞う中東の戦場に戻るほかなくなった。

「この手で馬兵を殺してやる」

酔うたびにイーサンはそう吠《ほ》えているらしい。

おれはメールに返信した。

『馬兵は確かにミラノにいる』

送信が済むとコンピュータをシャットダウンし、水を飲んだ。

いつものように麗芬《リーフェン》の写真を眺め、朝が来るのを待った。

＊　＊　＊

二日後、またイーサンからメールが来た。

たのだ。

『ミラノにいる。会えないか？』

おれは苦笑した。馬兵がミラノにいると聞いて、いても立ってもいられずにやって来

イーサンは気が短い。兵士として超一流になれないのはそのせいだ。

待つことができないやつは早死にする。

いずれ、イーサンも死ぬのだろう。

『この番号に電話をくれ』

イーサンのメールには末尾に携帯の番号が記されていた。その番号を記憶し、おれはパソコンを初期化した。あとでその筋の専門家にハードディスクを復元できないように処理してもらわなければならない。新しいパソコンが必要だ。メールアドレスも破棄して別のアドレスを手に入れる必要もある。

新しいアドレスを仕事絡みの連中に教えるのも一苦労だ。

イーサンの短気ははた迷惑以外のなにものでもない。イーサンはおれのねぐらもなんとかして見つけるだろう。他人の迷惑などお構いなしだ。

昼が近かった。おれはアパートを出て街をぶらついた。気まぐれにバルを選び、気まぐれにパニーニを注文する。外のテーブルに腰をおろし、パニーニを頰張りながら通りを行き交う連中の顔を眺める。通りは昼飯を求める連中で溢《あふ》れかえっている。

とある顔がおれにまっすぐ向かってきた。

馬兵だった。

馬兵は仲の良い友人のような笑みを浮かべ、おれの向かいの席に腰をおろした。

「まるで修道僧のような暮らしだな、暗手。昼も夜も食うのはパニーニ。たまに仕事絡みでまともなものを食っても、後でそれを吐いている」

おれは肩をすくめた。馬兵は相変わらず笑みを浮かべたままだが、目には冷たい光が宿っていた。

「パニーニ以外のものは食わないと決めているのか。ここはイタリアだ。パスタもあればピッツァもある」

「これが楽なんだ」

おれは言った。冷たい目がおれを見つめている。おれの本質を探ろうとしている。

「変わった男だな」

「なんの用だ」

「王天は退屈な男だ。楽な仕事で楽に稼がせてもらっている。文句はない。だが、退屈なことに変わりはない」

「暇つぶしにおれをからかいに来たのか」

「王天よりは面白そうだからな」

馬兵は近づいてきたバルの店員にエスプレッソを注文した。店員が離れていくのを待って口を開く。

「いろいろ調べさせてもらった」

「そうだろうな」

「ヴィト・ルー。その前は黄明《ホワンミン》と名乗っていた。インドネシアでだ。だが、それ以前、おまえがどこにいてなんと名乗っていたか、知っている者はいない」

「いろいろやっていたんでね」

「おまえは十年前、突然、インドネシアに現れた」馬兵はおれの言葉など耳に入らなかったというように言葉を続けた。「そこでサッカーの八百長絡みの仕事に手を染め、手腕を認められた」

おれはパニーニの最後の一切れを口に放り込んだ。店員がエスプレッソを持ってきた。馬兵が口を噤んだ。店員からエスプレッソを受け取ると一息で飲み干した。

「この前、北京や上海にもいたと言っていたが、だれもおまえのことを知らない」

「腐るほど人間がいる街だぞ」

「裏の世界はそれほど広いわけじゃない」

「それでも、あんたと違ってだれもが知っているような有名人だったわけじゃない」

「インドネシアのある男が言っていた。インドネシアに現れた頃のおまえの北京語には福建訛りがあったとな。福建の生まれか？」

おれは答えなかった。

「それとも、台湾か？」

おれは答えなかった。

「まあいい。だれにも語りたくない過去はある。評判を聞く限り、おまえはプロ中のプロだ。経歴も上手に闇の奥に葬り去ったんだろう」

馬兵は話している間、じっとおれを見つめていた。氷のように冷たい、なんの感情も混じらない目。怪物の目。

「おまえはおれと同じ目をしている」

おれの心を読んだかのように馬兵が言った。

「地獄の深淵を覗きこむと、そういう目になるんだ」

馬兵が嗤った。

「本当に珍しいことなんだぞ。おれがこんなふうに他人に興味を持つなんてな。すべて、おまえのその目のせいだ」

「光栄だとでも言えばいいのか」

「おまえのことが知りたくてたまらない。なにをして、なにを見て今のおまえになったのか、知りたくてたまらないんだ、暗手」

「放っておいてくれないか。おれもあんたも自分の仕事をして稼ぐだけだ」

「おまえは正しい。おれは間違っている。だが、知りたくてたまらない」

馬兵が腰を上げた。テーブルにエスプレッソの代金を置き、おれに背を向ける。

「邪魔をしたな、暗手」

歩きかけ、足を止め、振り返る。

「最後にひとつだけ聞かせてくれ」

「なんだ」

「おまえも、だれかが自分を殺しに来るのを待っているのか」

馬兵の冷たい目がおれを見つめた。

おれは答えなかった。

馬兵はうなずき、歩き去った。おれは遠ざかっていく背中を見つめた。

おれは加倉昭彦《かくらあきひこ》だ。おれはおまえが人を殺す現場を見た。おれはおまえの標的だった。

そう叫びたいという衝動に駆られた。

＊　＊　＊

あの頃のおれは血に飢えていた。

殺して殺して殺して、それでも殺し足りずにまた殺した。

ある男を狙っていた。

ある朝目覚めると、すべてがどうでもよくなっていた。おれがなにをしようと過ぎ去ったものを取り戻すことはできない。おれの元から去っていった女がおれの腕に抱かれることは二度とない。

おれは台湾を出てフィリピンに渡った。

おれが狙っていた男がおれを返り討ちにするために馬兵を雇っていたという噂が耳に飛び込んできたのはフィリピンにいる時だ。

おれはフィリピンで顔を変えた。ある男の戸籍を買い取り、名前を変えた。

自分が加倉昭彦という日本人である痕跡《こんせき》を徹底的に消し去り、フィリピンを去った。

フィリピンからインドネシアへ。そこでスポーツの八百長賭博に関わるようになり、名を売り、ヨーロッパへ渡った。

生きている意味などないのに生き続けた。

9

土曜が来て、ロッコのホームスタジアムで試合が開催された。

おれとミカはまた試合に招待された。

キックオフは午後三時。アクシデントが起こったのが午後四時七分過ぎだった。

相手チームのスルーパスがロッコのディフェンスラインとキーパーの間にできたスペースに通った。大森がそのボールを追った。相手チームのセンターフォワードが突進してきた。おれが金で買ったヴィクトル・オルマだった。

激突。

大森もヴィクトルもピッチに倒れ、のたうち回った。

見事なプレイだった。だれも故意だとは思わない。

「レオ――」

ミカが立ち上がり、口を押さえた。

ロッコの選手たちがヴィクトルを取り囲む。相手チームの選手たちがその間に割り込んだ。主審のホイッスルが何度も響いた。

スタジアムも騒然としている。

「だいじょうぶかしら、レオ……」

「だいじょうぶじゃなさそうだな」

おれは言った。おれたちの周りの観客がヴィクトルに罵声《ばせい》を浴びせている。

「怪我なんかしてないよね」

「大怪我を負わされたかもしれない」

審判団がロッコと相手チームの選手を制し、メディカルスタッフをピッチ内に呼んだ。

ヴィクトルが顔をしかめながら立ち上がった。だが、大森は倒れたままだ。

大森は担架に乗せられピッチを後にした。脇腹を押さえ、苦痛に歪《ゆが》んだ顔は血まみれだった。

ピッチにペットボトルやコインが投げ込まれた。スタジアム中の人間がヴィクトルを非難していた。ヴィクトルは悪びれることなく肩をすくめ、ロッコの選手たちに申し訳ないというジェスチャーをしてみせた。

「行こう」

おれはミカを促した。

「行くって……」

「大森がいないんなら試合を観ても意味がない。それより、大森の怪我がどんな具合なのか調べてみよう」

「う、うん」

ミカの顔は蒼白《そうはく》だった。

＊　＊　＊

ロッコのスタッフに案内されて、おれとミカは病室に向かった。

スタッフによると、大森の怪我は頭部の裂傷《れっしょう》と肋骨《ろっこつ》の骨折。肋骨は二本折れている。最低でも二ヶ月は戦列を離れることになるだろう。天井知らずに上がり続けていた大森に対する評価はこれで一旦《いったん》落ち着くことになる。おれの目論見《もくろみ》通りだった。

「レオ」

ベッドに横たわる大森が視界に入った途端、ミカはその場に立ち尽くした。頭部に巻かれた包帯が実際の怪我以上に大森を弱々しく見せている。

「来てくれたんだ、ミカ」

大森がミカを呼んだのだ。だから、おれたちは病室に立ち入ることをゆるされた。

ミカはおずおずとベッドに近寄った。

「痛い？」

「痛み止め打ってもらってるから。それより、まいったよ。調子が上がってきたところなのにこんな怪我をするなんてさ」

大森が顔をしかめた。

「肋骨だから、骨がくっつくまでは安静だな。練習を再開できるのはその後だ」

おれは言った。

「高中さん、悔しいっす。今の調子を維持して試合に出続けてれば、次のシーズンオフにはもっと大きなクラブからオファーが来たはずなのに」

「君はロッコの英雄だ。怪我が治ればまたレギュラーとしてゴールを守ることになる。そこで活躍すれば、オファーなんてすぐに来るさ」

「だといいんだけど。ちくしょう……あいつ、名前なんていいましたっけ、おれに激突してきたやつ」

「たしか、ヴィクトル・オルマだ」

「あいつ……間違いなくおれの方が先にボールに触れる状況だったんすよ。それなのに全速力で突っ込んでくるなんてあり得ないっすよ」

「だから、三十二歳にもなってイタリアの田舎《いなか》クラブでプレイしてるんだよ」

「それにしたって、ちくしょう……」

おれたちを案内してきたスタッフがわざとらしい咳《せき》払いをした。そろそろ帰れという合図だ。

「そろそろ行こう」

おれはミカに告げた。

「まだいいじゃないっすか」

大森がミカの手を握った。

「今日はゆっくり休むことだ。また明日、見舞いに来るよ」

おれの言葉に大森は目を閉じた。

「そうですね。おれもなんだか眠いや」

「レオ、また明日ね。必ずお見舞いに来るから」

「うん。待ってる。寝てるだけでなにもすることないからさ、必ず来てくれよ」

おれたちは病室を出た。ミカは何度も振り返っていた。

＊＊＊

「こっちにアパートを借りてやる」

車を発進させると、おれは言った。

「アパート？　なんのために？」

ミカが怪訝そうに眉を吊り上げた。

「大森の面倒を見てやるんだ。甲斐甲斐しくな。それでなおさら大森はおまえから離れられなくなる」

「そこまでしなきゃだめ？」

「だめだ。そのために大金を払ってる」

「わかりました。やればいいんでしょ。赤の他人に抱かれるよりはよっぽどましだもの。

それより、あれ、高中さんがやらせたんでしょ」

ミカはおれの横顔を見つめていた。

「なんのことだ」

「とぼけないで。レオに怪我させたの、高中さんでしょ」

「どうしてそう思う」

「理由はわからないけど、あのアクシデントが起こった瞬間、高中さんだって思った」

「そうだ。おれがやらせた」

「酷いことするのね」

「大森は生きている。怪我が治ればまたプレイできる。世の中には殺されたサッカー選手が腐るほどいる」

「ほんとに？」

おれはうなずいた。

「八百長絡みで殺されたの？」

おれはうなずいた。

「それぐらいの大金が動くってことなのね」

おれはうなずいた。

「もしこの仕事がうまく行かなかったら、わたしも殺される？」

「そうなったら、死ぬのはおれだ」

おれは言った。今度はミカがうなずいた。

「それでも、レオ、可哀想《かわいそう》」

「少しは大森に心が動いているのか」

ミカが笑った。

「だって、このままレオが成功し続けて、どこかの大きなサッカークラブからオファーが来て、そこでも活躍したら大金持ちになるのよ。レオの奥さんになるのも悪い話じゃないかなって時々考える」

「大森はビッグクラブには行けない」

おれは言った。一度八百長に関わった人間は一生逃れられない罠《わな》にはまったのと同じだ。

そして、大森は必ず八百長に関与することになる。

おれがそうさせるからだ。

10

コモ湖へのドライブ。

途中、何度も寄り道をした。尾行は確認できない。プロ中のプロに尾行されているのか。あるいは、馬兵《マービン》とその手下どもは他のなにかに忙殺されているのか。

後者だと判断し、車首を北へ向けた。

おれは危険を察知する能力に長《た》けている。修羅場で叩《たた》き込まれたのだ。

おれがなにも見つけられないということは、そこにはなにもないということだ。

コモ湖畔にあるリゾートホテルの駐車場に車を入れたのは、もう昼飯時も終わろうとしている頃合いだった。ホテル内のリストランテは客の姿もまばらで、遅い昼食をとっているのはロシア人ばかりだった。コモ湖畔は高級別荘地だが、ここ数年は金持ちのロシア人が進出してきている。そのうち中国人もやって来るだろう。

イーサンはバルにいた。気難しい顔をして気難しそうにエスプレッソを啜《すす》っている。いつもなら様子をうかがうのだが、おれはそのままバルに足を向けた。イーサンはプロだ。危険の兆候を見逃すはずはない。

「なんだってこんなところで会わなきゃならないんだ。都会の方が目立たない」

イーサンがエスプレッソを見つめたまま口を開いた。

「今はいろいろと差し障《さわ》りがあるんだ」

おれはイーサンの向かいの椅子に腰をおろした。やって来たウェイターにカプチーノを注文する。尾行を確認するために立ち寄った先々でエスプレッソを飲んだ。もううんざりだった。

「昔話で時間を無駄にするつもりはない。馬兵に関する情報をくれ」

イーサンが言った。おれはうなずいた。おれとイーサンは昔話で旧交を温めるような仲ではない。

「いくらで買う」

おれは言った。イーサンの目尻《めじり》が痙攣《けいれん》した。

「いくら欲しい」

「五万ユーロ」

「馬鹿を言うな」

「五万ユーロだ」おれは金額を繰り返した。「キャッシュで」

「おれがそんな大金を持ち歩くとでも思っているのか」

「思っている」

イーサンが苦笑した。

「こっちの手の内はお見通しというわけか」

「馬兵に喧嘩《けんか》を売ろうという馬鹿からはふんだくってやった方がいい」

イーサンがおれを睨《にら》んだ。おれはその刺すような視線を受け流した。

「金をよこせ」

イーサンがテーブルの上のセカンドバッグをおれの方に押してよこした。

「おまえなら五万ユーロはふっかけてくるだろうと思って用意しておいた」

バッグのジッパーを少し開けて中を確認した。

「馬兵のなにを知りたいんだ」

「どこをねぐらにしている？」

今度はおれが苦笑する番だった。

「おれにわかるわけがない」

「やつは今、だれに雇われている」

「それは話せない」

「五万ユーロも払ってるんだぞ」

「おれに答えられる質問をしろよ」

イーサンはエスプレッソを不味《まず》そうに飲み干した。

「どこに行けばやつの尻尾《しっぽ》を捕まえられる？」

「おれを見張れ」

おれは言った。イーサンが目を丸くした。

「四六時中というわけじゃないが、馬兵の手下がおれを監視している。そいつらを見つければ、馬兵に辿《たど》り着くだろう」

「どういうことだ？」

「言っただろう。詳しいことは話せない」

カプチーノが運ばれてきた。おれは十ユーロをウェイターに渡した。

「お客様、これでは足りません」

ウェイターが言った。このバルはカプチーノ一杯に十五ユーロもぼったくるらしい。もう十ユーロを渡し、釣りはいらないと言った。五万ユーロをぼろ儲《もう》けした直後だ。細かいことは気にしない方がいい。

ウェイターは礼も言わずに立ち去った。ここではカプチーノしか頼まない人間は客として扱われないのだ。

「それじゃ、おれはこれで失礼する。二度とおれに連絡してくるな」

おれは高額なカプチーノには口もつけずに席を立った。イーサンはなにも言わなかった。

バルを出る直前、振り返ってみた。

イーサンは物思いに耽《ふけ》っていた。どうやって馬兵を殺すかを考えているのだろう。

無駄なことだ。

イーサンは腕利きの兵士だが、馬兵は死神なのだ。結果は戦いがはじまる前から見えている。馬兵のせいで損害を被《こうむ》ったのなら、天災に遭ったと考えて諦《あきら》めるしかない。イーサンはすぐにでもおれを見張るだろう。おれを監視している人間を探し、見つけるだろう。そして、返り討ちにされる。

台湾にいた頃のおれならイーサンを簡単に殺すことができただろう。そのおれも馬兵には呆気《あっけ》なく殺される。

復讐《ふくしゅう》など愚か者の考えることだ。

馬兵と関わったのに命がある。その僥倖《ぎょうこう》を喜ぶべきなのだ。

＊　＊　＊

大森が怪我をして二週間が経った。その間にロッコは二試合を戦い、二試合とも大量失点で負けた。地元のインターネット新聞は大森の復帰を切望する記事を掲載した。ガゼッタもサッカー面の片隅に、大森のいないロッコは警備システムのいかれた銀行のようだと書いていた。相手チームは労なくして点を稼げる。

王天《ワンテイエン》は満足しているだろう。怪我から癒《い》えた大森が復帰し、いいパフォーマンスを見せれば、ロッコの勝ちに賭《か》ける人間はともかく、大量失点での負けに張る人間は激減する。タイミングを見計らって大森に八百長をさせれば大儲けができる。

ガゼッタのページをめくると、社会面の小さな記事が目に留まった。ミラノ中央駅近くの路地裏で身元不明の死体が発見されたというものだった。警察は殺人事件として捜査をはじめたと記されている。

新聞を放りだし、パソコンを立ち上げた。ネットに繋《つな》ぎ、検索をかける。ミラノに本社を置く新聞社、コッリエーレ・デッラ・セーラのサイトに最新の記事が載っていた。

見つかった死体はアジア系。死体に複数の刺し傷。身元が確認できるものが残されておらず、地元警察は身元の特定を急ぐと共に目撃者の捜索を優先させている。

現場を写した小さな写真が添付されていた。拡大する必要もなかった。

死体はイーサンだった。

「早かったな」

おれは呟《つぶや》き、パソコンをシャットダウンした。イーサンはおれの想像以上に素速く動いた。それほど恨みが大きかったのだろう。だが、それでも馬兵にはかなわない。

空腹を覚えた。上着を羽織り、パニーニを調達するために部屋を出た。アパートメントの外に馬兵がいた。

「少し付き合ってくれないか」

馬兵が言った。

「パニーニを食べに行くところなんだ」

「車に用意してある。ガス入りの水もだ」

「馬兵に抜かりはないか……」

おれは肩をすくめ、踵《きびす》を返した馬兵に従った。十メートルほど先の路肩に黒いヴァンが停まっていた。

「乗れよ」

馬兵がヴァンの横で足を止め、おれを促した。

「どこに連れて行くつもりだ」

「心配するな。殺したりはしない。ちょっとドライブに付き合ってもらうだけだ」

「王天の指示か？」

「個人的な用件だ」

イーサンの件だ。おれはうなずき、ヴァンに乗り込んだ。ヴァンに乗っているのは運転手だけだった。三列シートの最後列にパニーニと水の入った袋が置いてあった。

「好きなだけ食うといい。だいぶ冷めてしまったがな」

「ひとつあればいいんだ」

おれが最後列のシートに腰を落ち着けると馬兵が乗り込んできておれの隣に座った。自動ドアが閉まり、ヴァンが動き出す。どうやら郊外を目指しているようだった。

おれはパニーニを頬張った。生ハムとチーズのパニーニだ。おれが食べている間、馬兵は無言だった。

パニーニの最後の一切れを口に放り込み、水で胃に押し流すと、馬兵がやっと口を開いた。

「飽きることはないのか」

「別なものを食う時もある」

「生きていたくないんだな。かといって自殺するつもりもない。その時がやって来るのをただ待っている」

おれは肩をすくめた。

「イーサンという男を知っているか」

馬兵が話題を変えた。

「イーサン・ホーのことか？」

「面識があるんだな」

「何度か仕事をしたことがある」

「あいつは死んだ」

馬兵のガラス玉のような目がおれをじっと見つめていた。

「いつか死ぬだろうとは思っていた。あいつはあんたを狙っていたからな」

「あいつはおまえを監視していた。それで、他にもおまえを監視している者がいると気づき、おれに辿り着いた」

「馬鹿な男だ」

おれは言った。馬兵の目は動かない。

「戦場で過ごすとだれもが多かれ少なかれおかしくなる。激戦を生き延びたら、それは自分の腕がいいからだと勘違いするやつもいる。本当はただついていただけなのにな」

「イーサンがその手の男だったと言いたいのか？」

馬兵は口を閉じた。

「あんたは戦場でも冷静だったんだろう」

「なぜイーサンはおまえを監視していたんだ？」

おれは首を振った。

「おれにわかるわけがない。仕事柄、いろんなやつらの恨みを買っている。おれがどんな仕事をしているか知っているやつなら、おれを見張っていれば、いつどこで金が動くかわかると考えるかもしれないしな」

馬兵の目は動かない。

「イーサンの監視に気づいたのはいつだ？」

「今、あんたに聞かされるまで知らなかった」

「おまえが気づかないはずがない」

「なにか気になることがあったとしても、どうせあんたの部下だろうと思ってしまったさ」

やっと馬兵が瞬《まばた》きをした。

「前もって答えを考えていたかのようだな」

「あんたが用意したパニーニを食うはめになるとは夢にも思っていなかったよ」

「台湾にいたことはあるか？」

心臓が止まりそうになった。震えそうになる喉《のど》を意志の力でねじ伏せた。

「いいや」

「ひとつだけ仕事をしくじったことがある。台湾でだ」

おれはそっと馬兵の横顔をうかがった。馬兵の表情はいつもと変わらなかった。

「裏社会で悪霊と呼ばれ、恐れられていた男がいた。なんでも、元々はプロ野球の選手で八百長に関わっていたらしい。日本人だ」

喉が渇いた。水を飲んだ。

「詳しいことは省くが、その日本人が復讐の鬼になったんだ。殺して殺して殺しまくった。いい投手だったらしい。人を殺す訓練なんて受けていないはずなのに、めっぽう銃の扱いがうまかったそうだ。投手ってのはゴルフでもなんでも、上達が早いと聞いたことがある。的《まと》に球を当てるコツを身体が覚えているんだな」

「それで」

水を飲んでも喉の渇きは癒えなかった。

「おれはそいつを殺すために雇われた。だが、おれが台湾に入ると、そいつは息を潜《ひそ》めた。自分を殺すためにおれが雇われたと耳にしたんだろうと最初は思っていた。だが、悪霊は悪霊だ。そのうち姿を現してまた殺しはじめるはずだった」

「消えたままになったのか」

馬兵がうなずいた。

「おれと入れ違うようにして台湾を出たらしい。徹底的に捜したが、見つけられなかった」

「どこかで野垂《のた》れ死《じ》んでいるんだろう」

「あいつは生きている」

「どうしてわかるんだ」

馬兵は微笑《ほほえ》み、右手の人差し指を自分の胸に向けた。

「ここで感じるんだ」

もっと水が飲みたかった。だが、馬兵に不安を気取られるわけにはいかない。

「まだ捜しているんだな。見つけて、殺す。そうすれば、あんたの経歴はピカピカのままだ」

「契約は破棄された。やつを殺す必要はない。だが、おまえの言う通り、おれはやつを捜している」

「なぜ?」

馬兵は自分の顎《あご》をさすった。

「おれは仕事で人を殺す。だれかを恨んだり憎んだりして殺したことはない。契約以外の殺しは、だれかがおれのルールを侵《おか》したからだ」

おれは口の中に溜《た》まった唾《つば》をそっと飲みこんだ。

「悪霊は違う。金のためでも生き延びるためでもなく、殺すために殺した。自分で抑えきれない感情を相手にぶつけて殺した」

「なにが言いたいんだ？」

「そいつを見つけて、頼みたいことがあるのさ」

おれは馬兵の横顔を正視した。

「物心ついた時にはわかっていた。おれは他の連中とは違う。嬉《うれ》しいとか楽しいとか腹が立つとか、そういう感情がよくわからない。ある時、おれは気づいた。おれには人殺しの天賦の才がある。だから、軍に入り人を殺す技術を徹底的に磨いた」

この会話の行き着く先が見えない。喉の渇きはますます激しくなっていく。

「除隊すると殺しを仕事にした。殺して、殺して、殺して、気がつけば、おれはこの世界のトップになっていた」

馬兵がおれを見た。相変わらずガラス玉のような瞳《ひとみ》にはなんの感情も宿っていない。

「つまらん。退屈だ。金は貯まったが使い道がない。土地も車も宝石もおれには無用だ。おれが望むのはおれが全身全霊を賭けないと殺せないようなターゲットだ。だが、そんなものはこの世にはいない。毎日がつまらなくて気が狂いそうだ。まさか、退屈がおれを滅ぼそうとするなんて予想もしていなかった。そのうち、おれは夢想するようになった。おれはいつも殺す側だった。だが、殺される側になったら、この退屈も紛れるんじゃないかとな。だれかがおれを殺しにくる。そう考えると胸が躍るんだ。生まれて初めて持つ感情だ」

ヴァンはとうにミラノ市街を離れていた。

「だが、おれを殺そうなんて考えるのは、イーサンのような愚か者だけだ。腕の立つ殺し屋はおれを殺そうとは思わない。そんな依頼は引き受けない。リスクが大きすぎるからだ」

「そうだろうな」

「だが、悪霊は違う」

馬兵の目が光った。

「あいつはリスクなど考えない。自分の感情に従い、殺す。それだけだ」

封印していた記憶が頭の奥で蠢《うごめ》いている。おれは水を飲んだ。最後の一滴まで飲み干した。

「あいつがおれを殺しに来たら最高だ」

馬兵の声は夢を見ているかのようだった。

「あいつなら、おれを殺してくれる」

「どうしてそんな話をおれにするんだ」

「この仕事のかたがついたら、あいつを捜す手伝いをしてくれ。もちろん、報酬は出す」

「人捜しは専門外だ」

おれは言った。水を飲もうとして、ペットボトルが空になっていることを思い出した。

「おまえなら見つけられる」

馬兵が言った。おれは右手の人差し指を自分の胸に向けた。

「ここで感じるのか？」

馬兵が笑った。もし蛇が笑うとしたらそんな感じなのだろうという笑みだった。

「いずれ、悪霊のことを詳しく話してやる。あいつのことを知れば知るほど、おまえもおれと同じになるはずだ」

「同じ？」

「そう。あいつに殺されたくなる。話は終わった。戻れ」

運転手に声をかけると、馬兵は腕を組んで目を閉じた。おれのアパートメントの前でヴァンが停まるまで身じろぎひとつしなかった。

＊＊＊

寝室に作った隠し金庫を開け、油紙にくるんだ拳銃《けんじゅう》と弾丸を引っ張り出した。

ワルサーP99。インドネシアで手に入れ、そのままヨーロッパまで持ってきたものだ。月に一度はばらして掃除をしている。

所持はしているが、使うつもりは毛頭なかった。殺しは封印したのだ。

台湾での最後の日々は銃を手放すことがなかった。寝る時もセイフティを解除した銃を握っていた。

もうあんな日々はごめんだ。

分解し、掃除をし、また組み立てる。最後に弾倉を装塡《そうてん》し、薬室に弾丸を送り込んだ。銃を構え、バランスを確かめる。

史上最強の殺し屋と謳《うた》われた馬兵が壊れている。

完璧《かんぺき》な人間はいない。だれもが壊れていく。

いずれ馬兵はだれかに殺されるだろう。

スマホが鳴った。大森からだった。

「お久しぶりです、高中さん」

「ああ。怪我の回復も順調だそうじゃないか。ミカから話は聞いているよ」

「退屈で退屈で気が狂いそうですよ」

大森は馬兵と似たような台詞《せりふ》を口にした。銃を握る手に力が入った。

「まあ、焦らないことだ。完治する前に練習や試合に復帰して、また同じところを怪我する馬鹿は大勢いる」

「わかってますよ。監督からも、医者が完治したって太鼓判《たいこばん》を押すまでは練習にも合流させないって言われてますから」

「ならいい」

「話は変わりますけど、来週、日本から姉が来ることになりまして」

心臓が凍りついた。

「ミカがずっと面倒見てくれてたんだけど、他人になにからなにまでさせるわけにはいかないって。仕事のスケジュールの調整ずっとしてたんすけど、やっと十日の休みが取れるようになったんすよ」

「それはよかった。肉親なら安心だ」

「それで、姉がこっちに滞在中に、是非、高中さんに会って礼を言いたいって」

「そんな必要はない」

馬兵と話していた時よりも激しい渇きに襲われた。

「いや、高中さんには本当にお世話になってるし、おれも、姉と一緒にお礼をしたいんです。一度、食事に付き合ってください。お願いします」

「来週は、出張でミラノにいないんだよ」

「そこをなんとか。ね、高中さん、いいでしょ」

「わかった。なんとかしよう」

おれはうなだれた。仕事のことを考えれば、大森の姉と会っておくのは必要なことだった。

「ありがとうございます。じゃあ、今度でいいんで、高中さんの都合のつく日が決まったら教えてください。こっちが高中さんに合わせますから」

そういうと、大森は電話を切った。

おれは右手に銃、左手に携帯を握ったまま動くこともできずに立ち尽くしていた。

11

尾行がついていた。馬兵《マービン》の手下が三人。入れ替わり立ち替わり、ポジションを変えておれを追ってくる。

馬兵に仕込まれただけあって腕はいい。だが、おれは暗手《アンショウ》だ。伊達《だて》にその呼び名がついたわけではない。

地下鉄を乗り継ぎ、用もないのにウィンドウショッピングに興じる。

人と車の姿のない路地にさしかかると、打ち合わせ通りアレッサンドロの運転するタクシーがやって来た。

おれが乗り込むとタクシーはすぐに発進した。サイドミラーに慌てふためくやつらが映っている。

「尾行されるなんて、なにかまずいことでもしでかしたのかい、ヴィト」

ローマ訛《なま》りのイタリア語が耳に飛び込んでくる。

「たいしたことじゃない」

アレッサンドロが肩をすくめた。ローマで生まれ育ち、祖父も父親も生粋《きっすい》のロマニスター―ローマのクラブのファンだというのに運命の悪戯《いたずら》でミラニスタとなり父親に勘当されてミラノにやって来たという変わり種だ。普段はタクシー運転手として働き、週末はイタリア各地に飛んでミランの応援をしている。

二年前に知り合い、ときおり、使っている。おれは余計なことを聞かないせいでアレッサンドロを気に入っており、アレッサンドロはチップをはずむので、おれを気に入っている。

「じゃあ、予定通りロッコに？」

「ああ、予定通りロッコに」

おれは答えた。

「今度の試合、ミランは勝つと思うかい？」

アレッサンドロが訊《き》いてきた。いつも同じことを訊くのだ。

「また負けるだろう」

おれは答えた。いつも同じことを答えるのだ。

＊　＊　＊

大森はミラノで会食したがっていた。だが、大森の姉――綾の存在を馬兵に知られたくはなかった。理由はない。ただ、知られたくなかったのだ。遅かれ早かれ知られることになるだろうが。

おれは会食はロッコでしようと強引に押し切った。

大森の家で、またあの陽気なマルコを呼んで食べよう。実は、マルコの料理がとても気に入ったんだ。

おれの言葉に大森はうなずくしかなかっただろう。

大森の家から少し離れたところでアレッサンドロのタクシーを降りた。

「じゃあ、帰る時間がわかったら電話をくれよ。おれは、その辺に車停めて寝てるからさ」

「わかった」

アレッサンドロのタクシーが視界から消えるのを待って歩き出す。空はまだ明るいというのに、ロッコの町は通夜《つや》のように静まりかえっていた。大森が離脱したあとのロッコの戦績が町から活力を奪ったのだ。

ドアの呼び鈴を押すと大森が出てきた。部屋の奥からは笑い声が聞こえてくる。どうやらマルコとミカの笑い声だった。

「いらっしゃい。待ってましたよ」

「楽しそうだね」

「今夜はミカがマルコのアシスタントなんすよ。さ、早く入って。姉ちゃんが首を長くして待ってるんで」

大森に促されるままリビングに向かった。大森綾は皿やグラスが並べられたテーブルの端っこで所在なげに座っていた。ミカとマルコはイタリア語で喋《しゃべ》っている。綾には理解不能なはずだ。

「姉ちゃん、高中さんが来たよ」

大森の声に救われたとでも言いたげな表情を浮かべ、綾は腰を上げた。濃紺のストライプのスーツ姿だった。薄く化粧した顔はかすかに緊張して強張《こわば》っている。

「弟がいつもお世話になっております。姉の綾と申します」

三十代とは思えない落ち着いた声だった。

「どうも、高中です」

おれは安堵《あんど》の気持ちを覚えながら応じた。写真で感じたほどには似ていない。物腰が柔らかく、控えめ――似ているのはそこだけだ。

「世話をしているというよりも、大森君からサッカーのチケットをせしめているという方が近いんですが」

綾の差し出してきた手を、おれはそっと握った。綾は大森と同じで、日本人女性としては大柄だった。百七十センチには届かないが、限りなく近い。スーツの足もとはパンプスで、代わりにハイヒールを履けばイタリア男なら口笛を吹くかもしれない。

だが、綾は決してハイヒールは履かないだろう。そういうタイプの女に見えた。

「さ、座って、座って。高中さんはビール？　それともスプマンテ？」

大森の問いかけに、おれは綾の席に目をやった。細長いシャンパングラスが泡立っている。

「わたしもスプマンテを」

「了解」

大森はテーブルの端のアイスバケットに手を伸ばした。氷の中に突き立てられているスプマンテのボトルはしかし、空っぽだった。

「あれ？　もう一本空けちゃったのか。高中さん、ちょっと待ってて」

大森はキッチンに足を向けた。イタリア語で叫んだ。

「マルコ、飲みすぎだぞ。酔っぱらってちゃ料理の味がわからなくなるだろう」

乱暴な足取りでキッチンに消えていく。

「すみません。あの子、酔ってるみたい。普段はそんなに飲まないのに」

キッチンに顔を向けながら綾が言った。

「知っています。シーズン中はほとんど酒を口にしない。調子が上がってきたところで怪我ですからね。酒も必要でしょう」

「本当に素敵な方々に囲まれて、わたしも安心しました。向こう見ずなところがある子で、海外でのひとり暮らしはどうなんだろうと心配してたんです」

「彼ならだいじょうぶですよ」

「そうみたいです。ずっと母親代わりをしていたので――」

「はい、お待たせ」

大森がスプマンテの新しいボトルを持って戻ってきた。

「姉ちゃん、またおれをガキ扱いして高中さんに話してたんだろう」

「そんなことはない。弟思いのいいお姉さんだ」

綾の代わりにおれが答えてやった。

「そうっすかね。こっちはいつまでも子供扱いされて結構大変なんすけど」

大森がスプマンテを注いだグラスに手を伸ばし、掲げた。

「はじめまして」

綾もグラスを掲げた。

「今後も、怜央をよろしくお願いします」

グラスを軽く合わせ、おれはスプマンテを啜った。

「ちょっと料理手間取ってるみたいなんで、おれも手伝ってくるから」

大森はそう言うと、またキッチンへ消えていった。その素振りからは怪我をしているように見えなかった。

「高中さんはイタリアは長いんですか？」

「そろそろ十年になります」

「イタリアの前は？　……すみません、不躾《ぶしつけ》に訊いてしまって」

「かまいませんよ」おれは微笑んだ。「ミラノの前はバルセロナです」

「日本を出て長いんですね」

「家族もおりませんし、日本に戻るつもりはありません」

「わたしも昔は海外生活を夢見ていたんですけど……」

綾は言葉を切り、キッチンに目を向けた。

「母子家庭だったんですが、母が突然他界して、あの子の面倒を見なければならなくなって」

「代わりに怜央君が海外で暮らしている」

「そうですね。なんだか不思議な気持ちです」

綾が笑った。シャンパングラスを落としそうになった。触れれば消えてしまいそうな淡い微笑み――似ている。

「どうしました？」

その声に我に返ると、綾が不思議そうにおれを見つめていた。

「なんでもありません。ここのところ疲れが溜まっているようで。年ですね」

キッチンで騒ぐ声が大きくなった。どうやら、そろそろ前菜ができあがるらしい。

「ミカさんも本当に素敵なお嬢さんで……高中さんのおかげで出会ったんだとうかがいました」

「わたしはなにもしていませんよ」

おれは辛《かろ》うじて答えた。

「いい人に出会えたって怜央は言ってます。高中さんのことを心から信頼してるみたい」

そう仕向けたのだ。大森に八百長をさせるためにおれが仕組んだのだ。

それを告げたら綾はどう反応するだろう。おそらく、おれが夫を殺した男だと知った時の麗芬《リーフェン》と同じだろう。恐れおののき、おれを憎み、蔑《さげす》む。そして、絶望に駆られるのだ。

「お待たせしました」

ミカと大森が皿を運んできた。

綾の言葉から逃れられたことに安堵し、おれはスプマンテを口に含んだ。

酸味が舌を刺激した。

驚き、グラスを透かしてみた。味覚を感じたのはいつ以来だろう。

綾の物腰が、微笑みが、おれに昔を思い出させる。

味覚はその副産物だった。

＊　＊　＊

「相変わらず食が細いのね」

ミカが言った。メインのラム肉のソテーを頬張っている。

「そうなの？」綾が口を開いた。「あまり食べないから、料理が口に合わないのかと思ってたわ」

「馬鹿言え。マルコの手料理が食べたいって言ったのは高中さんだぜ。高中さん、ほんとに食べないんだ。身体つき見ればわかるだろ」

大森がグラスを傾けた。ほとんど空だ。大森はしこたま飲んでいた。

「よろしければまたいらしてください」

綾が眼差《まなざ》しをおれに向けた。酔っているせいで、かすかに潤んでいる。

「今度はわたしが料理を作ります。和食に餓《う》えてるんじゃありませんか」

「日本食の味はもう忘れました」おれは言った。「久々の姉弟《きょうだい》水入らずなんですから、わたしのことは気になさらないでください。仕事があってそう頻繁には来られませんし」

「だったら姉ちゃんがミラノに行けばいいんだよ」

大森が口を挟んできた。

「ミラノに?」

「そうだよ。どうせ、こんな田舎町じゃ日本食の食材なんて手に入らないんだから、どっちみち、買い出しだってミラノに行くことになるんだからさ。高中さんの家で作ってやりゃいいんだよ。それで恋心が芽生えちゃったりして。高中さんが兄貴になるなら、おれはかまわないからさ」

「怜央、飲みすぎよ」

「酔ってねえって。どう、高中さん。もしかしたら姉ちゃん、この年で処女かもだけど、もらってやってくれる？」

「怜央」

綾の顔つきが変わった。姉の顔から母のそれへ。途端に、大森もだらしない酔っぱらいの顔から子供のそれへと変貌《へんぼう》した。

「ごめん。確かに酔いすぎだわ、おれ」

「高中さん、本当にごめんなさい」

「いいんですよ、これぐらい。イタリアなら普通の会話です」

おれは微笑み、膝《ひざ》の上のナプキンをテーブルに置いた。

「まだ宴《うたげ》の途中ですが、そろそろミラノへ戻らないと。明日、早いんです」

「もうお帰りですか」

「申し訳ない」

おれは頭を下げた。

「高中さん、車？」

大森の問いかけに首を振る。

「いや。ミラノから乗ってきたタクシーを待たせてある」

「じゃあ、気をつけて」

大森の目は朦朧《もうろう》としていた。もうすぐ撃沈するだろう。

「早く復帰できるといいな」

「エージェントが言ってたんすけど、怪我する前は中堅クラブやビッグクラブから話がしたいっていう問い合わせが結構あったらしいんすよ。でも、怪我した後は、しばらく様子を見たいって……ああ、ついてねえ。下手すりゃこの田舎でもう一年くすぶってなきゃならねえ」

「だから酔ってるのか」

「憂《う》さ晴《ば》らしに酔うなんて、らしくないんですけど。今日はすんませんでした」

大森は立ち上がり、おれに頭を下げた。すぐに足もとがふらつき、椅子に腰を落とした。

「それでは、これで失礼します」

「高中さん、わたしもミラノまで送ってくれる？」ミカが言った。「お姉さんがいるからレオの心配はないし、そろそろミラノの部屋に戻って掃除や洗濯しなきゃ」

「かまわないよ」

「じゃあちょっと、鞄《かばん》とってきます」

ミカが食卓から姿を消した。

「本当にすみません」

綾がまたおれに頭を下げた。

「楽しかったです」

「あの……」

「なんですか？」

「よろしければ、連絡先を教えていただけませんか。日本に帰ったら、なにかお送りしたいと思って」

「そんな気遣いは無用ですよ」

「是非そうさせていただきたいんです」

綾は頑《かたく》なだった。物腰は穏やかでも芯《しん》は強いのだ。麗芬がそうだったように。

「では、大森君からお聞きください。彼は携帯の番号もメアドも住所も知ってますから」

「ありがとうございます」

綾がまた頭を下げた。ボストンバッグを手にしたミカがやって来て、キッチンに駆け込んでいった。マルコにデザートを食べずに途中で帰る非礼を詫びている。

「わざわざ時間を作っていただいて、わたしも楽しかったです」

綾が言った。おれは微笑んで踵を返した。

口の中にラムと赤ワインの味が残っている。おれの味覚は元に戻りつつあった。

＊　＊　＊

「困っちゃうな」

アレッサンドロのタクシーに乗り込むとミカが言った。

おれは黙っていた。

「綾さん、めっちゃいい人なんだもん」

「嘘をついているのが苦痛か」

「そんな感じ」

「おまえはおれの金を受け取り、使った。今さら後戻りはできないぞ」

「わかってるよ、そんなこと。ただ……」

「ただ?」

「ちょっと心苦しい。高中さんはいつもこんなことをしてるの?」

アレッサンドロはイヤホンをしていた。おれがだれかと一緒にタクシーに乗り込むと、いつもそうやって音楽を聞く。盗み聞きはしないという表明だった。そんなことをしなくても、アレッサンドロは日本語を一切理解しない。

「いつもだ。これが仕事だからな」

「罪悪感は?」

「とうの昔にすり切れた」

ミカが窓の外に目を向けた。

「そうじゃなきゃやってられないよね。最初は楽な仕事だと思ったんだけど」

「騙《だま》すはずの相手に惚《ほ》れて、おれたちを裏切った女が昔いた」

おれは言った。

「そんな話しなくてもだいじょうぶだよ。高中さんはまだ結果も出てないのにわたしにぽんってお金を渡してくれた。普通あり得ないもの、そんなこと。危ないお金なんだってわかる。与えられた仕事をちゃんとやらなきゃどんな目に遭わされるのかも想像できるから」

「ならいい」

おれはアレッサンドロが気を利かせて用意してくれていたミネラルウォーターのボトルを開けた。水を飲む。まだ口の中にラムの脂が残っている。どれだけ水を飲んでも消えそうになかった。

「綾さん、高中さんのこと、レオにしつこいぐらいに聞いてたよ」

ミカが話題を変えた。おれは水を飲んだ。

「かなり興味持ったみたい」

「おれには関係ない」

「本当にレオのことを大切にしてるの。レオが八百長に手を染めて未来を棒に振ったら、あの人、どうなっちゃうんだろう」

「おれには関係ない」

おれは言った。

「そうじゃなきゃやってられないよね」

ミカが同じ台詞を口にした。

「ミラノに着くまでちょっと寝るね。今日はなんだか疲れちゃった」

ミカは目を閉じると、すぐに寝息を立てはじめた。

ペットボトルが空になった。新しいボトルを開け、飲んだ。ラムの味が消えない。

過去に食べたものの味が脳裏によみがえる。記憶が掘り返される。血にまみれた過去がおれに襲いかかる。

馬兵は過去のおれのことを悪霊と呼んだ。確かにおれは悪霊だった。

記憶の奔流に恐れをなして目を閉じる。

綾の笑顔が瞼《まぶた》の裏に浮かんで慌てて目を開けた。

目を開けていても地獄、閉じても地獄。

おれにできるのは水を飲み続けることだけだった。

12

スポーツ紙の片隅に、大森の復帰が近づいているという小さな記事が載った頃、日本に戻った綾から荷物が届いた。

荷物が配達されたのは、高中という日本人が代表を務めている雑貨を取り扱う会社の事務所だ。顔見知りのデザイナーに金を払い、住所と電話を使わせてもらっている。

税金対策だ。税金を支払わぬ者は当局に目をつけられる。今時の犯罪者は払う必要のない税金を払うためにペーパーカンパニーを買い取るのだ。

小ぶりの段ボールには丁寧に梱包《こんぽう》された鯵《あじ》の干物、蕎麦《そば》やうどんの乾麺《かんめん》、濃縮の出汁《だし》、醬油《しょうゆ》に味醂《みりん》、日本酒などが詰め込まれていた。

そして、手紙。

拝啓
先日はお忙しい中、時間を作っていただいてありがとうございました。そして、いつも怜央を後押ししてくださって、感謝する言葉も見つからないほどです。

日本の食材をお送りします。

と言ってもたいしたものではないのですが……。

怜央に聞いたところ、ミラノなら大抵の日本食材は手に入るとのことで、悩みました。干物と日本酒はわたしたちの故郷のものです。お口に合うとよいのですが。

今後も怜央のこと、よろしくお願いします。

綾

便箋《びんせん》からはかすかに香水の香りがした。捨てようと思ったが捨てられなかった。便箋を丁寧に折り畳み、麗芬《リーフェン》の写真を入れてある写真立ての裏に収めた。

蕎麦を茹《ゆ》で、食べた。

よみがえった味覚が記憶を刺激する。

夏の甲子園を目指す県大会。おれは全試合を完投した。防御率は一点台だった。一試合平均十二個の三振を奪った。どの試合でも、スピードガンを持ったプロ野球のスカウトたちがネット裏に陣取っていた。

甲子園出場を決めた翌日、監督が自分で打った蕎麦を振る舞ってくれた。おれたちはステーキが食いたいと駄々をこねた。

自分が八百長に関わるとは夢にも思っていなかった。血にまみれた人生を送るとは想像もできなかった。自分は無垢《むく》だと思っていたが、生まれた時から穢《けが》れていた。

蕎麦の茹で汁で出汁を割って飲んだ。飲み終えると、舌が日本酒を要求してきた。一杯だけのつもりだったが、気がつけばボトルを空にしていた。そのままベッドに倒れ込み、寝た。

悪夢を見たのか、目覚めると全身が汗で濡《ぬ》れていた。

＊＊＊

大森からメールが来た。ミラノに行く用事があるのだが、その時飯でもどうかという内容だった。

おれは大森に電話をかけた。

「練習に復帰したんだってね。祝いを兼ねて飯を食おう。ミカちゃんも一緒かな」

「いえ。今回は、おれと高中さんだけで。ちょっと相談したいことがあるんです」

「了解。リクエストはあるかい？」

「せっかくのミラノだから、和食がいいな。鮨《すし》とかどうすか？」

「予約しておくよ」

おれは電話を切り、すぐにミカに電話をかけた。

「大森がミラノに来る」

「そうなの？」

ミカはなにも知らないようだった。

「飯を食うことになったが、おまえも誘おうと言ったら断ってきた。なにかあったのか？」

「なにも。今朝も電話で話したよ。変わったところは全然なかったけど」

「相談事があるらしい。話の内容、想像つくか？」

「全然。変わったところっていったら、やっと練習に復帰できて舞い上がってるぐらいかなあ」

「わかった。また連絡する」

電話を切った。胸にわだかまる不安を無理矢理抑えつけた。

＊＊＊

大森は朗《ほが》らかな顔で店に入ってきた。

「遅れてすみません。なんか、イタリア人だらけの中にいると、時間感覚までイタリア人になっちゃいません？」

大森はおれの向かいに腰をおろした。

「時間に律儀なのは日本人だけだからね。ビール？」

おれの問いかけに大森は首を振った。

「シーズン終わるまで、もう、酒は飲みません。お茶を」

「わかった」

おれは店員に声をかけ、熱い緑茶をふたつ、注文した。

「料理はお任せにしてあるんだが、いいかな」

「もちろん。多分、鮨は追加で注文しちゃうと思いますけど」

「好きなだけ食えばいいさ」

運ばれてきたお茶で乾杯し、大森の復帰の前祝いをした。すぐに、刺身の盛り合わせが運ばれてくる。大森は旺盛《おうせい》な食欲を示したが、おれはほとんど手をつけなかった。

味覚がさらなる記憶を刺激するのが怖かったのだ。

「高中さん、食べないんすか？」

「実は昨日、飲みすぎてね。二日酔いで胃がもたれてるんだ。よかったら、全部食べてくれ」

「悪いなあ」

刺身は次から次へと大森の胃に消えていく。

「そういえば、お姉さんから荷物が届いた」

「なにを送ったらいいかって、何度もおれに電話かけてきたんすよ。ミラノで大抵のものは手に入るから、無理しなくてもいいって言ったんすけど。姉ちゃん、本気で高中さんに惚れたのかな」

「君が大切だから、ぼくに見守ってやってくれと言いたいんだ。それだけだよ。とにかく、礼を言っておいてくれないか」

「了解っす」

煮物と焼き魚が運ばれてきた。どちらも大森は二人前を平《たい》らげていく。

「それで、相談したいことっていうのはなにかな？」

おれは水を向けた。

「実は、ミカのことなんすけど……」

「ミカちゃんがどうした？」

大森が箸《はし》を置いた。思い詰めたような眼差しをおれに向けてくる。

悪い予感が頭をよぎっていく。大森とミカの仲がこじれれば、おれの計画も修正を余儀なくされる。

「ミカちゃんとなにかあったのかい？」

「今シーズンが終わったら、プロポーズしようかと思ってるんです」

生真面目な声が返ってきた。おれは拍子抜けした。

「プロポーズ？」

「はい。ミカ、ずっとロッコにいておれの看病してくれて……この女《ひと》とずっと一緒にいたいってマジで思ったんすよ」

「まあ、あの子はいい子だからね」

「高中さん、どう思います？」

「どうって言われてもな……」

「ミカ、おれのプロポーズ受けてくれますかね？」

大森の悩みというのはそれだ。ミカに結婚を申し込みたいが、断られるのが怖い。他人から見れば滑稽《こっけい》だが、本人は大真面目なのだ。

「それはおれにはわからない。だが、ミカちゃんが君に恋してるのは間違いないだろう。プロポーズされたら喜ぶんじゃないのかな」

「本当にそう思います？」

「ああ」

大森がそこまでミカに入れ込んでいるのなら万々歳だ。ミカのためなら大森はなんでもするだろう。八百長にだって手を染める。

「よっしゃ。本当なら、婚約と同時にビッグクラブに移籍ってのが最高なんだけど、この際、そんなこと言ってられねえや」

大森はまた箸を手にとって食べはじめた。

「あ、もうひとつ、あるんです」

「なに？」

「婚約指輪なんすけど、どんなのがいいのか、全然見当がつかなくて。姉ちゃんにも訊いたんすけど、男っ気の全然ない女だから、なんか言うことがちぐはぐなんすよね」

「時間ができた時に一緒に見繕いに行こうか。予算を決めておいてくれればそれでいい。指輪のサイズはミカちゃんにそれと気づかれないように確かめておくよ」

「助かります。ほんと、高中さんと知り合いになれてラッキーだなあ、おれ」

「大袈裟《おおげさ》だな」

「そんなことないっすよ。おれ、マジで感謝してますから」

おれはお茶を啜った。茶の苦みがまた記憶を刺激する。

台湾に渡ったばかり右も左もわからなかったおれに救いの手を差し伸べてくれた男がいた。おれはその男に縋《すが》った。

だが、おれを殺戮《さつりく》の世界に導いたのも結局はその男だった。

おれは騙され、はめられ、突き落とされた。

今は昔の自分に似た若者を騙し、はめ、突き落とそうとしている。

しかし、大森はおれと同じ道を歩んだりはしないだろう。たったひとりとはいえ、自分を愛してくれる家族がいるのだ。

おれにはだれもいなかった。

結局、大森は最後に鮨を二十貫食べた。大森の食べっぷりを見ているだけでおれは満腹になった。

13

ジミー・チャンが殺された。

テレビや新聞はもちろん、ネットのニュースより早く、暗黒街の噂がおれの耳に飛び込んでくる。

ジミー・チャンの死体は運河沿いの倉庫街の一角で発見された。後頭部を銃で一撃―処刑スタイル。

王天《ワンテイエン》が絵を描いている八百長で自分も儲けようとし、曰《いわ》くのあるところから大金を借りようとした。担保として、王天が仕掛けようとしている試合のチーム名を高利貸しに教えた。

暗黒街を駆け巡る噂には信憑性《しんぴょう》がある。ジミー・チャンは殺される前に拷問を受けただろう。高利貸しの名を明かしただろう。近いうちに高利貸しも殺されるだろう。

殺しに行くのは馬兵《マーピン》だ。

そして、おれにも累《るい》が及ぶ。できることならこの手でジミー・チャンを殺してやりたかった。

ドアがノックされた。

ドアを開けると馬兵の手下がふたり、立っていた。おれに手招きする。

「王天が呼んでいる」

おれはうなずき、部屋を後にした。

アパートメントの前に停まっていたヴァンに乗せられる。運転手と助手席にもうひとり。おれは部屋まで迎えに来たふたりに挟まれてリアシートに座った。

四人ともぴりぴりしている。王天《ろうえい》の怒りが凄《すさ》まじいのだろう。

八百長を仕掛ける人間は、情報漏洩をなによりも恐れる。八百長試合の存在が知れ渡ればオッズが劇的に変化する。儲けが損なわれる。だれかが責任を取ることになる——死ぬことになる。

龍華飯店《ロンファアンディエン》に入る前に入念なボディチェックが施された。

ジミー・チャンが金を借りた高利貸しが、殺《や》られる前に殺れとばかりに殺し屋を雇ったのかもしれない。馬兵に狙われているのだ。無駄な足掻《あが》きでしかない。

王天は冷静を装っていた。目でおれに座れと促し、組んだ両手の上に顎を乗せた。

「ジミー・チャンの件は耳に入っているな？」

「ああ」

「馬鹿なやつだ。あいつのせいで死人が増える。ジミーが金を借りたのはサイモン・ファンだ」

「名前は知っている」

いわゆるＡＢＣ——アメリカ・ボーン・チャイニーズ。アメリカ生まれの中国人。北京語より英語を自由に話す。

「ファンの後ろ盾《だて》を知っているか？」

「蔡道明《ツァイタオミン》だという噂だ」

台湾生まれの大人《ダーレン》だ。昔気質《かたぎ》の黒道《ヘイタオ》で、面子《メンツ》をなによりも重んじる。

「ファンがジミーから聞いた話を蔡道明に話していたら大事《おおごと》になる」

「ファンを捕まえて吐かせるつもりか」

「馬兵がやる」

おれはうなずいた。

「蔡道明の居場所がわからない」

王天が言った。蔡道明はヨーロッパ中を転々としているはずだ。

「捜《さが》してくれ」

「おれが？」

「そうだ。おれたちの組織も捜しているが、手はできるだけ多い方がいい。おまえは人捜しもうまいと聞いている」

「いくらだ」

おれは訊いた。

「これもおまえが請け負った仕事の一部だ」

王天が答えた。おれは笑った。

「おれが引き受けたのはロッコの日本人に八百長をさせることだけだ」

「四十万ユーロも払うんだぞ」

「他のやつに頼むんだな」

おれは王天に背を向けた。馬兵の手下たちは動こうともしない。これはおれと王天の問題であり、やつらにはなんの関係もないからだ。

「十万ユーロ出そう」

王天が言った。おれは出口に向かった。

「二十万ユーロならどうだ」

おれは足を止め、振り返った。

「引き受けよう」

王天は唇を噛《か》んでいた。

「なるべく早くやつの居所を突き止めるんだ。これ以上、おれの機嫌が悪くなると災難が降りかかるぞ」

「覚えておこう」

おれは王天の前に進み出た。王天が眉《まゆ》を吊《つ》り上げた。

「前払いで十万。蔡道明を見つけたら、残りの十万」

「ふざけるな」

「こういうことには経費がかかるんだ」

王天のこめかみがひくついた。できることならおれの首を絞めたいところだろう。だが、とっとと事態を収拾しないと自分の首が胴体から切り離されてしまうかもしれない。王天は自制した。それができるから、今の仕事を続けていられるのだ。

「下で待ってろ」

おれはうなずき、部屋を出た。階下のレストランで席に着き、海鮮スープを注文した。厨房《ちゅうぼう》で鍋《なべ》を振っていた中年のコックが店の外に出て行った。スープを啜っていると、その男が戻って来た。男はおれのテーブルにまっすぐ向かってくる。

「王天先生から」

南方訛りの強い北京語だった。手渡された封筒に金が入っていた。

「ご馳走様《ちそう》」

おれはテーブルに金を置いた。スープはまだ半分以上残っている。

回復した味覚が、台北《タイペイ》の屋台で飲んだスープが恋しいと訴えていた。

＊　＊　＊

コネを使う。ツテを辿る。

ユーラシア大陸からアフリカ大陸へ、オセアニアへ、北米へ、南米へ。

金をちらつかせ、脅し、すかし、なだめる。

先週まで蔡道明はモスクワにいたらしい。事業家の仮面を被《かぶ》ったマフィアのボスと食事をしているところを見たやつがいる。

先週のことはどうでもいい。知りたいのは今だ。今、やつがどこにいるかだ。

金に群がるハイエナどものケツを蹴《け》飛ばしてやる。

やがて、有望な情報が飛び込んでくる。

そのロシアンマフィアのボスは三日前、イタリアに飛んだ。コモ湖の豪華な別荘で休暇を楽しんでいる。

蔡道明がコモ湖にいる確率は三十パーセントというところか。

ミラノ周辺のチンピラどもに金を握らせる。コモ湖に向かわせる。マフィアのボスの別荘を見張らせる。

翌日、チンピラのひとりからメールが届く。画像が添付されている。

高倍率の光学ズームで切り取られた写真。テラスでくつろぐロシア人と黄色人種。短く刈った頭髪、日焼けした肌。左の頬にかすかな傷跡。

蔡道明のゴルフ好きは有名だ。週に三日はコースを回っている。

蔡道明は若い頃、顔に刃物傷を負った。

おれは電話をかけた。

「蔡道明はコモ湖にいる」

「馬兵が迎えに行く。一緒にコモ湖へ向かってくれ」

王天が言った。

「どうしておれが行かなきゃならないんだ」

「蔡道明がなにを知り、なにを知らないか、おまえが見極めるんだ。馬兵は八百長に関してはノータッチだからな」

「断る」

「もう、馬兵がそっちに向かっている。馬兵に同じ台詞を言ってみろ」

電話が切れた。

おれはミネラルウォーターのボトルに手を伸ばし、がぶ飲みした。

蔡道明は台湾人だ。台湾人とはできるだけ関わりを持ちたくない。

顔を変えた。名前を変えた。国籍を変えた。

だれもおれに気づかない。馬兵ですら、おれがかつて加倉と名乗っていた男だとは気づいていない。

それでも不安が募《つの》る。

だれかがおれに気づいたら……過去が押し寄せてくる。血まみれの悪霊が息を吹き返す。

水を飲み終えるのと同時にドアがノックされた。ドアを開けると馬兵が笑っていた。

＊　＊　＊

車二台が連なってコモ湖へ向かう。馬兵の手下たちは迷彩服に身を包んでいる。拳銃にアサルトライフル、手榴弾《しゅりゅうだん》。戦場に赴《おもむ》く兵士の一団だ。

馬兵は上下とも黒い衣服。闇に溶け込み、突如として姿を現し、命を奪う男には相応《ふさわ》しい。

「王天が驚いていた。まさか、こんなに早く蔡道明を見つけるとは思ってもいなかったんだろう」

馬兵が言う。馬兵は上機嫌だった。

「おれの見込んだ通りだ。おまえなら、悪霊を見つけることができる」

おれは口を閉じたままでいた。

「王天に出資している連中が、そのロシアンマフィアのボスと話をしているそうだ。なんていったっけかな……」

馬兵が顔をしかめた。

「ピョートル・イワノフだ」

おれは言った。

「そう、そのピョートルだ。蔡道明をこっちに引き渡してくれればなにがしかの金を払うと交渉している。おれたちに任せれば金は要らないんだがな」

「だが、強硬手段に打って出れば、ロシアンマフィアとの間で戦争になるかもしれない」

馬兵が嬉しそうに笑った。

「戦争は大歓迎だがな。おまえはそうじゃないのか」

「仕事がしにくくなる」

助手席の男がスマホを取りだして覗《のぞ》きこんだ。

「ロシア側が蔡道明の引き渡しに応じるそうです。ただし、朝まで待てと」

助手席の男がこちらに顔を向けて言った。馬兵は舌打ちした。

「つまらんな」

「朝、ロシア人たちは別荘を出ます。残るのは蔡道明と護衛がふたり。あとは使用人が数名」

「別荘の見取り図を手に入れさせろ」

「了解」

「ロシア人にいくら払うことになったんだか……今回の件、王天には高くつく。必ず八百長を成功させろとおまえにプレッシャーをかけてくるだろうな」

「八百長はうまくいく。だから、なんの問題もない」

「おまえは暗手だからな」

馬兵が言った。

「人を騙し、たぶらかし、金を使い、脅し、すかして思い通りに動かす達人だそうじゃないか」

「それでしか食い扶持《ぶち》が稼げなかった。だから、上達したんだよ」

「前に話した悪霊のことを覚えているか」

おれはうなずいた。

「あいつはおまえとは逆だ。騙され、操られる方だった。それがある日、突然暴発した。自分をはめた連中を殺して殺して殺しまくった。おまえも気をつけろ」

「気をつけよう」

素知らぬ顔をしながら馬兵の表情を観察した。かまをかけているわけではなさそうだった。

ミラノから一時間ほどで高速を下り、ほどなくするとコモ湖が視界に入ってくる。

最近では、中近東辺りの難民が、スイスに密入国するのに、コモ湖近辺を目指す姿が増えていた。おれもときおり頼まれて難民の密出入国で小銭を稼いでいる。

ピョートル・イワノフの別荘は丘の中腹に建っていた。馬兵の車は湖を挟んで反対側の丘を登り、開けたところで停まった。もう一台は、湖畔に向かっていった。

馬兵は手下から渡された双眼鏡をイワノフの別荘に向けた。笑みが消えた横顔は荒削りの彫刻のように険しかった。

「見取り図が届きました」

助手席の男がタブレット端末を馬兵にかざしてみせた。双眼鏡から目を離した馬兵が見取り図に食い入るような視線を送った。

「暗手、蔡道明の護衛はどんなやつらかわかるか」

「黒道だ。場数は踏んでいるかもしれないが、あんたたちのように正規の訓練を受けているわけじゃない」

馬兵はうなずきもせず、手下たちと話し出した。声は低く、速く、容易には聞き取れない。

「退屈そうだな」

話し合いが終わると、馬兵はおれに顔を向けた。

「おれがここにいる必要があるとは思えない。荒事には向いてないんだ」

「そう言う割には落ち着いている。度胸があるんだ」

おれは首を振った。

「おれの仕事を間近で見られるやつなんてそうはいない」

馬兵は弾倉に弾丸を詰めはじめた。

「銃を使うのか？」

「王天に、別荘に傷をつけるなと言われている。ケツの穴の小さい野郎だ。銃は念のためだ。こっちを使う」

馬兵は太股《ふともも》に括《くく》りつけた鞘《さや》からナイフを引き抜いた。刃渡りは十五センチほどだろうか。片刃《かたば》の刀身は細く、鋭い。

馬兵の仕事を目の当たりにした時の記憶がよみがえる。ナイフは馬兵の身体の一部のようだった。

「さあ、朝まで待機だ」

馬兵が手下たちに言った。運転席の男が窓を開け、双眼鏡を目に当てた。交替で見張りをするのだ。

「腹が減った。喉が渇いた」

おれは言った。馬兵がおれにウィンクをした。

「おい」

馬兵の声に助手席の男が車を降り、後ろに回った。荷台のドアを開けている。

戻ってきた男は紙袋を持っていた。渡され、中を覗く。パニーニとミネラルウォーターのボトルが入っていた。

「準備は怠りなし。それがおれのやり方だ」

馬兵が言った。

＊＊＊

運転席の男と助手席の男が見張りを交替した。

今夜は新月だった。晴れ渡った夜空に、無数の星が煌《きら》めいている。風が強く、コモ湖はさざ波を立てていた。これが無風なら、湖面は鏡のようになって星空を映し出すのだろう。

「眠れないのか」

馬兵の声が聞こえた。馬兵も寝ていない。

「ああ」

「毎晩、眠れないんだろう？」

「あんたもだろう」

薄闇の中、馬兵の唇が吊り上がるのが見えた。

「どうして眠れなくなったのか、知りたいな」

「話すつもりはない」

「悪霊を見つけてくれたら、おれがおまえを殺してやる」

馬兵の声は澄んでいた。

「どうした？　嬉しくないのか？」

「苦しまないようにやってくれるのか？」

「一瞬だ。おまえは自分が死んだことにも気づかない」

「よろしく頼む」

おれは目を閉じた。少し前までなら、馬兵の言葉に小躍りしていたかもしれない。だが、おれの味覚は復活した。

まだ、生きていたくないか？――おれは自分に問う。

わからない――途方に暮れたような声が頭の奥で響く。

＊＊＊

別荘に動きがあったのは、まだ薄明かりの時間帯だった。

二度目の見張りについていた助手席の男が短く鋭い声をあげた。馬兵と運転席の男が待ち構えていたというように身体を起こした。

「ロシア人がひとり、車に乗り込みました。ＳＵＶです」

別荘の明かりは夜通し、煌々《こうこう》と点《とも》っていた。

「荷物を積み込みはじめました」

助手席の男が続ける。馬兵はただうなずくだけだ。

「ロシア人は三人。三人とも銃を携帯しているようです」

「ということは、蔡道明の護衛たちも銃を持っていると考えた方がいいな——計画を変更する」

馬兵の言葉に、手下たちが緊張する。

「別荘にはおれひとりで侵入する。おまえたちは外で待機だ」

「ひとりでだいじょうぶなのか」

おれは訊いた。

「おれは馬兵だぞ」

馬兵が笑った。

「ピョートル・イワノフがSUVに乗り込みました。三人のロシア人も一緒です。敷地から出ていきます」

「蔡道明の姿は？」

「見当たりません。白人の中年女が車を見送ってまた別荘に戻っていきました」

「よし。車を出せ」

車が動いた。助手席の男がスマートフォンでだれかと話しはじめた。もう一台の車に乗っている連中が相手だろう。

イワノフの別荘に近づくにつれ、車内の空気が重く淀《よど》んでいく。平然としているのは馬兵だけだった。

「どう思う？」

馬兵がおれに話しかけてきた。

「なにがだ」

「蔡道明は八百長の件、だれかに話していると思うか」

おれは首を振った。

「こういうことは知る人間が少なければ少ないほど知っている人間の儲けはでかくなる。サイモン・ファンにも口止めして、自分の胸に仕舞っておくのが普通だ」

「ファンもそう言っていた」

「拷問したのか」

馬兵がうなずいた。

「仕事として請け負ったからな」

「無駄なことだとわかっていても、蔡道明も拷問するんだな」

「仕事だからな。つまらんが、仕方がない」

馬兵はそう言って欠伸《あくび》を嚙み殺した。

馬兵が別荘の裏手から敷地に侵入した。手下たちが固唾《かたず》を呑んで見守る中、馬兵は体操選手のように軽々と飛んで、二階のバルコニーに両手をかけた。苦もなく身体を持ち上げ、バルコニーに立つ。ガラスカッターでガラスを切り、ドアを開け、別荘の中に消えていった。

＊＊＊

なにも見えず、なにも聞こえず、時間だけが過ぎていく。

馬兵の姿が見えなくなって正確に五分が経った時、助手席の男のスマホに電話がかかってきた。

「了解」

電話に出た男は短く答え、運転席の男にうなずいた。車が動き出し、イワノフの別荘の正面に回った。別荘のエントランスに馬兵と蔡道明がいた。蔡道明の後頭部には銃が突きつけられている。

蔡道明の顔は怒りと屈辱に赤黒く染まっていた。馬兵はいつものように涼しい顔をしていた。

門が開き、車が敷地の中に入った。もう一台の車も後に続いている。

車が停まる。後ろの車から男がふたり、飛び出てくる。ひとりが銃を構え、もうひとりは手錠を手にしている。後ろ手に手錠をかけると、ふたりは蔡道明を挟み込むようにして歩かせ、後ろの車に押し込んだ。

馬兵が車に乗り込んできた。

「護衛は？」

おれは訊いた。

「死んだよ、もちろん」

馬兵が言った。車がまた動き出した。

「つまらん仕事だ」

車内に血の匂いが立ちこめていた。

＊　＊　＊

地下室は冷たく、湿っていた。

パイプ椅子に括りつけられた蔡道明ががなり立てる。蔡道明の上半身は裸だった。

「おれをだれだと思っていやがる」

「蔡道明だ」

馬兵が平然と答える。

手下たちの姿はない。馬兵が追い出したのだ。おれは見ることを強いられた。

蔡道明が本当のことを口にしているかどうか見極めろ——王天がそう言ったのだ。

馬鹿げている。馬兵は拷問のプロでもある。相手が嘘をついているかどうかはすぐにわかるというのに。

「おれの手下はごまんといる。ただじゃ済まないぞ」

「おまえの手下の大半は台湾にいるし、そいつらがこっちに来たところでどうということもない。逆に訊こう。おれがだれだか知ってるか」

馬兵は蔡道明に話しかけながら細身のナイフを手に取った。

「だれなんだ」

「馬兵だ」

馬兵の名を聞いた瞬間、蔡道明の顔から血の気が失《う》せた。

「サ、サッカーの八百長の件か？　あれなら、おれはだれにも喋ってないぞ」

「だといいがな。あんた、ゴキブリが死ぬほど嫌いらしいな」

「おれもその試合に金を賭けて儲けさせてもらうつもりだった。だから、だれにも話すはずがない」

蔡道明の背後にはスティール製の棚があった。馬兵はその棚に置かれた透明なガラス瓶に手を伸ばした。中で数十匹のゴキブリが蠢いている。

「なにをするつもりだ？」

「言っただろう。おれは馬兵だ」

馬兵はゴキブリの詰まった瓶を蔡道明の目の前で振ってみせた。蔡道明は目を剝《む》いた。

「やめろ。おれに近づけるな」

「八百長の件をだれに話した？」

「だれにも話していないと言っただろう。おれは自分で儲けるつもりだったんだ」

馬兵はうなずいた。

「だれだってそう言う」

馬兵はナイフを蔡道明の左の脇腹に突き刺した。蔡道明が押し殺したような悲鳴を上げた。顔に脂汗が滲《にじ》みはじめていた。

「急所は外してある。すぐに手当てをすれば死ぬことはない。八百長の件、だれに話した？」

「だ、だれにも話してねえ」

馬兵はナイフを抜いた。傷口が血で濡れていく。馬兵は瓶の蓋《ふた》を外し、ゴキブリを一匹摘《つま》み出した。

「な、なにをする気だ」

蔡道明は泣いていた。

「大嫌いなゴキブリに生きたまま食われるのはどうかと思ってな」

馬兵は指先で摘んだゴキブリを蔡道明の傷口に押し込んだ。

おぞましい悲鳴が蔡道明の口から漏《も》れた。

「だれに話した」

「ぶっ殺してやる。馬兵だかなんだか知らねえが、必ずおれがぶっ殺してやる」

蔡道明は唾を飛ばしながら喚《わめ》いた。馬兵が反対側の脇腹に無造作にナイフを突き刺した。

「今度はこっちだ。早く喋らないと身体中に穴を開けてゴキブリを押し込むぞ」

「だれにも話してねえ」

馬兵は別のゴキブリを新しい傷口に押し込んだ。

「もういい」

おれは言った。馬兵が振り返った。

「そいつはだれにも話してない」

「まだはじめたばかりだぞ」

「もう充分だ」

「おまえがそう言うなら、そういうことにしよう」

馬兵は微笑んだ。

「よかったな。慈悲深い男がいてくれて」

馬兵はナイフを握り直し、蔡道明の身体に突き刺した。抜いて刺し、また、抜いて刺す。肋骨《ろっこつ》と肋骨の隙間に見事な手さばきでナイフを突き立てる。

あの時と同じだ。ナイフの刃が肉を抉《えぐ》る音だけが響く。

蔡道明が死んだ。馬兵はなにごともなかったかのようにおれを見た。

「どうして途中で止めた？　血に怯《おび》えているようにも見えないが」

「馬鹿げたことが嫌いなんだ」

おれは言った。

「おれも馬鹿げたことは好きじゃない。だが、これは仕事なんだ」

「あんたは仕事をちゃんとやり遂げたよ」

おれの言葉に、馬兵はうなずいた。

＊＊＊

血の匂いが染みついている。身体中の毛穴から血の匂いを撒《ま》き散らしているという妄想が頭から離れない。

シャワーを浴びても、コロンを振りかけても匂いは消えない。濃くなっていく一方だ。

血の匂いは記憶を掘り起こす。台湾での日々。狂気の時間。

おれは血に飢えていた。他人の血を浴びても浴びても飽きたらず、さらなる血を欲していた。

あの頃には戻らない。戻れない。戻りたくない。

もう、血にはうんざりだ。

なのにおれの身体からは血の匂いがする。血の匂いを撒き散らしている。眠れず、寝られず、何度も寝返りを打つ。諦めてベッドから出る。夜の街をさまよい、ワインのボトルを手に入れる。部屋に戻ってワインを飲む。酩酊《めいてい》する代わりに血の匂いがきつくなる。腹立ちがおさまらなくなる。馬兵などくそ食らえ。

王天もくそ食らえ。

ワルサーP99を手に取る。弾丸を薬室に送り込む。銃口をこめかみに当てる。引き金に指をかける。

だめだ――頭の奥で声が響く。

おまえに自分の手で苦しみを絶つ権利はない。おまえに自殺はゆるされない。生き地獄がおまえには相応しい。毎日毎時毎分毎秒、己がしてきた行いゆえの苦しみを味わうのだ。おまえにゆるされているのはそれだけだ。

指をゆっくり引き金から離す。薬室から弾丸を抜く。銃を置く。写真立てに手を伸ばす。

麗芬《リーフェン》にゆるしを請う。

パソコンにメールが届く。

大森綾からのメールを開く。

高中様

先日はお忙しい中、食事会にご出席いただいて本当にありがとうございました。怜央はもとより、わたしも楽しい時間を過ごせました。我が儘《まま》な弟の面倒を見ていただき、心から感謝しています。

さて、話は変わりますが、ある決心をしました。弟がイタリアに移籍した時から、イタリアで一緒に暮らさないかと言われていたのです。わたしはまだ仕事に未練があり、また、弟に頼らなくても自分ひとりで生きていけると考えておりましたので、ずっとその話は断ってきました。しかし、今回の弟の怪我《けが》で、やはりわたしがそばにいた方がよいのではないかと思うようになったのです。今回は高中さんやミカさんがいてくださったので助かりましたが、サッカー選手には移籍がつきものです。別な土地の別なクラブに移籍した時、そこにも高中さんのような優しい方がいてくれるという保証はありません。また、いつ怪我をするかもわかりません。そんな時には、唯一の肉親であるわたしが弟をサポートするべきだ。そう思ったのです。

仕事を辞め、イタリアで暮らすことに決めました。ですが、わたしは働きたいのです。なにか仕事をしていないと生きているという実感が湧きません。そこで、ロッコではなくミラノに居を構え、仕事を探そうかと思っています。ロッコには職がありそうにないので。まずはイタリア語の習得が先でしょうが。

弟にその話をしたところ、ミラノでアパートを探すなら、高中さんに相談した方がよいのではという意見が出ました。

見ず知らずの土地で自分ひとりで住居を探すのは大変なことだと思います。弟も練習や試合で忙しく、わたしに付き合ってくれる時間が取れません。

大変不躾なお願いだと承知しつつ、高中さんに相談に乗ってもらえたらと思い、メールをしたためています。

ご無理でしたらそうおっしゃってください。相談に乗っていただけるのでしたら、本当に嬉しく思います。

ご返事お待ちしております。

綾

読み終えて顔を上げる。

血の匂いが消えていた。

14

大森が試合に復帰した。初戦こそ試合勘が鈍っていたのかイージーなミスから失点をゆるしたが、次の試合はスーパーセーブを連発して相手チームを無失点に抑えた。

そして、日曜日、ロッコはホームに王者ユベントスを迎え撃つことになっていた。

ロッコの町は燃えていた。煮えたぎっていた。ユベントスはチャンピオンズリーグでも順当に勝ち上がっている。国内外のメディアが田舎町に集結する。

ユーベ対レオ。

ある新聞はそう見出しを付けて煽《あお》りたてた。チームの総合力からすれば、ロッコはユーベの足もとにも及ばない。

だが、大森が神がかったセーブを連発すればジャイアント・キリングも夢ではなくなるのだ。

車を停め、スタジアムに向かっているとビールやワインで酔っぱらったユベンティーノ――ユベントスのサポーターが通りを練り歩いていた。これまた酔ったロッコのサポーターがユベンティーノに中指を突き立てて罵《のの》っている。

「いつもとは全然違う雰囲気」

ミカも興奮していた。

「ユーベはイタリア中にファンがいる。それと同じ数だけアンチもいる」

「ミラノに来たばっかりの時、ミラニスタが集まるバルに間違って入ってきたユベンティーノがいたの」

「袋叩きにされたか」

ミカがうなずいた。

「あれは怖かったなあ」

スタジアムのそばで、ロッコ・サポーターとユベンティーノの間で小競り合いが起こっていた。警官たちが笛を鳴らしながら駆けていく。

それを横目に、おれたちはスタジアムに入った。客席はすでに七割方埋まっている。

「大森からなにか話があったか？」

席に座ると、おれはミカに訊《たず》ねた。大森に付き合って婚約指輪を見てやったのは二週間ほど前のことになる。

「話ってなに？」

「いや。聞いてないならいい」

ユーベに勝ってプロポーズできたら最高なんすけど――指輪を買った時の大森の言葉を思い出す。

ピッチではウォーミングアップを終えた両チームの選手がロッカールームに戻ろうとしていた。大森は集中した精悍《せいかん》な顔つきだった。

「お手洗いに行ってきます」

ミカが席を立った。トイレに向かうミカに、数人の男たちが声をかける。誘っているのではない。大森の恋人と会話できることを喜んでいる。

ロッコは小さな町だ。ミカはすでにそれなりの有名人だった。

＊＊＊

試合終了のホイッスルが鳴ると同時に客席が弾《はじ》けた。

レオは本物だ——ロッコのサポーターたちが連呼する。その大音声は小さなスタジアムを揺るがした。

試合は一対一のドロー。だが、大森がいなければ、ロッコは四対一で負けていただろう。ユベントスのスーパースターたちが放つシュートを、大森がことごとく防いだのだ。

唯一の失点は、味方ディフェンダーがペナルティエリア内で犯したハンドによるPKだ。PKによる失点はキーパーの責任ではない。

シュートを防がれるたびにユベントスの選手たちは天を仰ぎ、ロッコの選手たちは手荒く大森を祝福した。

ユベントス相手に勝ち点一を獲得するのは、ロッコのような弱小チームにとっては勝ちに等しい。こうした勝ち点の積み重ねがシーズン終盤にやって来る残留争いのポイントになってくる。

レオは本物だ——ロッコのサポーターたちはまるで残留が決定したとでもいうような興奮ぶりだった。

レオは本物だ——スタジアムを出ても、大森を讃《たた》える声が消えることはなかった。

「凄《すご》いなあ」

普段とはまるで違うロッコの喧噪《けんそう》に、ミカも浮かれているようだった。

「もし、ユベントスに勝っていたら、町が破壊されたかもしれないな」

「ユベンティーノが暴れるの？」

おれは首を振った。

「ロッコのサポーターが暴れるんだ」

「勝ったのに暴れるの？　意味わかんない」

「それがサッカーだ」

目に留まったバルに入り、ミカはビールを、おれはガス入りのミネラルウォーターを頼んだ。

「お嬢さん、レオにおれたちの愛を伝えてくれ。ロッコに来てくれて、心から感謝していると伝えてくれ」

バルにいた男が叫んだ。

店中の視線がミカに集まった。ミカの頬が赤らんでいく。

「なあ、みんな、レオはロッコの英雄だ」

レオは英雄だ、レオは本物だ——バルの中でも大森を讃えるチャントがはじまった。

おれとミカは金だけテーブルに置いて、逃げるようにバルを出た。大森とは午後八時に彼の行きつけのリストランテで会う約束になっている。

「町が落ち着くまでまだ時間がかかるだろう。ドライブにでも行くか」

おれの言葉にミカがうなずいた。

「レオって、本当に凄いね」

車に乗り込む直前、ミカは嘆息するように呟いた。

＊＊＊

マグナムボトルのスプマンテの蓋が音を立てて弾け飛んだ。スプマンテがグラスになみなみと注がれていく。

リストランテは貸し切り状態だった。大森が姿を見せた途端、店中の客がチャントしはじめ、それが途絶えることはなかった。困惑した大森のために、シェフが他の客を追い出したのだ。

だれもシェフに文句は言わなかった。大森は本物なのだ。英雄なのだ。英雄のためなら、食事を中断して追い出されても我慢しよう——客たちの顔にはそう書いてあった。

しかし、シェフも店員たちも浮かれていた。おれたちと一緒にスプマンテを飲み、歌い、中には踊り出すやつもいた。

「勝ったわけじゃないのに」

大森が苦笑する。

「連中には勝ったも同然なのさ」

おれは言った。セリエAに昇格してから、ロッコはユベントスに勝ったことがない。ホームでもアウェイでも大量失点で負けている。

「勝ちたかったなあ」

大森は店員と話し込んでいるミカを盗み見した。

「彼女は気にしないさ」

「そうすよね。こだわってるのはおれだけだもんな。あ、そういえば、高中さん、姉から連絡が行ったと思うんですけど」

「メールが来た」

「よろしくお願いします。本当はまずおれの方から高中さんに頼もうと思ってたんすけど、姉がどうしても自分でお願いするといって聞かなくて」

「気にすることはない。できるだけのことはするよ」

「ありがとうございます」

大森が頭を下げた。

「どうしたの？」

店員との話を終えたミカがおれたちの会話に割り込んできた。

「姉ちゃんの件でさ、高中さんにお世話になるから」

「ああ、ミラノでアパート借りる話ね」

ミカがうなずいた。

「ほんと、高中さんと出会えてラッキー。姉ちゃんのこととか、いろいろお願いできるから、おれは試合に集中できる。今日の引き分けも、半分ぐらい高中さんのおかげだよ」

「馬鹿を言うな」

おれはハムの盛り合わせに手を伸ばした。パルマ産のプロシュートを口に運ぶ。口の中で肉の線維がはらはらとほどけ、上品な脂が広がっていく。滅多には食えない上物だろう。シェフが大森のために秘蔵の一品を出してきたのだ。

「そのプロシュート、めっちゃ旨《うま》くないすか？　おれ、こんなの初めて食べましたよ」

大森もプロシュートを頬張った。

「ちょっと失礼します。シェフに礼言ってこなきゃ」

大森が腰を上げ、厨房に向かっていった。

「大森の姉の話、知っていたのか」

おれはミカに囁《ささや》いた。

「うん。ついこの前聞いた」

「どうしておれに知らせないんだ」

語調がきつくなった。プロシュートを口に運ぼうとしていたミカの手が止まった。

「すぐにお姉さんが高中さんに連絡取るって言ってたし……ほんと、話を聞いたのはついこないだなの。そんなに大切なこととは思わなかったし」

「大切かどうかはおれが判断する。おまえは大森から聞く話すべてをおれに報告するんだ。わかったな？」

ミカがうなずいた。

「わかったのか？」

おれはもう一度言った。

「わかりました」

ミカが口を開いた。

「ならいい」

おれは腰を上げた。

「急用ができたみたいだと大森には言っておいてくれ」

「もう帰るの？」

「今夜はおれは邪魔者なんだよ」

おれはミカに背を向け、リストランテを後にした。

＊　＊　＊

ミカからメールが来た。

プロポーズされた。どうじよう？——おれは返事を打った。

指輪は気に入ったか?

パソコンの電源を落とし、ベッドに横たわった。

15

年が明け、エピファニアが過ぎるとミラノも落ち着きを取り戻した。

エピファニアというのは、東方の三博士がキリストの誕生を祝ったとされる伝説に基づく祭日だ。昔のイタリアのガキどもはクリスマスではなくこの日にプレゼントをもらっていた。

シーズン前半を終えて、ロッコは勝ったり負けたり引き分けたりを繰り返し、順位は十六位をキープしていた。セリエBへ降格するのは下位の三チームだが、ロッコと最下位のチームとの勝ち点差は六しかなかった。相手が連勝してロッコが連敗すれば簡単にひっくり返る数字だ。

王天《ワンテイエン》と王天を動かしている連中は算盤《そろばん》勘定に大忙しだろう。リーグ戦の終盤、ロッコが降格圏にいるのかどうかで八百長のさせ方も変わってくる。

やつらにとってもっとも都合がいいのは、ロッコが降格圏にいることだ。残留が決まり、勝っても負けてもどうでもいいチームと対戦すれば、ロッコの勝ちに賭《か》ける人間が増える。そこで大森に手を抜かせ、ロッコを負けさせれば大儲《もう》けできるという寸法だ。

もし、ロッコが残留を果たしそうなら、連中は予定より早く大森に八百長をさせようとするだろう。

ことが動き出すのは早くて三月。それまでは、大森をがっちり摑《つか》んでおかなくてはならない。大森がミカにプロポーズしたのはおれにとって最高の展開だった。

シナリオは幾通りも考えてある。

その時が来たら実行に移せばいい。

＊　＊　＊

綾の乗った飛行機は一時間ほど遅れていた。おれは空港内のバルでパニーニとミネラルウォーターを注文した。

ハムとチーズのパニーニは一口食べただけでげんなりした。

味覚が失《う》せていた間はなにを食べても平気だった。味覚が戻った今は、旨《うま》くもなんともないパニーニを毎日食べるのは苦痛だ。しかし、他に食べたいものもない。

アナウンスが飛行機の到着を告げた。おれは到着ロビーに移動し、綾を待った。

大森は週末にローマ遠征を控えており、ロッコを離れることができなかった。おれが綾を出迎え、ホテルまで送ることになっている。明日から数日は不動産めぐりだ。

綾は大振りのスーツケースとボストンバッグをカートに載せて姿を現した。おれに気づくと笑顔を浮かべ、手を振った。疲れは見えない。

「お久しぶりです」

綾の言葉にうなずき、おれはカートに手を伸ばした。

「自分でやりますから――」

「ヨーロッパじゃ、女性に荷物を運ばせる男は獣《けだもの》扱いされるんですよ。わたしに運ばせてください」

綾の手がカートから離れた。

「まず、ホテルにチェックインしましょう。お疲れならそのままおやすみください。元気があるなら、晩飯を付き合います」

「飛行機の中ではほとんど爆睡してたんです。だから、元気が有り余ってます。食事、よろしいんですか」

「時間は空けてあります」

おれは腕時計に目を落とした。午後四時を回ったところだった。

「七時半に迎えに行きます」

「なにからなにまでありがとうございます」

駐車場へ移動し、綾の荷物を車に積み込んだ。スーツケースがやけに重かった。

「荷物、重かったでしょう。ごめんなさい。いろんなもの詰め込んじゃったから」

「かまいませんよ」

おれは車を発進させた。

「冬のミラノは思ったより寒いんですね」

「アルプスがすぐそこですからね」

おれは北の方角を指差した。雪を被《かぶ》った嶺々《みねみね》が冬の澄んだ空気にくっきりと浮かび上がっている。

「本当だ。前回来た時は気づきませんでした」

「スイスとの国境もすぐそこです。イタリアではミラノは北国なんですよ」

「そうなんですね」

綾はアルプスの姿に見とれていた。おれはアクセルを強く踏んだ。イタリアの高速道路では、時速百キロ辺りでちんたら走っていると後ろから煽《あお》られる。

「そういえば忘れていました。おめでとうございます」

「はい？　あ、怜央とミカさんの婚約のことですか」

「ええ」

「わたしも突然聞かされて、驚いたったらなかったです。真剣に付き合ってるのはわかってましたけど、まさか婚約だなんて」

「婚約指輪を買うのに付き合わされましたよ」

「姉弟《きょうだい》そろって、高中さんにはお世話になりっぱなしで……あの、お伺いしてもいいでしょうか？」

綾が小首を傾げた。麗芬《リーフェン》も同じような仕種《しぐさ》をしていたことを思い出す。

「なんでしょう」

「ミカさんって、普段はどんな暮らしぶりなんでしょう」

「わたしも詳しいことは知りませんが、バイトをしながらファッションの勉強をしているはずです。頑張ってますよ。彼女が気に入らないんですか？」

「とんでもない。あんな可愛らしい子が妹になるかもなんて思うと嬉《うれ》しいぐらいです。でも、ご家族の話とか、聞いたことがないんです。怜央に訊《き》いても要領を得なくて」

「今度、本人に訊いてみるといい。時間はたっぷりあります」

綾がうなずいた。

「高中さんのご家族は？」

「天涯孤独です。ひとりっ子で、両親は若い時に他界しました」

長い間口にし続けてきた嘘《うそ》がよどみなく口から流れ出す。

「すみません。失礼なことを訊いて」

「綾さんと怜央君も、似たような境遇ですよね。綾さんが親代わりになってくれたと聞きました」

「他に選択肢がなかっただけです」

「お母さんが亡くなられたのはお幾つの時だったんですか？」

「十八歳です。怜央が十歳でした」

「それは大変だ」

道は順調に流れていた。スピードメーターは時速百四十キロを指している。あと二十分も走ればミラノの市街地に入る。

綾のためにとってやったホテルはミラノ中央駅のすぐそばにある四つ星ホテルだった。約束の五分前にホテルへ到着し、ロビーで綾を待った。クリスマスシーズンが終わったせいで、さほど混雑してはいない。

エレベーターのドアが開き、綾が姿を現した。濃紺のパンツスーツに赤いダウンのロングコート。

綾を助手席に乗せてから、おれは運転席に腰を落ち着けた。

「ミラノの家庭料理を食べさせる店です。日本人には少しこってりしすぎるかもしれませんが」

「弟も言ってました。北イタリアの料理は美味《おい》しいんだけど、毎日食べていると胃もたれがするって」

「そういう時はみんな、南イタリア料理の店に駆け込むんです」

車を発進させた。

「和食とか中華じゃなく？」

「最近はその手の料理が食べられるリストランテが増えましたね。ただ、イタリア人はとにかくパスタがないと生きていけないんです。海外に行っても必ずイタリアンのリストランテでパスタを注文する。そして、不味《まず》いだの、茹《ゆ》で過ぎだのと文句を言いながら食べるんです」

「日本人にとっての白いご飯みたいなものですものね。高中さんは普段、ご自宅でお食事する時は和食ですか？」

おれは首を振った。

「大抵、ピッツァかパニーニです。バルで買ってきて食べるんですよ」

「和食が恋しくなることはないんですか？」

味覚が失われたのだから、恋しいもくそもなかった。だが、味覚が戻った今では微妙な問題だ。先日は、蜆《しじみ》の味噌《みそ》汁を飲む夢を見て目が覚めた。口の中にあの味がしっかりと残っていた。

「もう慣れました」

おれはそう言ってウィンカーレバーを操作した。交差点を左折し、その先の路地を入ったところに店がある。案の定、駐車できそうなスペースはどこにもなかった。店の前に車を停めた。すぐに店から若い男が出てきて、ここに停められては困ると文句をつけてきた。

「わかってるよ」

おれはキーを差したまま車を降り、男に二十ユーロを摑ませた。

「予約している高中だ。これで車を頼む」

男は肩をすくめた。ＯＫという意味だ。綾が車から降りると、男が運転席に乗り込んだ。

「本当にイタリア語がぺらぺらなんですね」

「長いですからね」

店内に入ると小太りの中年男が満面の笑みを浮かべて近づいてきた。

「こんばんは、お嬢さん」

おれのことはまったく視界に入っていない。男の両目は綾にのみ向けられている。典型的なイタリア男だ。

「高中だ。予約を入れてある」

「これはシニョーレ・タカナカ。失礼しました。もちろん、お席はご用意してあります。こちらへどうぞ」

店内は思ったより奥行きがある。中二階もあってテーブルが並んでいた。おれたちが案内されたのはその中二階のテーブルだった。

「失礼ですが、シニョーレ、どちらも結婚指輪をしていませんね」

中年男が言った。

「ああ。おれたちは夫婦じゃない」

「でしたら、このお嬢さんの名前を聞いてもかまいませんか」

「すまないが、今度にしてくれ。今日は本気で口説くつもりなんだ。だから、この店に連れて来た」

「さようですか。では、無粋な真似は遠慮させていただきます。こちらがメニューです」

男は脇に抱えていたメニューを綾に手渡した。

「わたし、メニューを見てもなにもわかりませんけど」

「ぼくに任せて」

おれは微笑んだ。

＊　＊　＊

前菜に生ハムの盛り合わせとアーティチョークのサラダ、パスタはサルシッチャというイタリアのソーセージを使ったものにした。他にパルミジャーノ・レッジャーノチーズのリゾット、メインにはミラノ風カツレツを選んだ。

ワインはトスカーナの赤。

綾は旺盛《おうせい》な食欲を示した。おれも久しぶりに食事を楽しんだ。味覚が戻っても食生活が変わることはない。だが、こんな時ぐらいは料理を味わうのも悪くはない。

綾はおれを質問攻めにした。生年月日から出生地、出身大学。海外に出る前はどこに住み、なにをしていたのか。なぜ日本を出たのか。なぜ今の仕事に就いたのか。

高中という人間のプロフィールは周到に作り上げてある。おれはそのプロフィールに沿った答えを口にした。

「ご結婚されたことはないんですか……」

高中は結婚したことはない。だが、久々に味わう料理とワインにおれは気まぐれを起こした。

「バツイチですよ」

「離婚されたんですか」

「妻は亡くなりました」

麗芬の顔が脳裏に浮かぶ。なによりも手に入れたかった女。麗芬を思うたびに、おれは自分が餓《う》えた獣になったような気がした。欲しくて欲しくてたまらなかった。麗芬を手に入れるためならどんなことをしてもかまわなかった。邪魔をするやつらは蹴散《けち》らしてやりたかった。

麗芬はおれのものになった。おれの女になったのだ。だが、それは短い間のことでしかなかった。おれの本性はすぐにばれ、麗芬はおれから去っていった。

「高中さん？」

綾の声に我に返った。綾がおれを見つめている。綾は麗芬には似ていない。だが、綾を見ているとなぜか麗芬を思い出す。

「わたし、失礼なこと聞いちゃいましたね。ごめんなさい」

「いいんです。気にしないで」

おれは薄く叩《たた》いて延ばした牛肉のカツレツを口に放り込み、赤ワインで流し込んだ。

「綾さんは、結婚しようと思ったことはないんですか？」

おれは聞いた。綾がうつむいた。

「怜央にサッカーを続けさせてあげるのに、とにかく朝から晩まで働かなくちゃいけなくて、そんな余裕はとても」

「言い寄ってくる男はいたでしょう。綾さんはチャーミングだ」

「思いを寄せた人はいました」

綾の古風な言葉遣いがおれの記憶を刺激する。台湾には、子供の頃に日本の教育を受けた老人が大勢いた。その老人たちは今の日本人以上に綺麗《きれい》な日本語を話すのだ。言葉は古くても、その響きは美しかった。

「なぜその人と結婚しなかったんですか」

「高中さんの奥さんと同じです」

綾はなるべく明るい声を出そうとしているようだった。

「亡くなられたんですか」

「胃癌《がん》でした。若かったから進行が速くて、自覚症状が出た時にはもう末期で……」

「それは辛《つら》いですね」

「だいじょうぶです。わたし、仕事に逃げましたから。お付き合いしていたのも一年に満たないぐらいで……これが婚約とか結婚なんてことになってたらもっと重かったんで

「しょうけど」

「それっきり、男っ気はなしですか」

「気がつけばもう三十過ぎてましたし、男より仕事だって思ってました。まさか、その仕事を辞めてミラノに来ることになるなんて……」

綾はワイングラスの脚を指先でつまみ、ワインを啜《すす》った。

その手つき、その仕種——脳味噌を直接殴られたような衝撃を覚える。

同じだ。麗芬と同じだ。そっくりだ。

頭の中が渦を巻く。固く封印していたはずの過去が押し寄せてくる。

「高中さん、少し顔色が悪いみたいですけど、だいじょうぶですか？」

「少し風邪気味なんです。なのに、調子に乗ってワインを飲みすぎたかな」

おれは首を振った。食べきれなかったカツレツが皿の上に残っている。

「ドルチェ、行きますか？」

「もうお腹いっぱいで入りません」

「じゃあ、帰りましょう。ホテルまで送ります」

おれは言った。これ以上、綾と向かい合わせでいるのが怖かった。

＊　＊　＊

「今日は本当にご馳走様《ちそう》でした」

綾が深々と頭を下げた。どこまでも古風な女だ。どこまでも仕種が麗芬に似ている。

「では、明日。九時にここで」

「なにからなにまでお世話になって申し訳ありません」

「いいんです。気にしないでください」

「おやすみなさい」

「おやすみ」

綾はエレベーターホールへ向かった。綾はおれに手を振り、エレベーターの中に消えた。

おれは踵《きびす》を返した。

ホテルを出る時、頭の中でだれかの声がした。

あの女を手に入れろ。なんとしてでも手に入れろ。

台北でおれの頭の中に絶えず聞こえていた声。おれをおれではない別人に変えてしまう声。おれを殺戮《さつりく》へと導いた声。

ずっと消えていた。聞こえることはなかった。

あの女を手に入れろ。あの女をものにしろ。

身体《からだ》が震えた。目の奥がしくしくと痛んだ。車に乗り込み、エンジンをかけ、カー・オーディオのボリュームを上げた。

あの女を手に入れろ。あの女をものにしろ。

声が消えることはなかった。

16

「だいじょうぶですか？」

おれを見るなり綾が心配そうに顔を覗《のぞ》きこんできた。

「帰宅したら、緊急の仕事が入っていて徹夜したんです。ちょっと寝れば回復しますから」

「でも、隈《くま》が酷《ひど》いですよ……」

「本当にだいじょうぶ」

おれは綾を車に乗せ、話をつけていた不動産屋のオフィスに向かった。綾の希望は伝えてある。不動産屋の担当はジャコモと名乗った。不動産屋というよりは大学教授といった方がぴたりと来る風貌《ふうぼう》の男だった。

ジャコモの車に乗り換え、物件を三つ、見て回った。

綾は最後の物件が気に入ったようだった。

ナヴィリオに近いエリアのアパートメントで、窓からは運河を見おろすことができる。

家賃は多少高めだったが、大森のサラリーなら問題はない。

「気に入ってもらえたようですね」

ジャコモがおれに話しかけてきた。

「そのようだ」

「ここは人気の物件なんです。もし、本気で借りたいのなら早く契約を済ませた方がよろしいと思いますよ」

はったりではないだろう。この部屋なら借り手はいくらでも現れる。

「かなり気に入ったみたいですね」

おれは綾に声をかけた。

「ええ、とても素敵。ロケーションもいいし。でも、家賃がネックですね。予算をちょっとオーバーしてる」

「ですが、許容範囲内じゃないですか。ここは人気が高そうです。もし借りるなら、早めに手を打たないと」

「もう少し考えさせてもらえないかしら」

「ちょっとジャコモと話してみます」

「すみません。わたし、もう一度ベッドルームを見てきます」

顔を向けるとジャコモが肩をすくめた。日本語はわからなくても雰囲気からニュアンスは理解したのだろう。

「前にも日本人に物件を紹介したことがあるのですが、みな、なかなか決断してくれません」

「そういう国民性なんだ」

　おれは前もって用意しておいた千ユーロをジャコモに握らせた。

「これで二日ほど猶予をもらえないか。大家に五百、残りは君にだ」

「なんとかしてみましょう。明日はどうします。あとふたつほどご紹介したい物件があるんですが」

「もちろん、見て回るよ。今日と同じ時間にオフィスを訪ねる」

「わかりました」

　綾が戻ってきた。軽い足取り、夢見るような目つき——声が大きくなる。

　この女を手に入れろ。この女をものにしろ。

　おれは拳《こぶし》を固く握った。

＊＊＊

　綾をホテルへ送り届け、車に乗り込もうとすると馬兵《マービン》がやって来るのが見えた。おれはエンジンをかけ、待った。

　馬兵が助手席に乗り込んでくる。

「王天《ワンティエン》が話があるそうだ」

おれはうなずいた。

「あれがゴールキーパーの姉か」

「そうだ」

さすが馬兵だ。綾の存在にもう気づいてしまった。

「しっかりと食い込んでいるんだな。伊達《だて》に暗手《アンショウ》と呼ばれているわけじゃない」

「そうじゃなきゃ、金は稼げない」

おれはアクセルを踏んだ。馬兵が現れた瞬間、頭の中の声はぴたりとやんでいた。

「酷い顔色だ」馬兵が言った。「寝ていないのか。眠れないのか」

「ここのところ、立て込んでるんだ」

「おまえは時間に追われるタイプじゃない」

馬兵は自信に満ちている。いつだってそうなのだ。

「たまには追われることもある。おれはフリーランスだし、仕事は基本、ひとりでやるからな」

「死ぬなよ」

おれの声は馬兵の耳を素通りしているようだった。

「悪霊を見つけるのにおまえが必要だ。死ぬのはゆるさない」

「自殺するつもりはない」

「毎日馬鹿のひとつ覚えみたいにパニーニを食い続けるのも、言ってみれば緩慢な自殺だ。自分を鏡で見たことがあるか。がりがりに痩《や》せ細って、まるで骸骨《がいこつ》が歩いているみたいだぞ」

「パニーニが好きなんだ」

「まあ、そういうことにしておいてやるさ」

馬兵は頭の後ろで手を組むと、目を閉じた。

＊＊＊

王天は昼飯を食べていた。スープに野菜炒《いた》め、チャーシューを載せた白米。

「おまえも食べるか？」

おれは首を振った。

「そろそろ、本格的に動き出す準備をはじめろ」

「準備はできている」

「来月だ。来月の試合であのゴールキーパーに八百長をさせるんだ。どの試合でやらせるかは追って連絡する」

本番の前の肩ならし——大金が動く試合の前に、ターゲットに八百長をさせる。この世界ではよくあることだ。金を持っている連中に、あのターゲットの手綱《たづな》はしっかりと握っているから安心しろと見せつけるのだ。

「来月か……」

「できないとは言わせないぞ、暗手」

「準備はできていると言っただろう」

大森はミカに指輪を贈った。ミカに惚《ほ》れ込んでいる。わざと失点しなければミカに危害が加えられると知れば、なんだってやるだろう。

「おまえは八百長試合に自分の金を賭けないらしいな」

「欲をかけば失うのは信頼だけじゃないのはよくわかっている」

「そうだ。欲をかいた連中は死ぬ。それが決まりだ。その決まりを決して忘れるな」

おれは肩をすくめた。

あの女を手に入れろ。あの女をものにしろ——頭の奥でだれかがしきりに囁《ささや》いている。

そいつの口調が突然変わる。

こいつを黙らせろ。黙らせろ。黙らせろ。

「来月の試合で金は動かさない。不自然な金の賭け方をするやつがいたら、そいつはこうなる」

王天は右手で自分の首を掻《か》き切る真似をした。

こいつを黙らせろ——声が次第に大きくなっていく。

「そんなやつはいないさ」

おれは言い、踵を返した。背中が汗でぐっしょりと濡《ぬ》れていた。

＊＊＊

八百長組織に雁字搦《がんじがら》めにされた弟を見たら、綾はどう思うだろう。

愛する男が自分の夫を殺した。それも、自分を手に入れるために殺したのだと知った麗芬《リーフェン》と同じ絶望を味わうだろうか。

自分の愛した男がろくでもない嘘つきのエゴイストで、その手が血にまみれていると知った麗芬と同じ怒りと憎しみに駆られるのだろうか。

あの女を手に入れろ。あの女をものにしろ。

頭の奥の声が消えることはない。

＊＊＊

ミカは置き人形のようにバルの端の席にぽつんと座っていた。ミカと会うのは久しぶりのような気がした。

「ロッコには行っていないのか」

向かいの席に座りながら声をかける。

「三週間続けてアウェイの試合だったでしょう。練習と移動で慌ただしいからって、十日ぐらいあっちには行ってない」

「大森は寂しがってるだろうな」

「毎日電話とメール攻め」

ミカは舌を出した。

「なんか、また一段と痩せたみたいだけど、だいじょうぶ？」

だれもが口を揃えたかのようにおれの異常な痩せぶりを指摘する。あの声のせいで眠れず、食欲もない。いずれ破綻《はたん》するのはわかっていたが、どう手を打てばいいのか、皆目見当もつかなかった。

「来月、ことを進める」

運ばれてきたカプチーノを啜りながらおれは言った。

「進めるって？」

「大森に八百長をさせるんだ」

「もう？」

「そうだ」

「ちょっとびっくり。なんか、あまりに驚いちゃって、心臓がばくばく言ってる」

ミカは両手で胸を押さえるような仕種をしてみせた。

「今さらやめるなんて言えないぞ」

「わかってます。わたしだって馬鹿じゃないんだから。それで、どうすればいいの」

「おまえはサッカー賭博《とばく》に関わっている組織に拉致《らち》される」

「本当に拉致されるわけじゃないでしょ？」

おれはうなずいた。

「おれが用意する隠れ家に引き籠《こ》もっていてもらうことになる」

「レオはわたしが本当に拉致されたって思い込んで、わたしを助けるために八百長に手を染めるんだ……やるかな？」

「やるさ。あいつはおまえにぞっこんだ」

「ちょっと心が痛いな」

おれは黙ってカプチーノを啜った。

「レオが八百長をやったら、その後は？」

「おまえは残りの金を受け取る」

「そして、レオの前から消える？」

「そうだ」

「簡単そうに言うけど……」

「簡単だ。こういうことには腐るほど手を染めている。おれを信じろ」

「綾さんだって、高中さんのこと心から信頼してるよ。それでも平気なの？」

あの女を手に入れろ。あの女をものにしろ。

頭の中のボリュームが前触れもなしに大きくなる。

「平気だ」

あの女を手に入れろ。あの女をものにしろ。

「レオのサッカー人生もこれで終わり？」

「ビッグクラブからオファーが来ることはなくなる。ミカ、忠告しておくが、余計なことを考えるのはやめろ。その方が身のためだ」

「余計なことをしたら、殺される？」

おれはカプチーノを啜った。

「レオの家で笑ってる高中さんと今の高中さんが同じ人だなんて、信じられないな」

「今のおれが本当のおれだ」

ミカは大きくうなずいた。

「大森とその姉がどうなろうとおれの知ったことじゃない。おまえがどうなってもおれの知ったことじゃない」

ミカがまたうなずいた。

「おれはただやるべきことをして金を稼ぐだけだ。おまえもそうしろ」

ミカはうなずく代わりに頬を膨らませた。

＊＊＊

結局、初日に見た三軒目のアパートメント以上の物件はなかった。

ロッコから大森が駆けつけて、アパートメントの賃貸契約を結んだ。家賃を払うのは大森だからだ。

ジャコモは興奮していた。

「ロッコのゴールキーパーじゃないですか」

ジャコモ自身はインテリスタだったが、セリエAのジョカトーレならどのチームに所属していようが尊敬される。それがイタリアだ。

「インテルは彼のおかげで勝ち点三を取れなかったんですよ」

「今、乗りに乗ってるからな、彼は」

「多分、シーズンオフにうちがオファーを出しますよ。彼はそれぐらい素晴らしい。まさか、ジョカトーレと契約できるなんて……」

「ここに住むのは彼の姉だよ。でも、ミラノで試合がある時は彼もここに泊まるだろう」

ジャコモの他愛ない話に付き合っているうちに、大森がサインを終えた。

「これでいいっすか？」

おれは契約書に目を落とした。サインする場所はあっていた。

大森と話したがるジャコモを適当にあしらって、おれたちは不動産屋のオフィスを出た。

「高中さん、本当にお世話になりました。マジ助かったっす」

大森がおれの右手を握った。

「明日も練習があるんで、おれ、このままロッコに戻らなきゃならないんすけど、すみません。このお礼、必ずしますから。姉ちゃん、悪いけど、じゃあね」

大森はオフィスの前に停めていた車に飛び乗り、去っていった。

「忙《せわ》しない子ですみません。昔から落ち着きがなくて」

「彼のサッカー人生にとっては今が正念場ですからね。気が急《せ》くのも無理はありませんよ。一秒でも惜しんで練習に専念したいんでしょう」

「本人もそう言ってました。今の調子を続けられれば、来シーズンには絶対に大きなクラブからオファーが来るはずだって」

オファーは来ない。八百長を証明することは難しい。だが、八百長への関与が一度でも疑われた選手にビッグクラブが関心を示すこともない。

大森に罪があるわけではない。一番悪い時期に、一番悪いチームに所属した。ただ、それだけだ。

悲嘆する大森姉弟を想像するのは簡単だった。

「ホテルまで送りましょう」

おれは言った。

「わたし、明後日《あさって》に、一旦《いったん》帰国します」

車が走り出すと、綾が口を開いた。

「もう、引っ越しの準備はあらかた終わってるんです。あとは、向こうで手続きを済ませるだけ。ひと月ぐらいでこっちに戻ってきて、暮らします」

「その時はまた連絡をください」

「高中さん、今夜のご予定は？」

この女を手に入れろ。この女をものにしろ。

おれは頭の中の声に耳を塞《ふさ》いだ。

「仕事が入ってまして」

「明日は？」

この女を手に入れろ。この女をものにしろ。

声は大きくなる一方だ。

「明日も仕事です」

「そうですか」

綾は露骨に溜息《ためいき》を漏らした。

「こっちに住むようになれば、いつでも会えますよ」

「そうですね」

綾がうつむいた。

この女を手に入れろ。この女をものにしろ。

綾の両手は彼女の太股《ふともも》の上に置かれている。腕を伸ばし、その手を握る。

きっと綾は応じるだろう。綾を抱けば、頭の中の声も消えるだろう。

だが、それでどうする。

綾をものにしたところで現実は変わらない。おれは大森に八百長をさせる。大森姉弟を絶望の淵《ふち》に突き落とす。

なにも知らぬ顔で綾を抱き続けるのか。

それならば、あの時となにも変わらない。台湾にいた時と。悪霊と呼ばれ恐れられていた頃と。

麗芬は泣き、おれを罵《ののし》った。

綾も泣き、おれを罵るだろう。

おれはおそらく、耐えられない。憤《いきどお》りや恨みを他者に向けることもできない。

台湾で殺しすぎた。おれは他人の血の中で溺《おぼ》れかけた。

あの頃のおれには戻れない。

「せっかくいいアパートを見つけられたのに、シーズンオフになったら、他の国に行くなんてことにならなきゃいいんですけど」

綾が言った。無理に明るい声を出している。

「その可能性もなきにしもあらずですね」

おれは言った。

「怜央には悪いけど、嫌だわ。高中さんに会えなくなるかもしれない」

ステアリングを握る手に力が入った。

この女を手に入れろ。この女をものにしろ。

頭の奥で響く声をかき消そうと、おれは浮かんでくる言葉を口にした。

「大森君が行く可能性があるのは、イタリア国内か、スペイン、ドイツ、イングランド、それにフランスかな。どこに移籍したとしても、ミラノからなら飛行機で二、三時間です。日本よりは断然近い。大森君がどこに移籍しようと、あなたはミラノに残ればいい」

綾の視線が横顔に突き刺さる。おれの言葉をどう理解すべきか迷っている。

「そうですね。それがいいかも」

しばらくしてから綾は言った。いかにもとってつけたような言葉だった。

17

情報屋から情報が届く。

台湾人が続々とミラノ入りしているぞ——情報屋が囁く。名前を羅列する。

蔡道明《ツァイタオミン》の手下たち。ボスが行方《ゆくえ》知れずになってミラノに集まってきた。

蔡道明の死体は馬兵《マービン》が処理した。永遠に見つかるまい。だが、死体は消しても死臭は消せない。ある種の世界に生きる人間たちは死の匂いに敏感だ。

蔡道明の死はすぐに知れ渡るだろう。手下たちは復讐《ふくしゅう》を求めるだろう。

ミラノに血の雨が降る。

あの女を手に入れろ。あの女をものにしろ。

頭の奥で響く声に新しいフレーズが加わる。

あいつらを黙らせろ。

「黙れ。黙るのはおまえだ」

おれは頭の中の声に向かって怒鳴る。

＊　＊　＊

ツテのツテを頼った台湾人が接触してきた。

呉孝勇《ウーシャオヨン》。名前に聞き覚えがある。

無視していたが、ツテのツテがおれに泣きついてきた。

「会うだけでいいんだ。あんたが会ってくれなきゃ、おれが面倒に巻き込まれる。頼む」

ツテのツテは使える男だった。恩を売っておいても困ることはない。

向こうが指定してきたのはとある五つ星ホテルのロビーだった。おれは約束の一時間前にはホテルにいた。空いているソファに腰をおろし、ロビーを行き交う人間たちの顔を眺めた。

台湾人とおぼしき連中が数人、おれの視界を横切った。黒社会《ヘイシェアフウィ》の人間には見えないが、かといって堅気でもない。そんな連中だ。おそらく、呉孝勇の手下たちだろう。

呉孝勇のことは記憶から掘り出していた。おれが台湾で血の雨を降らせていた頃、台湾プロ野球の放水《ファンシュイ》――八百長にどっぷりと関わっていた組織の末端にいた男だ。当時はチンピラに毛の生えたような立場だった。今はそれなりに出世したのだろう。

約束の十分前に呉孝勇が姿を現した。手下をひとり従えている。ロビーには他に三人、素知らぬ顔をした手下たちが控えていた。

呉孝勇はおれの記憶にあるよりひとまわり太り、髪の毛も薄くなっていた。あの頃のがさつさは影を潜め、高級スーツで身なりを飾り立てている。

ソファから腰を上げ、呉孝勇に向かって足を踏み出す。手下たちの間に緊張が走った。

「呉先生《シェンシャン》ですか?」

おれは柔らかい声を発した。

「暗手か?」

呉孝勇は台湾訛《なま》り丸出しの北京語を口にした。

「ルーです。ヴィト・ルー」

「すまなかった。ルー先生だな。どうだ。バーで話でもしないか。このホテルのバーは落ち着くぞ」

「いいでしょう」

踵を返した呉孝勇に手下が耳打ちした。呉孝勇はうなずいただけでなにも言わなかった。

バーはイギリス風の佇《たたず》まいで、バーカウンターの向こうの棚にはシングルモルトのボトルがずらりと並んでいた。おれたちは四人掛けのテーブルに腰をおろした。

呉孝勇はマッカランの二十五年ものを頼んだ。おれは水だ。

「好きなものを飲んでくれ。このバーには一杯五百ユーロもするレアなシングルモルトだってある」

「酒は飲まないんです」

おれは言った。

「そうか。好きにするといい」

呉孝勇がおれに気づいた様子はない。呉孝勇だけではない。だれもおれには気づかないのだ。

「蔡道明を知っているな？」

酒が運ばれてくると、呉孝勇はいきなり本題に入った。

「名前ぐらいは耳にしています」

「おれたちのボスだ。ボスはモスクワからミラノに入った。それっきり、連絡が取れない」

おれは水を啜った。

「ミラノへはおひとりで来られたんでしょうか」

「ロシア人と一緒だ。コモ湖ってところのロシア人の別荘に泊まっていたんだが……」

「そのロシア人に話を聞きましたか」

「ああ。ボスはその別荘に数日滞在したあと、ミラノで用事があるからと言ってひとりで出ていった。ロシア人がボスを見たのはそれが最後だそうだ」

「台湾の黒道《ヘイタオ》のボスがひとりでミラノへ？」

「おかしいとは思うが、ロシア人がそう言い張る以上、それを信じるしかない。おれたちとはいい関係にある組織の人間なんだ」

おれは肩をすくめた。

「今のはどういう意味だ？」

「蔡先生をミラノで見かけたという者はいませんよ」おれは言った。「呉先生が会いたがっているという話を耳にしてから、すぐにいろいろと調べてみましたが、蔡先生はミラノには来ていません。マルペンサ――ミラノ国際空港から直接コモ湖の別荘に向かわれたのでしょう。そこで姿を消したとなると、怪しいのはロシア人です」

別荘を所有するロシア人はとうの昔にモスクワへ戻った。ほとぼりが冷めるまではモスクワから一歩も出ないだろう。

「言っただろう。そのロシア人とおれたちは良好な関係にあるんだ」

おれは肩をすくめた。

「今のはどういう意味だ？」

「なら、仕方がないってのはどういう意味だ？」

呉孝勇の言葉遣いが荒くなっていく。

「おれに協力できることはないということです。おれ以外の人間にも訊いてみるといい。ミラノで蔡先生を見たという人間はひとりもいないはずです。なぜなら、蔡先生はミラノには来ていないからです。ロシア人に話を聞けないというのなら、蔡先生を捜しても無駄でしょう」

呉孝勇の手下がおれを睨《にら》んでいる。

「本当にロシア人が怪しいと思うのか」

「ロシア人以外に怪しい人間などいませんよ」

呉孝勇はグラスにたっぷりと残っていたマッカランを飲み干した。

「馬兵がミラノにいるという噂《うわさ》を耳にした」

「その噂はおれも耳にしています」

「馬兵がボスを殺《や》ったとは思わないか？」

「馬兵は王天《ワンティエン》に雇われている。王天が蔡先生の命を狙う理由がわかりませんね」

「大陸のクソ野郎か……」

「ロシア人がなにかを知っていますよ」

呉孝勇は舌打ちした。グラスを乱暴に振り、おかわりを持って来いとバーテンダーに伝える。

「ボスはミラノへ来ていない。馬兵はボスを殺しちゃいない……だったら、ボスはどこにいる？」

「ロシア人に訊くんです。台北の大きな組織のボスが、コモ湖からひとりでミラノへ向かった？　本当にそんな駄法螺《だぼら》を信じてるんですか？」

呉孝勇は顔をしかめた。

「それでは、これで失礼します。他になにかあれば、連絡をください」

おれは腰を上げた。呉孝勇は空になったグラスを見つめていた。

「おい」

バーを出る直前、背中に呉孝勇の声がかかった。立ち止まり、振り返る。

「ルー先生、以前、どこかで会ったことはあるかい？」

おれは首を振った。

「今日が初対面です、呉先生」

呉孝勇がもういいというように首を振った。おれはバーを後にした。

＊　＊　＊

タクシーを拾い、龍華飯店《ロンファファンディエン》へ向かった。いつもの部屋には王天と馬兵がいた。

「呉孝勇と会ってきた」

おれは言った。

「蔡道明の右腕だな。なにを訊かれた？」

王天は葡萄《ぶどう》を食べている。

「蔡道明の行方だよ」

「おまえはなんと答えたんだ？」

馬兵が訊いてきた。

「ミラノで蔡道明を見かけた者はいない。怪しいのはロシア人だと」

「なるほど。そいつは面白い。ロシア人はモスクワに帰ったんだろう？　城みたいなアジトに閉じこもって、ほとぼりが冷めるまでは絶対に表には出てこない。台湾人どもはなにもできず、指をくわえているしかないわけだ」

馬兵は笑っていた。

「あんたが殺ったんじゃないかと言っていた」

「それで？」

「あんたは王天に雇われている。王天と蔡道明がいがみ合う理由がないと答えておいたよ」

「模範解答だな」

「やつらはおまえの話を真に受けたのか？」

王天が葡萄を噛《か》みながら言った。

「真に受けるしかない。やつらはミラノのことなんかこれっぽっちも知らないんだ。信用のおける相手だとおれを紹介され、そのおれがロシア人が一番怪しいと口にする。実際、蔡道明をミラノで見かけた人間なんていやしないんだからな」

「なら、安心だな」

「そうとも言えないさ。あいつらは執念深いし、ロシア人が口を割らないとも限らない。金で転んだやつは、また金で転ぶものだ」馬兵が言った。「なんなら、こっちに来ている台湾人を皆殺しにしてやってもいいぞ」

さりげない口調だったが、馬兵は本気だった。

「どれだけの台湾人がこっちに来てると思ってるんだ」

「何人いようが変わらんさ」

「余計な敵を増やす必要はない」

馬兵が肩をすくめた。この場に呉孝勇がいたら、それはどういう意味だと馬兵を問い詰めていただろう。

「どうやら、蔡道明は本当に八百長の話をだれにもしなかったようだな」

「手下たちが聞かされていたら、今頃はここに殴り込みにきているさ」

おれは言った。

「ご苦労だった、暗手。この件はなにか動きがあるまで放っておこう。本来の仕事に戻れ」

「そうする」

おれは王天に背を向けた。

「つまらん仕事だ。早く終わらせようぜ、暗手」

馬兵が言った。心底退屈している人間にだけ出せる声だった。

＊　＊　＊

頭の奥の声は続いている。

シャワーを浴びている間も、ベッドに横たわっても消えることがない。

寝るのを諦《あきら》め、窓を開けて通りを見おろした。

ミラノも眠らない街だ。昼間に比べればおそろしく静かだが、車が行き交い、宵《よい》っ張りのミラノっ子たちが歩道を歩いている。

空は晴れ渡り、星が煌《きら》めいていた。

スマホの着信音が鳴った。モニタに発信者の名前が表示されている。

綾だった。

あの女を手に入れろ。あの女をものにしろ。

声が大きくなる。おれは唇をきつく嚙み、着信を無視した。しばらくすると着信音がやんだ。

あの女を手に入れろ。あの女をものにしろ。

頭の中が声で埋め尽くされていく。

また着信音が鳴りはじめた。

あの女を手に入れろ。あの女をものにしろ。

おれはスマホを手に取った。スマホを握る手が激しく震えた。止めようと思えば思うほど震えは強まっていく。

あの女を手に入れろ。あの女をものにしろ。

声に逆らうだけの力がもう残っていなかった。

おれは電話に出た。

「プロント？」

わざとイタリア語で言った。

「もしもし、高中さん、こんな時間にすみません」

綾の声は掠《かす》れていた。

「起きていましたから、気になさらないでください。それで、ご用件は？」

「ごめんなさい」

「どうしたんです？」

「声が聞きたかっただけなんです」

この女を手に入れろ。この女をものにしろ。

おれは喘《あえ》いだ。綾の声と頭の奥で響く声しか聞こえなくなっていた。

「高中さん？」

「聞いています」

「すみません。ご迷惑ですよね。本当にすみません」

「ぼくは、あなたに相応《ふさわ》しくない男だ」

おれは言った。綾に聞かせるというより、頭の奥で響く声に対する精一杯の抵抗だった。

「そんなことはありません。高中さんは素敵な方です」

「君は本当のぼくを知らない」

「教えてください。本当の高中さんを教えてください」

やめてくれ。頼むからやめてくれ。

綾に懇願しているのか、頭の奥の声に懇願しているのか。

おれは麗芬《リーフェン》の写真に手を伸ばした。

助けてくれ、麗芬。おれを救ってくれ。おれをおれの身勝手な欲望から切り離してくれ。

麗芬は答えてはくれなかった。

「明日からしばらく高中さんに会えなくなると思うと、いてもたってもいられなくて電話してしまいました」

綾が喋《しゃべ》っている。

この女を手に入れろ。この女をものにしろ。

頭の奥の声ががなり立てている。

「好きです」

綾の声が頭の奥の声に割り込んでいく。

「高中さんが好きなんです」

「やめなさい」

おれの声は弱々しかった。

「どうしてですか。好きになるのをやめることなんてできません」

「ぼくは――」

「たとえ高中さんが万が一人殺しだったとしてもかまいません。どうしようもなく高中さんが好きなんです」

おれは麗芬の写真を見た。麗芬はなにも言ってはくれない。いつもそうなのだ。

「わたしじゃだめですか?」

綾の声は湿っていた。電話の向こうで、綾は涙を流している。

「仕事を辞めてミラノに住むって決めたのも、弟のためじゃなく、高中さんがいたからです」

おれは麗芬の写真を元の位置に戻した。ワルサーを手に取り、銃口をこめかみに押しつけた。

この女を手に入れろ。この女をものにしろ。

声が消えることはなかった。

「高中さん？　迷惑だったらそう言ってください。このまま電話を切ります。ミラノに戻って来ても、わたしから高中さんに連絡することはありません」

おれはまた喘いだ。

「なにか言ってください。お願いです」

ワルサーをこめかみから離した。

この女を手に入れろ。この女をものにしろ。

「これから、そちらにお伺いします」

言って、電話を切った。その場に崩れ落ち、おれはひとり、喘ぎ続けた。

＊　＊　＊

ロビーは静まりかえっていた。フロントにも従業員の姿はない。

綾の電話を切ってから一時間近くが経っていた。馬兵の監視がついているかどうかを確かめるため、遠回りしてきたからだ。

監視はなかった。おれが夜遊びと無縁であることにやつらも気づいたのだろう。

足音を殺し、エレベーターに乗り込んだ。綾が泊まっている部屋のフロアのボタンを押すと、また喘いだ。

今なら間に合う。まだ引き返せる。

エレベーターが上昇する。

あの女を手に入れろ。あの女をものにしろ。

頭の中の声は勢いづいている。おれが引き返したりしないことを知っているのだ。

エレベーターが停まった。ドアが開いた。

降りる。膝《ひざ》が折れそうになるのをなんとかこらえた。身体をうまくコントロールできなかった。壁に身体を押しつけながら綾の部屋に向かった。

あの女を手に入れろ。あの女をものにしろ。

頭の奥の声がおれの背中を押していた。

部屋の前に立つ。ドアをノックするため、拳を握る。

今なら間に合う。まだ引き返せる。

拳を見つめる。

あの女を手に入れろ。あの女をものにしろ。

頭の奥の声に嘲笑《ちょうしょう》の響きが加わる。

ドアをノックする。それほど待たされることもなくドアが開いた。

「来てくれないのかと思ってました」

綾が言った。瞼《まぶた》が腫《は》れぼったい。

おれは無言のまま部屋に入った。

ベッドがふたつ並んだツインルームは狭く、息が詰まりそうだ。部屋の隅に置かれたスーツケースはパッキングが半《なか》ば済んでいた。

綾がベッドの端に腰をおろした。白地にネイビーブルーのピンストライプが入ったブラウスにジーンズ。化粧っ気はなかった。

「高中さんが来るから、お化粧して綺麗にならなきゃと思ったんですけど、涙が止まらなくて、お化粧どころじゃなくて……」

「どうしておれなんだ？」

おれは言った。綾が涙に濡れた目をおれに向けた。

「わかりません。人を好きになるのに、理由なんて必要なんですか？」

「男は他にもいる」

「わたしの心が昂《たか》ぶるのは高中さんだけなんです」

「後悔するぞ」

「しません」

綾は泣いている。だが、その目の奥で燃えているのは強い炎だった。

「高中さん……」

おれは綾の手を取り、抱き寄せた。

唇を吸った。股間《こかん》に血が集まるのを感じた。麗芬を失って以来、役立たずだったものが熱く、硬くなっていた。

18

綾がフライトの手続きをしている間に、ミカが姿を現した。

「レオが、自分の代わりに見送りに行ってくれって」

「そうか。ご苦労だな」

おれはうなずいた。

「試合はもちろんだけど、練習にもの凄《すご》く集中してるの。これからが自分のサッカー人生の正念場だって言って」

シーズンオフにビッグクラブからのオファーが届くかどうかはこれから終盤戦に向けてのパフォーマンスが大きく影響してくる。正ゴールキーパーの年齢が高いか、移籍を検討しているようなチームはすでに大森を獲得候補にリストアップしているだろう。

「ミカちゃん。わざわざ見送りに来てくれたの？」

手続きを終えた綾がこちらへ向かってくる。

「はい。レオは練習があって来られないんです。ごめんなさい」

「ミカちゃんが謝ることはないわ。それに、引っ越しの用意ができたらすぐに戻ってくるんだから。お茶でも飲めたらいいんだけど、免税店でお土産を買わなきゃならないから……」

ぎりぎりの時間まで、綾の部屋で抱き合っていた。免税店で買い物を済ませる頃には搭乗時間が迫っているだろう。

「いいんです。わたしのことは気にしないでください」

「それじゃ、行きます」

綾がおれを見た。目が潤んでいる。胸の奥で燃え上がる情熱を必死で抑えこんでいるのだろう。ミカがいなければ、おれに抱きついてきたはずだ。

「こちらへ来るスケジュールが決まったらご連絡ください。また、空港まで迎えに来ますよ」

おれは言った。綾を抱いた瞬間から、頭の奥で響くあの声がぱたりと消えた。

「必ず連絡します」

綾が差し出してきた手をおれは握った。おれの手も綾の手も汗ばんでいる。綾は長い間おれの手を離さなかった。ずっとおれの目を見つめていた。まるで網膜におれの顔を焼きつけようとしているかのようだった。

「それじゃ、また」

ようやく綾がおれの手を離し、おれに背を向けた。振り返ることもなく歩き去っていった。

「綾さんと寝たのね」

ミカが言った。

「わかるのか」

「綾さん、急に綺麗になったもの。それに高中さんを見つめる目。恋する女の目だった」

「帰るぞ」

おれは駐車場に足を向けた。ミカが無言でついてくる。

「姿を消してもらうことになる」

車に乗ると、おれは言った。

「まだレオに八百長をやらせるつもりなの？」

ミカが目を剝《む》いた。

「最初からそのつもりだ。今さらなにを驚いている」

「だって、綾さんと寝たのに」

「仕事は仕事だ」

駐車場を出ると、アウトストラーダ――高速に乗り、ミラノ市街へ車首を向けた。車内には綾の残り香が漂っている。

「レオが傷つけば、綾さんも傷つくよ」

「おまえには関係ない」

追い越し車線を黒いポルシェが爆音をあげながら走り去っていく。イタリアではフェラーリやランボルギーニはあまり見かけない。

「姿を消す前に、写真を撮らせてもらう。泣く芝居をしてもらうぞ」

「そんなのはお安いご用だけど……」

ミカの口調は歯切れが悪い。

「やらなきゃ、みんな死ぬことになる。おれもおまえも、綾もだ」

今度はオンボロのフィアットがおれたちを追い越していく。運転しているのはとうに七十を過ぎている老婆で、ステアリングにしがみついていた。フィアットは排気ガスを盛大に撒《ま》き散らしている。

ミカはミラノに着くまで一言も口を利かなかった。

＊　＊　＊

見つけたスペースに車を停め、ミカを伴って倉庫街の一角を進んだ。倉庫のひとつがテオのスタジオになっている。

テオは何でも屋のフォトグラファーだ。撮影からメイクアップ、ヘアセットまで金を払えばなんでもやってくれる。

「ヴィトじゃない。久しぶりね。今日はどんな用かしら？」

テオはオカマだ。今日は赤いドレスを身にまとっている。ドレスの下は女物の下着をはいているはずだ。化粧もしているが喉仏《のどぼとけ》は突き出ているし、胸も平らで男性器もついたままだ。

「彼女はミカだ」おれは言った。「彼女が暗黒街の連中に拉致監禁されているというシチュエーションで撮影して欲しい」

「拉致監禁ってたとえばどんな？　集団レイプされたとか？」

テオの目が輝いた。普段のテオは妄想の中で生きている。テオの世界ではテオは絶世の美女で、世界中の男たちに代わる代わる犯されているのだ。

「一、二度殴られたという感じでいい」

おれが言うと、テオはあからさまに落胆した様子を見せた。だが、おれが前もって用意しておいたキャッシュを見せると顔つきが変わった。妄想の世界から抜け出て、プロのフォトグラファーに戻ったのだ。

「まず、メイクからね。ミカ、こっちに来て」

倉庫の南端にはメイクアップ用の机と椅子が揃《そろ》えられている。机の上には鏡があり、その横には姿見がある。テオはミカを座らせると化粧道具の入った箱を開けた。

「あなた、綺麗ね」

「ありがとう」

「じゃ、はじめるわよ。後で服にも手を入れるから。新しい服をヴィトに買ってもらいなさい」

「そうするわ」

テオが化粧をはじめた。見る間にミカの顔つきが変わっていく。瞼は腫れぼったくなり、左の頬と顎《あご》に青痣《あざ》ができる。

「こんな感じでどうかしら？」

メイクを終えたテオが得意げな顔をおれに向けた。

「基本はそれで行こう。少しずつ、髪の毛や衣服を乱して撮るんだ。拉致されて時間が経過していく感じで」

おれは言った。テオがうなずいた。テオはなんだって心得ている。

「少し待っててね」

ミカをその場に残し、テオは倉庫の中央に移動した。

「ストロボなんか使わない方がいいのよね？」

「そうだ。スマホかなにかで撮ったような雰囲気がいる」

「了解」

テオはあちこちに散らばっている撮影用の小道具を物色しはじめた。錆《さび》の浮いたパイプ椅子、太い鎖、結束バンド、革の手袋。そして、刀身が磨き上げられたナイフ。

「ミカ、この椅子に座って」

ミカが椅子に座る。

「ヴィト、ミカの手と脚にこれをかけて。緩すぎると嘘《うそ》っぽくなるし、きつすぎるとミカが辛いから、その辺の加減、上手にしてね」

おれは渡された結束バンドでミカの両手と両脚を拘束した。

「うん、いい感じよ。彼女から離れて、ヴィト」

テオがカメラを構えた。日本製のデジタル一眼レフだ。ストロボを焚《た》かずにシャッターを切っていく。

「ミカ、あなたは女優よ。これは主演女優のオーディション。いい？　怯《おび》えた目をして、本当は嫌なのに脅されてカメラを見つめさせられているの」

娼婦《しょうふ》というのは大抵はいい女優だ。客の好みに応じてキャラクターを使い分けるのに慣れている。ミカは次から次へと繰り出されるテオの要求に応《こた》えて表情を作り、仕種を変えた。

「そうよ、そう。ミカは知らない男たちに拉致されてるの。理由もわからないまま殴られて、怖くてたまらない……」

まるでマシンガンのようにシャッター音が途切れなく続く。

「目を潤ませて。泣いちゃだめよ。目を潤ませるだけ」

ミカの目が潤んでいく。

「泣いて」

ミカの目から涙がこぼれ落ちる。

「はい、休憩」

テオがミカの顔に手を入れた。髪の毛を乱した。写真を撮った。

一通り撮り終えるとまた休憩が入る。テオはミカのブラウスを引き裂いた。

「ヴィト、手袋をはめてナイフを持って」

テオの声が飛んでくる。おれはその指示に従った。

「ミカの後ろに回ってナイフを首に押し当てるようにして。顔は写らないようにするから」

おれはうなずいた。テオの仕事ぶりはわかっている。

「OK」

しばらくすると、テオがファインダーから目を離した。

「これぐらいでいいでしょ。わたしは現像の支度をするから、ヴィトはミカの面倒を見てあげて」

テオはパソコンの置いてあるデスクに向かった。今撮ったばかりの写真をパソコンに転送し、現像作業を行うのだ。フィルムの時代、現像をするのは暗室だった。デジタルの今はパソコンが暗室だ。

おれは手にしていたナイフでミカの手足を拘束していた結束バンドを切断した。

「お手洗いは？」

手首をさすりながらミカが訊いてきた。おれはトイレのある方向を指差した。ミカはハンドバッグを手にしてそちらに向かった。

「ヴィト、来て」

テオに呼ばれ、おれはパソコンの画面を覗きこんだ。恐怖に怯え、おののくミカの表情が目に飛び込んできた。最新のデジタル一眼レフで捉《とら》えたその表情は、薄暗い倉庫の中で撮られたというのに実に鮮明だった。

「これだと綺麗すぎるわよね」

テオが慣れた手つきでマウスを動かす。鮮明だった画像が一瞬で、昔の高感度のフィルムで撮った写真のようにざらついていく。

「ノイズを乗せただけですっかり雰囲気が変わるでしょ」

「ああ。これで充分だ」

テオはおれの言葉にうなずき、またマウスを動かした。撮った写真をセレクトし、同じようにノイズを乗せていく。現像し終えた画像をUSBメモリにコピーし、それをおれに渡した。

「パソコンとカメラに残っている画像は——」

「わかってる。ちゃんと消去しておくわ。信用商売だもの」

ミカが戻ってきた。青痣や目の腫れは消えていたが、ブラウスは裂けたままだ。

「このブラウス、気に入ってたのに」

「ヴィトがもっと素敵なのを買ってくれるわ」

「この恰好《かっこう》で外に出ろって言うの？」

ミカの言葉にテオは肩をすくめた。

「わたしのでよければ貸してあげるけど」

ミカが目を丸くした。テオの身長は百八十五センチを超えている。

「車の中で待っていれば、おれが適当なブラウスを買ってくるさ」

おれは言った。

「ヴィトはこう見えていいセンスしてるのよ」

テオがおれに向かってウィンクをした。

＊　＊　＊

ミカの指定した店に行った。おれはただミカのサイズと容姿を店員に伝えただけだ。店員が見繕《みつくろ》ったブラウスを二枚買い、車に戻った。

「本当だ。高中さん、結構センスいい」

ブラウスを見たミカが言った。おれは返事をしなかった。

ミカが助手席で着替えをはじめた。ブラが見えてもお構いなしだ。ミカにとって、おれは男ではない。

「明日から二週間ほどミラノを離れてもらう」おれは言った。グラブボックスから封筒を出し、ミカの膝の上に放った。「ロンドンまでの航空チケットとホテルのバウチャーだ」

「ホテルから出ちゃだめなんでしょ。退屈しちゃいそう。スマホ三昧《ざんまい》かも」

ミカは封筒の中を覗きこんだ。

「スマホの電源も切りっぱなし。それじゃ不自由だというなら、別のスマホを渡す」

「別のスマホが必要です」

「いいだろう」

おれはうなずき、アクセルを踏んだ。信号がちょうど変わったところだった。

「さっきの話だけど……」

「どの話だ」

「レオが八百長をやらないと、みんな殺されるって……」

「その話がどうした」

「本当なの？」

「嘘をついてどうする。クソみたいなやつらが大金を動かすんだ。何億、何十億という金だ。それだけの金と比べたら、おれたちの命なんか鼻くそほどの価値もない」

「高中さんやわたしが殺されるっていうのはなんとなくわかるの。ほら、仕事をしくじるわけだし。でも、綾さんは——」

「大森が八百長をしなかったという話は、やがて、サッカー賭博の世界に広がっていく。そうなると、やばい連中に脅されてもうまく立ち回ればなんとかなる。そう考えるやつらが出てくる。それはサッカー賭博を仕切っている連中にとってはゆるしがたいことだ」

「だからなの。レオに罰を与えるためにお姉さんを殺すの？　他の人たちに、おれたちの言うことを聞かないと家族を殺すぞっていうメッセージを伝えるため？」

「そうだ」

「酷い」

「酷い世界なのさ」

おれは言ってブレーキを踏んだ。渋滞に巻き込まれていた。

19

大森から電話がかかってきたのはミカが姿を消して三日後のことだった。

「この数日、ミカと連絡が取れないんだけど、高中さん、ミカからなにか聞いてます？」

「いや。連絡が取れないって、いつから？」

「三日前からかな？」

おれはわざと溜息を漏らした。

「風邪を引いて寝込んでるか、友達とどこか旅行にでも行ってるんじゃないのかな」

「高中さんは笑うかもしれないけど、毎日電話かLINEで連絡取ってたんすよ。それが急に……電話かけても、スマホの電源が入ってないみたいで」

「なにか事情があるんだろうが、後で彼女のアパートメントに寄ってみよう」

「すみません。よろしくお願いします」

「なにかわかったら電話するよ」

電話を切る。すぐに着信音が鳴りはじめた。今度は綾からの電話だった。昨日の夜、他愛もない内容のメールが来て、今朝、その返信を送ったばかりだった。

「おはようございます」

「おはよう。メールは返信したけど、まだ読んでないのかな」

「読みました。ごめんなさい。声が聞きたくて」

綾の声はおれの耳に切なく響く。台湾での日々を思い起こさせる。麗芬《リーフェン》に恋慕した。その挙げ句に悪霊と化した。

「なにをしてるんですか？」

「仕事の支度だ」

おれは言った。嘘だった。

「わたしは高中さんのことを想ってました」

綾を抱きしめたい。唇を吸いたい。胸を揉《も》みしだきたい。いきり立ったものを触らせたい、舐《な》めさせたい、突っ込みたい。

欲望がおれの理性を引き裂いていく。

「いつ、こっちに来られそうだ？」

「今、引っ越しの手配をしてるところ。早く行きたい。早く会いたい」

「おれもだ」

おれは言った。嘘ではなかった。

「嬉しい。仕事で忙しいのにごめんなさい。また電話します」

「君の声が聞けてよかった」

おれは言った。嘘ではなかった。

「ありがとう。じゃあ、また」

電話が切れた。スマホを机に置いた。写真の中の麗芬がおれを凝視していた。おれは写真立てを引き出しにしまった。

＊　＊　＊

試合のない日のサン・シーロは閑散としている。訪れるのはスタジアム内の見学ツアーにやって来る外国人観光客ぐらいのものだった。

トラム乗り場のそばで待っていると、BMWのセダンがやって来た。7シリーズの最新型で、助手席に馬兵《マービン》が乗っていた。

ＢＭＷはおれの目の前で停まった。助手席の馬兵が乗れというように顎をしゃくる。

おれはリアのドアを開けた。リアシートに王天《ワンティエン》が座っている。

おれが乗り込むとＢＭＷが動き出した。

「今日はどういう風の吹き回しだ？」

おれは王天に訊いた。

「まだ台湾の連中がうろついている。念のために用心しているだけだ」

「なるほど」

「それで、準備の方はどうなんだ？」

「再来週には完璧《かんぺき》だ」

おれの言葉に王天がうなずいた。

「ということは、ロッコのホームゲーム、ウディネーゼとのゲームだな」

王天の頭の中にはヨーロッパの主要リーグの試合日程が叩き込まれている。

「ウディネーゼが相手なら好都合だ。ロッコと似たような順位で、セリエＡに残留するためにお互い、死に物狂いで戦うだろう」

「そうだろうな」

「ロッコのホームだから、ロッコの勝利に賭ける連中が多いはずだ。そこでロッコが負ければ……」

王天は芝居がかった仕種で指を鳴らした。

「よし。ウディネーゼとの試合で、あのゴールキーパーに失点させろ。シュートをセーブし損なうのでもいいし、わざとファウルをして相手にPKをくれてやるのでもいい」

「ただ失点すればいいのか？」

王天が首を横に振った。

「試合後半、残り時間十五分を切った後だ。ゴールキーパーがこちらの指示をきちんと守るかどうかをまず知りたい」

「OK。話が終わったなら、地下鉄の駅かトラム乗り場で降ろしてくれないか」

「わかった」

王天はルームミラーを見つめる運転手にうなずいた。

「ロシア人と呉孝勇《ウーシャオヨン》がアムステルダムで話し合いの場を持つそうだ」

馬兵が言った。おれと王天が話している間、馬兵はスマホをいじっていた。

「なんだと？」王天が身を乗り出した。「どうしてロシア人がそんなことを――」

「エディ・ヤムが間に入って取り持ったらしい」

エディ・ヤムは香港黒社会の大立て者だ。マカオに数軒のカジノを持ち、ネットを使ったスポーツ賭博でもしこたま儲けている。王天の所属する組織とは犬猿の仲だった。

「ヤムか。あのくそったれめ」

「ロシア人があんたの名前を口にしたら面倒なことになるな」

馬兵が他人事《ひとごと》のように言った。

「やつらには大金を払ったんだぞ」

「台湾人が知っていることを話すなら金を払うといえば、どうなる？　おれたち中国人と同じで、やつらも節操がないからな」

「その時はおまえの出番じゃないか、馬兵」

「別口で支払ってもらうぞ」

王天は顔を歪《ゆが》め、シートの背もたれに身体を預けた。

ルームミラーに映る馬兵は楽しそうに微笑んでいた。ロシア人が口を割ると確信しているのだ。

おれも同じだ。台湾人と揉めるぐらいなら、ロシア人は金を受け取って口を割る。

ミラノに血の雨が降ることになる。

＊　＊　＊

大森にメールを打った。

『ミカちゃんのアパートメントに行ってみたが、返事がない。人の気配もしなかった。同じアパートメントの住民に話を聞いてみたが、この二、三日、見かけていないそうだ』

五分後に大森から電話がかかってきた。

「ミカになにかあったのかな？」

大森の声は震えている。心配でしょうがないのだろう。

「まだわからないよ。明日、彼女の元の職場に行ってみる」

ミカは大森と婚約して、それまで勤めていた職場を辞めたことになっていた。

「大森君、彼女の友達とか、だれか知ってるかな？」

「それが、全然……ほら、おれらが会うのって大抵、ロッコじゃないっすか。ミラノでのことなんてほとんど話題にならなかったし……」

「それならしょうがない。まあ、あんまり気を揉まない方がいい。彼女は大人だし、連絡がつかないといっても、まだ三日しか経っていないんだから」

「そりゃそうなんすけど……おれ、なんだか心配で」

「もう少し様子を見よう。もう二、三日経っても連絡が取れないようなら、警察に相談するのがいいかもしれない」

「警察っすか？」

大森の声が跳《は》ね上がった。

「万が一だよ。ミカちゃんもミラノは長いからそんなことはないと思うけど、若い女性を狙った誘拐《ゆうかい》もよく起きているから」

「高中さん、ミカ、だいじょうぶっすかね」

今にも泣き出しそうな声だった。

「明日、元の職場に顔を出してみると言っただろう。同僚ならミカちゃんの友人関係も多少は知ってるだろうし、そっちをあたってみる。君は心を落ち着けて練習と試合に集中するんだ。いいね？」

「なんとか頑張ってみます……」

電話が切れた。

おれは新品のタブレット端末とテオから受け取ったUSBメモリをバッグに放り込み、部屋を出た。車で郊外へ向かい、そこそこ客の入っているバルを見つけた。

カプチーノとパニーニを頼み、隅の席を確保する。Wi-Fiが飛んでいる。タブレットをネットに繋《つな》ぎ、グーグルのメールアカウントを取得した。

カプチーノはぬるく、パニーニはチーズが多すぎる。

大森のアドレス宛てにメールを打つ。

『連絡を待て』

イタリア語の短い文章にテオが撮ったミカの写真を添付し、送信した。

パニーニを食べ終わる頃に、大森から電話がかかってきた。

「高中さん、なんかわからないけど、ミカ、やばいみたいっす」

「落ち着くんだ、大森君。ミカちゃんになにかあったのかい？」

「ついさっき、知らないメアドからメールが届いて、ミカの写真が添付されてて……ミカ、殴られてるみたいで酷い顔なんすよ。おれ、どうしたらいいのか——」

大森の声はしゃがれていた。

「メールは写真だけ？」

「ただ、連絡を待てって書かれてます」

「そのメール、ぼくのメアド宛てに転送してくれる？」

「わかりました」

「一度電話を切るよ。折り返しかけるから」

おれは電話を切り、スマホの電源を落とした。バルを出る。夜の街をあてもなくドライブする。小一時間ほどが経過した頃、車を路肩に停めてスマホの電源を入れた。

大森から十通近いメールが届いている。読む必要はなかった。大森は焦《じ》れ、不安に苛《さいな》まれている。

電話をかけた。

「なにしてたんすか？　電話は通じないし、メールの返信も来ないし――」

「すまん。スマホのバッテリが切れていたんだ。しばらく気づかなくてね」

「なんだよもう」

大森はイタリア語で汚い言葉を口にした。

「すみません。つい口に出ちゃって」

「いいんだ。気持ちはわかる。メール、見たよ。ミカちゃんの写真も」

「だれがこんなことを……」

「警察に届けようか」

おれは言った。

「警察に?」

「うん。ただ事じゃない気がするんだ。ただ、警察に届けたことがこのメールを送ってきた相手に知られたら、ミカちゃんがどうなるか……」

「警察は待ってください」

予想通りの言葉が返ってきた。

「連絡を待てって書いてあるじゃないっすか。警察に届けるにしても、その連絡を待ってからでも遅くないんじゃないかって」

「それもそうだな。相手の目的がわからなきゃ、こちらも対応のしようがない」

「金目当ての誘拐っすかね」

「わからん……が、それも充分あり得る。昔はジョカトーレは尊敬の対象だったが、最近は金を持ってると見なされて、空き巣の被害に遭《あ》ったりしているから」

「くそっ。ミカになにかあったらただじゃおかねえ」

「落ち着くんだ、大森君」

「わかってます。わかってますけど……」

大森が歯ぎしりする音が聞こえてくるようだった。

「とにかく、相手からの連絡を待つんだ。いいね? 連絡が来たら、ぼくにもすぐに報《しら》せてくれ。何時になってもかまわないから」

「ありがとうございます、高中さん。最初はチームのスタッフに相談しようかとも思ったんすけど……」

「彼らはサッカーのことには詳しいだろうが、こういうことには慣れていないはずだ。変な噂が広がったりしないよう、警察に届けるまでは、これは君とぼくだけで対応しよう」

「そうします。本当にありがとうございます」

「ミカちゃんはぼくの友人でもあるからね。ぼくも心配でたまらない。彼女が無事なよう、祈ろう」

「そうします」

「じゃあ、向こうから連絡が来たら報せるのを忘れないで」

おれは電話を切った。

大森の声が鼓膜を震わせるたびに綾の顔が脳裏に浮かび、胸がざわついた。

弟を地獄に突き落としておいて、姉を抱くのか。

声なき声がおれを責め立てる。

おまえはまた同じことを繰り返そうとしている。台湾と同じことを。自らの欲望に屈し、破滅への道をひた走ろうとしている。愛する者を絶望の淵へ追い立てようとしている。

部屋に戻り、引き出しにしまったままだった麗芬の写真を手に取った。麗芬に訊《たず》ねた。

「おれはどうすべきだ?」

麗芬はなにも答えてはくれなかった。

20

呉孝勇《ウーシャオヨン》とロシア人がアムステルダムに入ったという報《しら》せがあった。

王天《ワンテイエン》の周辺が慌《あわ》ただしくなっていく。馬兵《マービン》によるおれへの監視もなくなった。

台湾人たちからの報復に備えているのだ。

相手が馬兵だと知っても、台湾人たちが怯《ひる》むことはないだろう。嬉々《きき》として部下たちに指示を与えている馬兵の顔がありありと脳裏に浮かぶ。馬兵は元々兵士だったのだ。暗殺や警護より戦いを好む。

おれにも備えが必要だった。

馬兵が蔡道明《ツァイタオミン》を殺した現場におれもいた。そのことが知れれば、台湾人たちはおれのことも狙うだろう。

車を駆ってスイスへ向かう。ルガノという湖畔《こはん》の街でエリオという初老の男を訪ねた。

エリオは退役軍人だ。スイスの軍を辞めたあと、武器商人に転身した。エリオに金を積めば手に入らない武器はないと言われている。

エリオはルガノ湖畔の小さな家に住んでいる。普段はヨーロッパ中を飛び回っているが、おれが連絡を入れた時は幸い、ルガノに舞い戻っていた。

「ヴィトという者だが」

ノックして名乗るとドアが開いた。白髪の大柄な男がおれを出迎えた。

「イタリア人のくせに時間に正確だと思ったら、アジア系だったか」エリオがおれを招き入れながら言った。「ミラノ訛《なま》りのイタリア語も完璧《かんぺき》だ。ミラノで生まれ育ったのか？」

おれは首を振った。

「まあ、いい。ポンプアクションのショットガン、軍用タイプで取り回しのきくもの。そういう話だったな？」

「そうだ」

「なにに使うつもりだ？」

「護身用だ」

おれの答えにエリオが笑った。

「軍用のショットガンを護身用に？　なにをやった？　マフィアを怒らせたか？」

「使うことがあるとは思っていない。ただ、念のために手元に置いておきたい」

「ちょうどいいものがある。待っていてくれ」

おれをリビングに残し、エリオは奥の部屋に消えていった。おれはリビングを観察して時間を潰《つぶ》した。家はまさしく、退役軍人がバカンスのために買った湖畔の小さな別荘にカモフラージュされている。だれも、ここが武器商人の家だとは思うまい。聞いたところによると、この家の地下には広大な空間が広がり、様々な銃器が保管されているらしい。

エリオが戻ってきた。両手でアサルトライフルを抱えていた。

「おれが欲しいのはショットガンだ。アサルトライフルじゃない」

「これがそのショットガンだ」エリオが笑った。「元々はレミントンM870というオーソドックスな狩猟《しゅりょう》用の銃なんだが、前の持ち主がミリタリーマニアでな。いろいろ改造したらこうなったというわけだ。軽いし、銃身も二十八インチから十八インチに変えてある。短いから取り回しも楽だ」

おれは渡されたショットガンを観察した。確かに軽い。

「マガジン・エクステンション・チューブもついているから、装弾数は七発になる。試射をしてみるか？」

「できるのか」

「この裏の森はすべておれの土地だ」

エリオがウィンクした。

「行こう」

弾丸の入った箱を手に、エリオが外へといざなった。森は数ヘクタールはありそうな大きさだった。すべてがエリオの所有地なら、どこでどんな銃を撃とうが問題はない。

森に分け入って二百メートルほど進むと、開けた場所に出た。木を伐採した試射場だ。サッカースタジアムのピッチほどの広さがあり、二十メートル、五十メートル、そして百メートル地点に標識のようなものが立てられている。

「もし、その銃を使うとして、あんたが考えるに敵とはどのくらいの距離がある」

「数メートルから十メートルだろう」

「なるほど」

エリオはズボンのポケットからリモコンを取りだした。エリオがリモコンを操作すると、モーターの駆動音が聞こえ、十メートルほど先の地面からサンドバッグのようなものが出てきた。

「試射用のターゲットだ」

「いくつ埋まってるんだ？」

「さあな。数えたこともない」

エリオから箱を受け取り、ショットガンに弾丸を装塡《そうてん》した。七発。

エリオが後ずさりしながらうなずいた。いつでも撃っていいという合図だ。イヤー・プロテクターも目を保護するためのゴーグルもない。ここにはそんなものを必要とするやわな連中はやって来ない。

ショットガンを構え、狙いをつけ、引き金を引いた。轟音《ごうおん》が鳴り響いた。反動を殺しながら銃身の下にあるポンプをスライドさせて次の弾丸を装塡する。

いたのか？」

狙いをつけ、撃つ。

弾丸が尽きるまで繰り返す。

撃ち終わると拍手が聞こえた。

「慣れたもんだ。構えて狙って撃つ。シンプルだから、着弾もずれない。どこかの軍にいたのか？」

おれは首を振った。

「性格的に軍隊は合わないんだ」

「じゃあ、おまえに撃ち方を教えたやつが軍人だったんだな」

おれは肩をすくめた。

「どうだ、気に入ったか？」

「ああ。これを買う」

「弾丸百発込みで三千ユーロでどうだ」

「いいだろう」

「弾丸はダブルオーバックでいいな？」

ダブルオーバックというのは、通常鹿弾《しかだま》と呼ばれる散弾の粒が大きいものをいう。

「ダブルオーバックとスラッグを半々で百発頼む」

おれは言った。スラッグというのは一発弾のことだ。

「いいだろう」

エリオが言った。

「あんたが実戦でその銃を使うところを見てみたいな」

「多分、使うことはない」

おれは答えた。

＊　＊　＊

再び国境を越えると車首をロッコに向けた。ロッコのクラブハウスの近くに車を停め、練習場に向かった。

練習は佳境に入っているようだった。週末の試合はアウェイ戦。相手チームはヨーロッパリーグの出場権を争っている。熾烈《しれつ》な戦いになるはずだった。

大森はやつれていた。それでも自分を鼓舞するように声を張り上げ、練習に熱を入れている。

試合や練習に集中している時だけ、ミカのことを頭から追いやれるのだ。

練習は三十分後に終了した。クラブハウスに向かう大森の足取りは重い。

「大森君」

おれの声に大森が顔を上げた。

「君のアパートメントの近くで待ってるから」

「すぐに行きます」

そう答える大森の顔は今にも泣き崩れてしまいそうだ。綾の顔がそれに重なった。

弟が苦境に陥っていると知ったら、綾は泣くだろう。弟を苦境に追いやったのが恋する男だと知ったら、綾はどうなるだろう。

おれは頭を振り、練習場に背を向けた。車で大森のアパートメントに向かった。アパートメント近くの路上に車を停め、エンジンを切って大森の到着を待った。

綾の顔が脳裏から消えない――苛立《いらだ》ちが募《つの》っていく。

麗芬《リーフェン》を失い、虚無のただ中をさまよっていたのに、綾の中に麗芬に似たなにかを見つけた瞬間、元の自分に戻ってしまった。

おれは無間《むげん》地獄の住人だ。この世に生まれ落ちた時から呪われていた。

綾を手に入れたからどうだというのか。末永く幸せでいられるはずもない。おれたちを虜《とりこ》にしているのは一瞬の激情だ。身を焦がすような恋情だ。長く一緒にいれば、恋は愛に変わる。だが、おれたちに愛が訪れることはないだろう。

おれは根無し草だ。暗黒街の住人だ。綾をおれの生活に巻き込むことはできないし、綾の生活に自分を合わせることもできない。

激情が消えれば、おれたちの関係は失われる。

わかっている。わかっている。わかっている。

わかっていてなお、おれは綾を欲した。

なんと愚かなのか。なんと哀れなのか。なんと卑しいのか。

スマホにメールが届いた。大森からだった。

『あと五分で着きます』

おれは唇を噛《か》み、余計な感情を頭から追い払った。

＊＊＊

「向こうからの連絡は？」

部屋に入ると同時におれは訊《き》いた。

「まだなんにも。あのメアドに何度もメール打ってるんすけど、梨《なし》の礫《つぶて》なんすよ」

「ミカちゃんの前の職場の人間に話を聞いてみたけど、だれもなにも知らないみたいなんだ」

「いったい、どうなってんだよ……」

大森は掌《てのひら》で壁を叩《たた》いた。

「やっぱり、警察に届けようか。下手をすると、ミカちゃんが何者かに拉致《らち》されてから四日以上が経つということにもなるし……」

喋《しゃべ》りながら時間を確認した。時間指定で送信したメールが着信する頃合いだった。

「その方がいいですよね、やっぱ――」

大森のスマホにメールの着信を報《しら》せる音が鳴った。大森が慌ててスマホを手に取った。

「ミカ……」

メールを開いた瞬間、大森は左手で口を押さえた。目には怒りと恐れの色が同時に宿っていた。

「どうした？」

おれは大森の背後に回り込み、スマホを覗《のぞ》いた。

この前送信したのとは違うミカの写真。より哀れで悲惨さが強調されている。

『ウディネーゼ戦、最後の十五分の間にわざと失点しろ。そうすれば、この女は無事に解放される』

おれ自身が打ったイタリア語の文章が表示されていた。

「高中さん、すいません。おれ、簡単な文ならわかるんだけど、イタリア語の読み書きはまだ中途半端で……」

「ウディネーゼ戦の最後の十五分の間にわざと失点しろと書いてある。そうすれば、ミカちゃんは無事に解放するって」

「わざと失点しろ？」

大森の顔は蒼白《そうはく》だった。

「そう書いてある」

「おれに八百長しろって？」

おれはうなずいた。

「ふざけんなよ……おれはビッグクラブに行くんだ。チャンピオンズリーグに出るんだ。日本のサッカー史上最高のキーパーになるんだ。八百長なんてできるかよ」

「落ち着くんだ、大森君。八百長なんかする必要はない。警察に話をしよう。警察に任せるんだ」

綾の顔が脳裏にちらつく。綾は泣いている。憤《いきどお》っている。麗芬のように。

「そんなことしたら、ミカが……」

「警察はこの手のことに慣れているはずだ」

大森が首を振った。

「八百長ってサッカー賭《と》博《ばく》を仕切ってる連中が絡んでるんすよ。時々、仲間内でそんな話が出るんです。やばいやつらだって。目をつけられたらお終《しま》いだって。ミカ、殺されちまうかも」

「しかし、八百長をやるわけにはいかんだろう。そんなことをしたら、君のサッカー人生が――」

「高中さん、メールの返信書いてください。八百長以外のことならなんだってするから、ミカを解放してくれって」

大森の目から涙が溢《あふ》れた。

「それはかまわないが、それより警察に行った方が――」

「お願いします」

「わかった」

大森からスマホを受け取り、メールを打った。

『八百長以外のことならなんでもする。頼むから、彼女を解放してくれ』

書き終えたメールを送信した。おれ以外、だれの目にも触れないメールだ。

「返信、来るかな……」

大森が呟《つぶや》いた。

「どうだろう。とにかく、待ってみよう」

おれは空々しい言葉を真剣に口にした。大森を座らせ、キッチンにあるエスプレッソマシンでエスプレッソを淹《い》れた。大森はエスプレッソを飲み終えるまで持たなかった。

「もう一度メールを打ってください」

「いいよ」

おれはメールを打った。最初の文面とほとんど変わらないものだ。

十分後にまた大森が言った。

「もう一度お願いします」

おれはメールを打った。返信は来ない。来るわけがないのだ。

「高中さん、もう一度――」

「無駄だよ」

おれは大森を制した。

「でも――」

「向こうは返事をするつもりなんてないんだ。君を焦《じ》らし、不安に苛《さいな》ませて思うように操るつもりなんだろう」

「でも――」

「さっき、仲間内で八百長の話が出る時があると言っていただろう。チームメイトにこの手の話に詳しい人間がいるのか？」

大森がうなずいた。

「どんな選手？」

「ジャンルカ・アブルッツェーゼっていう、ベテランのセンターバックっす。本人はなんにも言わないけど、みんながジャンルカは昔、組織に脅《おど》されて八百長に関わったって言ってて……」

期待通りの名前が出てきた。ジャンルカはおれにとっては聞き分けのいい優等生だ。

「その選手に相談してみたらどうだろう」

おれの言葉に大森の目尻《めじり》がひくついた。

「ジャンルカに？」

「警察に届けないなら、こういうことに詳しい人間の助けを借りるほかはないよ、大森君。力になってあげたいけど、ぼくは右も左もわからない」

「そ、そうっすよね。なんか知ってる人間に話を聞いた方がいいっすよね」

「ぼくはそう思う」

「わかりました。ジャンルカに電話してみます」

大森はスマホを手に取った。

ジャンルカには前もって大森から連絡が行くはずだと知らせてあった。どう受け答えすべきかも細かく指示してある。

「ジャンルカ？　レオだけど、今、話す時間あるかな？」

電話が繋《つな》がると、大森はおれに背を向けた。

「うん。すまない。ジャンルカにしか頼めないことなんだ。ありがとう。じゃあ、後で」

電話を切ると、大森は振り返った。

「一時間後に、近所のバルで会うことになった」

「そうか。とりあえず、一歩前進だ。なにごとも前向きに考えよう。ぼくは一旦《いったん》、ミラノに戻る。話し合いが終わったら連絡をくれるかい」

「高中さんも一緒に行ってくれるんじゃないんすか？」

「八百長絡みということになると、とてもデリケートな内容になると思う。部外者がいたら、彼の口も重くなるよ。ぼくはいない方がいい」

「でも……おれひとりじゃ、どうしたらいいかわからないっす」

「だいじょうぶ。これは試合だと思うんだ。いつもと違う展開になって、君のチームは押されている。だけど、ゴールマウスを守るのは君だ。君さえどっしりと構えていれば失点することはない。失点しなければ、負けることもない」

大森がうなずいた。

「ミラノで用事を済ませたら、すぐに戻ってくるから」

「すみません」

「いいんだ。じゃあ、後で」

おれは部屋を後にした。

＊＊＊

ミラノに用などなかった。コモ湖に向かって車を走らせ、ジャンルカに電話をかけた。

「レオから連絡が行っただろう」

「ああ」

「打ち合わせ通り、あいつをしこたま脅してやるんだ。いいな？」

「ああ。余計なことをしたら、おまえのフィアンセは殺される。言われた通りにしなければ、おまえのフィアンセは殺される。そう言えばいいんだろう」

「そうだ」

「なあ、この前も言ったが、おれなんかとは違って、レオは才能に溢れた選手だ。地獄に突き落とすような真似はやめないか」

「おれがやめても、おれの代わりが来るだけだ。わかっているだろう」

「それはそうだが……」

「やつらに目をつけられたら逃げられない。レオは運がなかったんだ」

「……そうだな」

「しくじるなよ。下手な同情心を起こしてへまをしたら、連中の矛先《ほこさき》はおまえに向けられるぞ」

「わかってる。おれだって馬鹿じゃない」

「また連絡する」

おれは電話を切った。

コモ湖が見えてきた。すでに太陽は湖を囲む山の向こうに沈んでいる。湖面は闇に飲みこまれようとしていた。車を降り、湖畔に沿って設けられた遊歩道を歩いた。時間が経つにつれ、遊歩道を行く人々の姿が減っていく。

目についたベンチに腰掛けた。黒々とした湖面が静かに波打っていた。波音がおれの記憶を刺激する。

あれは湖畔ではなく河畔《かはん》だった。生温《ぬる》い風が吹いていた。俊郎《ジュンラン》がおれを詰《なじ》っていた。おれに背を向けていた。おれは足もとに転がっていた石を拾い上げ、俊郎の頭に叩きつけた。

俊郎を黙らせろ——頭の中で声が響いていた。

俊郎を黙らせろ。

俊郎を黙らせろ。

俊郎を黙らせろ。

声は際限もなく繰り返された。

俊郎はおれの弟分だった。麗芬の夫だった。

自分の犯した罪を隠蔽《いんぺい》するためにおれは俊郎を殺した。いや、麗芬が欲しくて殺したのだ。

あれは台湾で、今、おれはイタリアにいる。あの頃のおれはプロ野球の投手で、今のおれはスポーツ賭博組織の何でも屋だ。

名前も違う。顔も違う。髪型も違う。体重はあの頃からはかなり減った。

それでもおれはおれだった。どこにいようが、どんな顔をしていようがおれはおれなのだ。

スマホに着信があった。大森からだ。気づけば、ベンチに二時間以上座っていた。

電話に出た。

大森は泣いていた。

「八百長、やることにしました」

「すぐにそっちに行くから、待ってるんだ。いいね」

大森の返事を待たずに電話を切った。

＊＊＊

大森の部屋は薄暗かった。呼び鈴を押しても返事はなく、スマホに電話をかけても繋がらない。駐車場にアウディTTを見つけた。近寄ると、大森が運転席に座っていた。

窓を叩く。大森がおれを見た。その目は腫《は》れていた。

初めて八百長に手を染めた時の自分を思い出した。

打ちひしがれはしたが、結局は割り切った。

金が必要だったのだ。肩を壊し、日本のプロ野球界に居場所をなくし、台湾に渡った。

おれの未来は閉ざされていた。

大森は違う。若く、才能に恵まれ、意欲もある。

窓が開いた。

「来てくれたんすね」

「すぐに行くと言っただろう」

「こんなに早く来てくれるとは思わなかったっす」

「部屋に入ろう」

おれの言葉に大森が首を振った。

「あの部屋にいると、ミカのことばっか考えちゃって……ドライブに行きませんか」

「運転を代わってくれるなら」

大森はうなずいた。車を降りて助手席に回る。おれは運転席についてシートの位置を調整した。

「どこへ行く？」

「どこでもいいっす」

おれは車を発進させた。ロッコの南東部にあるベルガモという街を目指した。高速に乗るまではお互いに口を開かなかった。

「それで、ジャンルカっていう選手になんと言われたんだい？」

「運が悪いって。あいつらは目をつけた選手にはどんな手を使ってでも言うことを聞かせるんだって言われましたよ。言うことを聞かなきゃミカは間違いなく殺されるって。余計なことをしただけでミカが危険にさらされるって」

「じゃあ、警察へは……」

「絶対に行っちゃだめだって。賭博組織の連中は警察内部にも目を光らせてるらしいっすよ」

大森が笑った。自虐《じぎゃく》的な笑い声だった。

「本当にやるのかい？」

「ちょっとミスったふりをするだけでいいんだって、ジャンルカは言ってました。どんなに優秀なキーパーだって完璧じゃない。ブフォンだって時にはミスをするんだから、だれにもばれないって」

ブフォンというのはユベントスに所属するイタリアを代表するゴールキーパーだ。

「おれ、ブフォンみたいなキーパーになるのがガキの頃からの夢だったんすよ。他の連中がジダンだなんだって騒いでるのに、おれだけブフォン。センターフォワードやゲームメイカーじゃなくて、キーパーになっててっぺんに立ってやりたかった」

「君なら立てるさ」

返事はなかった。大森はきつく唇を結び、フロントガラスの向こうに広がる闇を見つめていた。

八百長に手を染めたら、その噂《うわさ》は瞬く間に広まっていく。うまくやれば一度目は見過ごされるだろう。だが、二度目は決定的だ。公《おおやけ》に断罪されることはないが、八百長をする選手という烙印《らくいん》を押され、中堅以上のクラブの補強リストからは外される。

「ジャンルカはミカちゃんのことはなんと言っていた？」

「おれが連中の言うことを聞けば無事に戻ってくるって」

「そうか……」

「そうなんすよ。ミカのためにやるっきゃないんす」

「君の決断を尊重するよ」

おれは車のスピードを落とした。法定速度を維持し、走行車線を走らせる。何台もの車がおれたちを追い抜いていった。

「なんでおれなんすか？」

大森が言った。

「ゴールキーパーなんて他にいくらでもいるじゃないっすか。なんでおれなんすか？」

悪い時に悪いチームに所属していたからだ。チームの成績に比べて君の実力がぬきんでていたからだ。

おれは言葉を発しなかった。

大森が嗚咽《おえつ》しはじめた。嗚咽はやがて慟哭《どうこく》に変わった。

大森の泣き声をBGMに、おれはただアクセルを踏み続けた。

21

スマホに着信があった。綾からだった。電話には出なかった。

しばらくしてからスマホに手を伸ばした。留守番電話サービスに接続する。

「高中さん、綾です。この一週間ぐらい、怜央と連絡が取れないんです。電話しても繋がらないし、LINEの返信もないし……怜央になにかあったんでしょうか？　折り返し電話してください」

電話をかける代わりに綾の留守電を何度も再生して耳を傾けた。おれに貫《つらぬ》かれながら快楽と羞恥《しゅうち》の狭間《はざま》で歪《ゆが》んだ顔を思い浮かべた。

また着信があった。見覚えのない番号だった。電話に出た。

「おれだ」

馬兵《マービン》の声が耳に飛び込んできた。

「なんの用だ」

「ロシア人がおれたちを呉孝勇《ウーシャオヨン》に売ったぞ」

馬兵は嬉《うれ》しそうだった。

「おれは関係ない」

「馬鹿を言え。蔡道明《ツァイタオミン》が死んだ時、おまえもその場にいたじゃないか」

「おれの意思でそこにいたわけじゃない」

「蔡道明が死ななきゃならなかった理由におまえも噛んでるじゃないか」

「おれはただの使いっ走りだ」

「向こうがそう思ってくれればいいんだが」

「用がないなら切るぞ」

「自分の身は自分で守れる、か」

馬兵の口調が変わった。

「普通なら、助けてくれとか守ってくれと泣きついてくるもんだが」

「そう。自分の身は自分で守れる。これまでもそうしてきたし、これからもそうしていくつもりだ」

「やっぱり、おまえはただのランナーなんかじゃない。最初に会った時からわかっていた。おまえからは戦士の匂いがする。王天《ワンテイエン》みたいなやつに顎《あご》で使われているようなタマじゃない」

「買いかぶりだ。なにか血腥《ちなまぐさ》いことが周りで起これば、息を潜《ひそ》めてじっとしている。それで今まで生き延びてきた」

「そのうち、ヨーロッパに来る前のおまえがどこでなにをしていたか、じっくり聞かせてもらうさ。外で車が待ってる。それに乗れ。王天が呼んでいる」

「わかった」

おれは電話を切った。身支度を整え、部屋を出る前にもう一度綾の留守電を再生した。

綾の声はおれの胸を締めつける。

＊＊＊

おれの乗ったヴァンは高速に乗り、南東を目指して飛ばしていた。

「どこへ向かっているんだ？」

運転手も助手席の男も答えなかった。おれは目を閉じ、狸《たぬき》寝入りを決め込んだ。ヴァンは一時間以上高速を走っていた。高速を下りる気配に目を開けた。

おれたちはパルマにいた。プロシュートと呼ばれる生ハムや、パルミジャーノ・レッジャーノの産地として有名な美食の街だ。

台湾人たちの報復を恐れてパルマまで逃げてきたのだろう。王天は肝っ玉の小さい男だ。

ヴァンは郊外にあるこぢんまりとした家の前で停まった。

「降りろ」

助手席の男が言った。おれは車を降りた。家の中から男がふたり出てきておれにうなずいた。ボディチェックを受け、スマホを取り上げられた。

家の中に入る。居間にパソコンやデジタルカメラがセッティングされていた。

「よく来たな、暗手《アンショウ》」

二階から王天がおりてきた。いつもより上半身がひとまわり大きく見えるのは、シャツの下に防弾チョッキを着ているからだろう。馬兵が台湾人たちを片づけるまでは、寝る間も防弾チョッキを外さないはずだ。

「これは？」

おれはデジタルカメラを指差した。静止画も動画も撮れるタイプのカメラだった。

「ある方々がおまえの顔を直接見ながら話を聞きたいとおっしゃっている」

大森が本当に落ちたのかどうか、確かめたがっている。今シーズン末にロッコを巡って動く金は相当な額になるのだろう。

「あの椅子に座ってくれ」

王天はカメラの前に置かれた椅子を指差した。おれはその指示に従った。王天がうなずき、手下たちが作業に取りかかった。王天はヘッドセットを装着していた。

「それではじめます」

準備が整ったという合図を受けて王天が口を開いた。これまで聞いたことのない丁寧な言葉遣いだった。

「おまえは暗手ことヴィト・ルーだな」

「是《シー》」

中国語でイエスと答えた。

「ロッコのゴールキーパー、大森怜央は完全におまえの掌中にあるのか」

「是」

王天がうなずく。おれの答えにではなく、ヘッドセットから聞こえてくる連中の声にうなずいている。

「どうやって大森をものにした？」

「女だ。娼婦《しょうふ》を近づかせ、虜にさせた。大森はその娼婦に婚約指輪を贈るほどぞっこんだ。そこで女に姿を隠させ、こちらの言う通りにしないと女を殺すと脅した」

「確信はあるのか？」

「なんの確信だ？」

「大森を完全にコントロールできるという確信だ」

おれはうなずいた。

「声に出して答えるんだ」

「是」

「それをどうやって証明する？」

「ウディネーゼ戦後半の最後の十五分の間に、大森はミスをして失点する」

「ミスをしなかったら？」

おれは肩をすくめた。

「声に出して答えろと言っているだろう」

「おれは暗手だ」カメラを睨《にら》んだ。「おれがこれまで、あんたたちの期待を裏切ったことがあったか？」

「おい、失礼だぞ」

王天が言った。おれに向かって来ようとしたが、ヘッドセットに手を当てて足を止めた。

「わかりました――おい」

王天はパソコンの前に陣取っている手下に向けて指を鳴らした。

「機嫌を損ねさせたか、暗手」

パソコンのスピーカーからしわがれた北京語が流れてきた。何度か耳にしたことのある声だ。声の持ち主は上海の大物だ。北京語にも上海訛《なま》りが聞き取れた。

「黙ってウディネーゼ戦を見ていればいい。それでなにも起こらなければおれを殺せ」

王天の目が泳いでいた。声の主に向かっておれのようにぞんざいな口の利き方をする人間はいないのだ。

「今回はちとわけがあってな。日本人のゴールキーパーが本当にこちらの言う通りにするか、確認しておきたかったのだ」

それでわかった。中国共産党の幹部のような超大物が金を作るために大森の試合を利用しようとしている。その超大物が確証を得たかったのだ。

おれはまた肩をすくめた。王天はなにも言わなかった。

「これまで通り、おまえを信用することにしよう、暗手。おまえは失敗したことがない。だが、そんなおまえでも一度失敗したらお終いだ。わかっているな」

おれはうなずいた。

「今度の件は絶対に失敗はゆるされない」

「失敗はしない」

返事の代わりに笑い声が流れてきた。

「それでこそ暗手だ。手間をかけてすまなかったな」

「どういたしまして」

「王天、話がある。暗手には外してもらえ」

王天の手下のひとりが手招きしていた。おれは椅子から離れ、手下の後について別室に移動した。書斎のような部屋だ。手下が部屋を出て行き、施錠する音がした。

ご苦労なことだ。

書棚に目をやる。イタリア語で書かれた本が並んでいた。ここはイタリア人向けに短期で貸し出されるレンタルハウスなのだろう。

アルプスの山々を題材にした写真集が目についた。それを手に取り、ページをめくった。マッターホルンにモンブラン、他にもおれの知らない山々の雪景色が切り取られている。

写真集に半分ほど目を通したところで解錠される音が響いた。ドアが開き、王天の手下がおれを呼んだ。

居間に戻る。

「言葉遣いに気をつけろ。ここが上海だったらおまえの首は飛んでいるぞ」

「ここはパルマだ」

おれは答え、王天の脇を素通りした。

「ウディネーゼ戦でなにも起こらなかったら、おれがこの手でおまえを殺してやる」

「好きにするといい」

おれは家を出た。同じところにヴァンが停まっていた。おれが近づくとヴァンの後部座席のドアが開いた。

馬兵がおれを見て笑った。

「茶番だっただろう」

おれは黙って車に乗り込んだ。

「ああいう連中はいつもくだらない真似をする」

ドアが閉まり、車が動き出した。

「おれに用があるのか」

おれは馬兵に訊いた。

「やつらのせいで苛々させられている。苛々を解消するにはおまえと話をするのが一番だ」

「いい迷惑だ」

「そう言うな。どうせ、ミラノまで一時間以上、なにもすることがないんだろう」

「王天はしばらくあそこを根城にするつもりなのか」

おれは訊いた。

「台湾人とのごたごたが片づくまではいるつもりなんだろうよ」

「呉孝勇はどうしている？」

「アムステルダムからパリに移動した。どうやら、TGVでミラノに来る腹づもりらしい。パリでしこたま銃器を買い集めている」

「それじゃあ、はじめから空路の選択肢はないな」

「銃器は車でミラノに運び込むつもりだろう」

馬兵は笑っていた。

「呉孝勇の動きは完全に摑《つか》んでいるんだな」

「ヨーロッパはおれのホームグラウンドだ」

「銃を積んだ車を襲撃するのか」

「それは質問か？」

おれは首を振った。

「おまえも来るか？　パリからなら、車はアルプスを越える。そこでやるつもりなんだが」

さっき見ていた写真集が脳裏をよぎる。

「ウディネーゼ戦が近い。ミラノから離れるわけにはいかない」

「それは残念だ」

馬兵は首を振った。

車内に沈黙が降りた。聞こえるのはエンジン音と、タイヤが路面の凹凸を拾う音だけだ。車はとうに高速に乗り、三つある車線の真ん中を走っている。

「この仕事、面白いのか？」

突然、馬兵が口を開いた。

「金を稼ぐための仕事だ。面白いもくそもない」

「おまえにはこういう仕事は似合わない」

「あんたが決めることじゃない」

「おまえみたいな人間がどうしてこんな仕事を選んだのか、理解に苦しむんだよ」

「こっちに来た頃は、仕事を選べるような立場じゃなかった」

「今は選べる」

「なにを選べと言うんだ？」

「マネージメントのできる人間を探している。悪霊を見つけ出した後、おれのところで働かないか」

おれは馬兵を見た。馬兵がなにかを摑んだのかどうか、確かめたかった。だが、馬兵の笑顔の奥には虚《うつ》ろな空気が漂っているだけだった。

「殺しはおれには向いてない」

「殺すのはおれだ」

「殺しに関わる仕事はごめんだ」

「なにも知らないやつを汚い罠《わな》にはめて八百長させるよりはましだと思わないか？」

「楽しそうだな、馬兵。苛々が吹き飛んだんだろう。だったら、もういい加減、口を閉じてくれないか」

「そうしよう」

馬兵はシートの背もたれに体重を預け、目を閉じた。すぐに寝入ったように見えた。

寝たわけではない。ただ、目から入ってくる情報を遮断して身体《からだ》と脳を休めているだけだ。

この男は熟睡したことがないに違いない。

おれと同じだ。麗芬《リーフェン》を失って以来、おれも熟睡できた例《ためし》がない。

夢を見るのが怖かった。血まみれの過去がよみがえるのが怖かった。

馬兵はぴくりとも動かない。おれも同じように背もたれに身体を預け、目を閉じた。

綾の顔が脳裏に浮かんで消えることがなかった。

＊　＊　＊

部屋に戻り、シャワーを浴びた。また部屋を出て、近所をぶらついた。

おれを乗せてきたヴァンは消えている。おれを監視する連中が乗っている車の姿もない。

目に留まったバルに入り、サルシッチャを使ったリガトーニを注文した。店員の目が吊り上がった。

「パニーニ以外のものも食べるのかい？」

「たまには」

「飲み物はどうする？　いつものようにガス入りの水？　それとも、たまにはワインでも飲んでみるかい？」

「赤ワインをグラスで」

店員が微笑《ほほえ》んだ。

「特別のワインを出させてもらうよ。なんたって、あんたがうちでパニーニ以外のものを注文した記念すべき日だ」

「ありがとう」

店員が去っていくと、スマホを取りだした。電源を入れた。綾の留守電を再生した。

綾の声を聞くたびに胸の奥が痛む。

時刻は午後八時を回っていた。日本は夜明け前だ。わざわざ起こすのも悪いと自分に言い訳して綾に電話をかけるのはやめた。

赤ワインが運ばれてきた。

「普通はグラスで出すようなグレードのワインじゃないんだけど、特別に」

「ありがとう」

「お代わりも遠慮なく言ってくれ」

「ありがとう」

馬鹿のひとつ覚えのように感謝の言葉を口にし、赤ワインを口に含んだ。

「美味《おい》しい」

おれの言葉に店員が破顔した。

「リガトーニだってそのワインに負けない味だよ」

「パニーニがあれだけ旨《うま》いんだ。パスタが不味《まず》いわけがない」

おれは言った。他人にお世辞を口にしたのはいつ以来だろう。

おれは変わってしまった。綾がおれを変えた。

喜ぶべきことなのか、恐れるべきことなのか。

おれにはなにもわからなかった。

運ばれてきたリガトーニを食べ、ワインを飲んだ。復活した味覚はサルシッチャとトマトソースの味に歓喜した。グラスはすぐに空になり、お代わりを注文した。

旨かったが、リガトーニはおれには多すぎた。フォークを置き、ナプキンで口を拭《ぬぐ》っていると店員が駆け寄ってきた。

「口に合わなかったかな？」

店員の目はおれが残したリガトーニの皿に向けられていた。

「とても旨かった。おれは少食なんだ。知っているだろう？」

「いつもパニーニひとつだけ。それでよく身体がもつね」

「慣れだよ。ご馳走《ちそう》様」

「次からは少なめのポーションで出すよ。うちはリゾットもミラノ風カツレツも評判がいいんだよ」

「次はそっちを頼もう」

おれは財布から二十ユーロ札を取りだし、店員に渡した。

「釣りは取っておいてくれ。君のサービスへの恩返しだ。本当に上等なワインだったよ」

バルを出て部屋に戻った。スマホに着信があった。午後九時――日本時間午前四時。

予想通り、綾からの電話だった。

何度もためらい、結局電話に出た。

「もしもし？」

「高中さん、こんな時間にごめんなさい」

「こちらこそごめん。留守電のメッセージは聞いていたんだけど、仕事が忙しくて」

「高中さんは怜央と連絡取れてます？」

綾の声はいつもより低かった。

「いや、このところ連絡は取ってないけど、でも、昨日だったかな。こっちのサッカーの番組で練習している大森君の姿が映っていたよ。短いインタビューにも答えていた」

「よかった……ミカさんとも連絡が取れなくて、もしかしたらなにかよくないことがあったんじゃないかって」

綾の声がいつもの調子に戻っていく。

「子供でもないのに、ちょっと連絡が取れないぐらいで大袈裟《おおげさ》だな」

「電話でもメールでも、必ず返事をくれる子なんです。それが何度電話してもメールを打っても梨の礫で。心配でたまらなくて」

「麗《うるわ》しい姉弟愛《きょうだい》だな。少し妬《や》けるぐらいだ。まあ、とにかく、ロッコはこれから残留に向けての正念場だ。練習や試合に集中するために外部との連絡を断っているのかもしれない」

「これまで、一度もそんなことなかったのに……」

「これまでとは違うんだよ。これからシーズン終了までの一ヶ月ちょっとには、彼の将来がかかってるんだ。これまで通りに活躍してチームを残留に導けば必ずもっといいクラブからのオファーが届く。そのためにも、今まで以上の力を発揮しなきゃならないからね」

嘘《うそ》にまみれて生きてきた。だから、愛する女に対しても考えることなく嘘をつくことができる。

「そうなんですね……」

「今週末にホームでウディネーゼというチームとの試合がある。それを見に行く予定だから、試合の後、君が心配してたって伝えておくよ」

「ありがとう」

「どういたしまして」

「お仕事、忙しい？」

「まあまあだね。ちょうど帰ってきたばかりのところに君の電話があったんだ」

「会いたい」

綾が囁《ささや》くように言った。

「すぐに会えるさ」

「今すぐ会いたいの。会いたくてたまらない」

「ぼくも会いたいさ。だけど、我慢しなくちゃ」

「高中さんは我慢できるの？　わたしはできない」

「綾……」

「好きなの。頭がおかしくなりそうなぐらい好き」

なんと答えていいのかわからず、おれはスマホを握り直した。

「高中さんもわたしのこと、好き？」

「ああ」

「言って。お願い」

「綾が好きだよ」

「……嬉しい」

言葉の後に綾が溜息《ためいき》をつくのが聞こえた。その溜息が孕《はら》む熱気が伝わってくるような錯覚を覚えた。

「疲れてるのにごめんなさい。できるだけ電話じゃなくてメールにしようと思ってるんだけど、怜央のことが心配で……ううん、本当は高中さんの声が聞きたかっただけかも」

「ちゃんと聞けたね」

「もう切ります。このままだと、いつまでも話しちゃいそうだから。おやすみなさい」

「そっちはおはようだね」

くすりと笑う声が聞こえ、電話が切れた。おれはスマホの電源を落とした。

頭がおかしくなりそうなぐらい好き——綾の声が耳の奥にこびりついている。

突然、吐き気に襲われた。

バスルームへ移動した。トイレに食べたばかりのリガトーニとワインをすべて吐いた。

口をゆすぎ、洗面台の鏡を覗きこむ。

鏡に映っているのは哀れで愚かで卑《いや》しい男だった。

血にまみれた過去を忌避《きひ》しながら、愛する女を絶望のどん底に突き落とそうとしている。

「なぜだ？」

おれは鏡の中のおれに問うた。

「なぜだ？　なぜ、やめられない？」

これが仕事だからだ——鏡の中のおれが答えた。

「仕事なんかくそ食らえだ」

おれは言った。

途中でやめることはできない。やめれば殺される。

「死にたいんだろう？　ずっと死に場所を求めてきたんじゃないか」

綾がいる。死ぬわけにはいかない――鏡の中のおれが首を振った。

「またか。また、自分の欲望のために愛する女を苦しめるのか」

鏡の中のおれは答えなかった。ただ、憐《あわ》れむような目でおれを見ているだけだ。

22

ロッコのスタジアムは熱気に包まれていた。今シーズンも残すところあと六試合。その六試合で勝ち点七を積み上げることができれば、ロッコのセリエA残留が確定する。二勝一分け――それが勝ち点七だ。その勝ち点を確保できれば、他の試合は負けてもかまわない。

ビッグクラブとの対戦はすべて終了しているが、残留を争う相手との戦いが続く。二勝一分けは決して低いハードルではない。サポーターもそれを承知しているからこそ、応援に熱が入る。

昨夜、大森と電話で話した。大森は腹を決めていた。

ミカを救うために、やるべきことをやる。

拍手と歓声が沸き起こった。ロッコの選手たちがピッチに姿を現したのだ。

ウディネーゼの選手たちにはブーイングが浴びせられる。

スタンドから見る大森は憔悴《しょうすい》していた。体重も落ちているようだ。おそらく、食べ物が喉《のど》を通らないのだろう。

スマホにイヤホンを繫ぎ、この試合を中継するテレビ局のチャンネルに合わせた。アナウンサーと解説者も大森の異変に気づき、風邪でも引いたのだろうかと話している。

「よぉ、レオの彼女は来てないのかい？」

後ろの席に座っていた顔見知りのロッコ・サポーターが声をかけてきた。

「風邪で寝込んでるんだ」

「そりゃお大事に。早く治して、ロッコの残留が決まる試合を観に来なきゃな」

「本人もそのつもりだよ」

「ウディネーゼはエースストライカーが警告の累積で出場停止だ。あいつがいないウディネーゼなんて、屁《へ》みたいなもんだぜ。今日は楽勝だ。今日勝って、来週も勝って、その次の週の試合で決めるぜ」

「そうなるといいな」

「そうなるに決まってるじゃないか」

肩を強く叩かれた。おれは苦笑した。

「さ、はじまるぞ」

ピッチ上ではコイントスが終わり、両チームのイレブンがお互いの陣地に散らばっていた。キックオフのホイッスルが鳴るとスタンドがどよめいた。ゴール裏に陣取るウルトラスと呼ばれる過激なサポーター集団がロッコの応援歌をがなり立てている。その歌声が波のようにスタジアム全体に広がっていった。

おれに声をかけてきたサポーターも歌っている。その目は潤んでいた。

「ロッコはおれたちの街、ロッコはおれたちのクラブ、ロッコはおれたちの命」

ウディネーゼの選手がペナルティエリア付近でロッコの選手を倒し、審判が笛を吹いた。笛の音は歌声にかき消されて聞こえない。

だが、フリーキックのボールがセットされ、ロッコのフォワードがボールの前に立つとスタジアムは静寂に包まれた。

だれもが息を呑《の》んでいる。

フォワードが助走のためにボールから離れた。相手チームが作った壁とゴールキーパーの位置を確認し、走りはじめる。

シュート。

回転のかかったボールが壁を越え、ゴールに向かって飛んでいく。キーパーが横に飛んだ。だが、ボールはその指先を掠《かす》め、ゴールネットに突き刺さった。

歓喜の声が爆発し、スタジアムが揺れた。ありとあらゆる人間が立ち上がり、両手を天に突き上げ、抱き合い、叫んでいる。

ゴールを決めたフォワードが雄叫《おたけ》びを上げながら駆けている。

試合開始、三分。ロッコはウディネーゼにきつい一撃を浴びせた。

早々に先制点を決めたものの、その後、試合は膠着《こうちゃく》した。ロッコもウディネーゼも攻め手を欠き、チャンスらしいチャンスも生まれぬまま前半が終了した。

試合開始直前から熱に浮かされたようになっていたスタンドも前半が終わる頃にはだれたような空気に支配されていた。

＊＊＊

それは後半がはじまっても変わらなかった。

一進一退の攻防といえば聞こえはいいが、要するに、両チームとも攻めに関するアイディアが乏《とぼ》しいのだ。サイドからのクロスは単調で相手ディフェンダーに弾《はじ》き返される。ならばとパスワークとドリブルで中央突破を狙っても、スルーパスは狙いを外れ、ドリブルは相手に止められる。

イタリアサッカーの凋落《ちょうらく》が叫ばれて久しいが、王者ユベントス以外はどのチームも似たり寄ったりだった。長年、守備重視のスタイルに固執してきたことのツケが回ってきている。

退屈な試合にロッコ・サポーターからもブーイングが出はじめていた。単純なミスや不甲斐《ふがい》ないプレイをしたロッコの選手に野次が浴びせられる。

すでに後半も三十分を過ぎようとしていた。残り十五分で大森は失点しなければならない。だが、ウディネーゼの選手たちはゴール前に突進してくるエネルギーさえないように見えた。

大森が焦り、苛立っているのが手に取るようにわかった。失点しようにも、相手がシュートを打たなければ手の施《ほどこ》しようがないのだ。

ボールがタッチラインを割った直後、ウディネーゼのベンチが動いた。右サイドのアタッカーを替えたのだ。ピッチに躍り出てきたのは小柄な黒人の選手だった。ウィリアムという名のガーナ人だ。

「ボールコントロールに難がありますが、この選手は縦に走るスピードだけなら世界のトップ五《ファイブ》に入りますね」

耳に挿したイヤホンから解説者の声が聞こえてきた。ウディネーゼは局面を打開するために、卓越したスピードを誇る選手を投入したのだ。そのスピードがロッコのディフェンス網を切り裂くことを期待して。

ウィリアムの投入と共にウディネーゼの戦い方が変わった。ボールを自分たちのものにしたら、とにかくロッコのディフェンスラインの裏にできたスペースに向かってボールを蹴《け》り出すのだ。スペースに出たボールにウィリアムが他を圧するスピードで向かっていく。

ロッコのディフェンダーたちが浮き足立っていった。ディフェンスラインとゴールキーパーの間にウィリアムが走り回れるスペースを作らないようにとラインを下げていく。

すると、今度は中盤にスペースができて、ウディネーゼのパスが面白いように繋がるようになっていく。

ロッコのベンチが慌《あわ》ただしい。ウィリアムのスピードに対抗できる若いディフェンダーを投入する腹づもりのようだった。

悲鳴に似た声があがった。パスを受けたロッコの中盤の選手がトラップを失敗したのだ。流れたボールはウディネーゼの選手の足もとにおさまった。トラップをミスした選手が猛然と仕掛けてきたタックルをさらりとかわし、その選手は前線にパスを送った。攻撃に転じるために前へと走り出していたディフェンダーたちの裏に小さなスペースができていた。ボールはそのスペースに転がっていき、ウィリアムがロッコのディフェンダーをぶち抜いて駆けてきた。

トラップはせず、ダイレクトでシュートする。

ボールはゴール左隅に向かって飛んだ。

大森はゴールライン際にへばりついていた。普段なら、わずかに空いたスペースを消すために前へ出ていたはずだ。

これが唯一の機会だと踏んだのだろう。わざとスペースを空けていたのだ。

大森が左に飛んだ。ゴールキーパーとしての本能が理性を抑えこんだのか、それは渾《こん》身《しん》のジャンプだった。右手の指先がボールに触れた。

だが、ボールはわずかにコースを変えただけでゴールに吸い込まれていった。

ウィリアムが吠《ほ》えた。ユニフォームを脱いでウディネーゼのサポーターが陣取る一画に駆けていく。スタンドは静まりかえっていた。

目の前にぶら下がっていた勝ち点三が掻《か》き消えたのだ。

「レオはスペースを消すために前に出ているべきでした」

イヤホンから解説者の声が流れてくる。

「しかし、あそこで味方がボールを失うのは想定外の出来事です。レオだけを責めるわけにはいきません」

だれもがこの解説者の意見にうなずくだろう。それほど、ゴールを阻止しようとして飛んだ大森の姿は真に迫っていた。

イヤホンを巻きつけたスマホをポケットに押し込んだ。打ちひしがれている後ろの席のサポーターの肩を叩き、おれはスタジアムを後にした。

＊　＊　＊

「アカデミー賞も夢じゃないな」

電話の向こうで王天が悦に入っている。

「あれならだれも疑わない。完璧だ。あの人たちも大いに満足しているだろう」

「ウディネーゼの攻撃陣の出来が酷《ひど》かったから、こっちは気を揉《も》んだがね」

「結果がすべてだ。あのゴールキーパーは我々の指示に従った。大事なのはそれだけだ」

「まだいろいろとやらなきゃならないことが残っている。用がないなら電話を切るぞ」

「ああ、この後もしっかりと手綱を引き締めないとな。しっかりやってくれ、暗手」

電話が切れた。おれは別の番号に電話をかけた。電話はすぐに繋がった。待ち焦がれていたのだろう。

「レオ、本当にやっちゃったんだね」

電話に出るなり、ミカが言った。

「ああ。ちゃんとやった」

「わたしのために……」

「今、どこにいるんだ？」

「ロンドン。言われた通り、ホテルでじっとしてる」

「後で、大森に電話をかけろ。なにを話すかはわかっているな？」

ミカがミラノを離れる前に詳しいレクチュアはしてあった。

「うん。レオ、落ち込んでるだろうね」

「おまえが無事だと知れば、すぐに忘れるさ。おれは大森のそばにいる」

「わかった。あとで電話する」

電話が切れた。おれはスマホの電源を落とした。

ヘッドライトが闇を切り裂いてこちらに向かってくる。エンジン音で大森のアウディ

TTだということがわかった。

おれは車を降りた。大森の家の前でずっと待っていたのだ。

試合が終わってから、すでに三時間が経っていた。

アウディTTがおれの車の隣に停まった。悄然《しょうぜん》とした大森が降りてくる。

「お疲れ様」

「連絡が来ないんす」

大森は縋《すが》るような目をおれに向けてきた。

「とりあえず、中に入ろう。そのうち連絡が来るはずだ」

おれは大森を促して家の中に入った。大森は右手にスマホを握りしめている。

「食事は？」

「クラブハウスで食ってきました」

「ちゃんと食べてるのかい？　ずいぶんやつれてるよ」

「全然食欲が湧かないんすよ。無理矢理食べてますけど……なんで連絡来ないんすかね？」

「そのうち来るって。焦らないで。なにか飲むかい？」

大森が首を振った。

「今日の試合はどうなることかと思ったよ。ウディネーゼは攻め手がなかったから」

「おれも焦りました。このままじゃ、失点しろっていわれても無理だろって」

「向こうのゴールの時は、わざとスペースを空けたままにしたのかな?」

大森がうなずいた。

「あそこで詰めちゃうと、絶対あの選手、シュートをミスりますよ」

「でも、その後のセーブは本気でボールを止めに行ったように見えたな」

「あの時は、つい本気出しちゃって。ボールがゴールに向かって飛んでくるとだめなんすよ。身体が勝手に反応しちゃうっていうか……届かなくてよかった」

「でも、おかげでだれも君がわざと手を抜いたとは思わないよ」

「だといいんすけど……」

大森のスマホの着信音が鳴った。大森が生唾《なまつば》を飲みこみながらおれを見た。おれはうなずいた。大森がモニタに目を落とす。

「知らない番号っす」

「電話に出るんだ」

大森が電話に出た。スマホを耳に押し当てる。

「プロント?」

大森はまずイタリア語を口にした。しかし、次に出てきたのは日本語だった。

「ミカ? ほんとにミカ?」

おれは大森に近づいた。ミカの声がかすかに聞こえてくる。

「うん、ミカだよ」

「だいじょうぶか？　怪我は？　なにもされてないのか？」

「うん。ちょっと擦《かす》り傷とかできてるけど、他はだいじょうぶ」

ミカは涙声で話していた。

「今、どこにいるんだ？　すぐ迎えに行く」

「……ロンドンだと思う」

「ロンドン？」

「ミラノで家に帰ろうとしてる時に車に連れ込まれて、目隠しされて。凄《すご》く長い時間、車に乗せられて、どこかの倉庫みたいなところに連れて行かれたの。どこだか全然わからなくって……で、さっき、また目隠しされて車に乗せられて、知らない街角で降ろされたの。スマホとイギリスのお金渡されて。きっとロンドンだと思う」

「なんでロンドンなんだよ……」

大森は呆然《ぼうぜん》としていた。

「スピーカーにしてくれ」

おれは大森に言った。

「ミカちゃん、高中だ。身体は本当にだいじょうぶなんだね」

「はい。だいじょうぶです。ちゃんとご飯も食べてたし」

「周りを見て。なにか目印になるような看板やビルはないかい？」

「広場みたいなのがある。ちょっと待ってください……レスター・スクエアです。わたし、レスター・スクエアのそばにいるみたい」

「金を渡されたと言ったね？　いくら？」

「二百ポンド」

「そのお金でどこか、近くのホテルに泊まるんだ。明日、迎えに行くから」

二百ポンドの現金をデポジットにすれば宿は見つかるはずだ。

「ホテルが決まったらもう一度連絡をくれ」

「そうします……ねえ、レオ、なにがあったの？　だれもなにも話してくれなくて。怖かった。死ぬほど怖かった。どうしてこんな目に遭わなきゃならないの？」

「ごめん、ミカ」

大森は両手をきつく握りしめていた。

「ぼくはキッチンに行ってるから、ふたりで話すんだ。いいね？　明日、ふたりで彼女を迎えに行こう」

おれは大森の肩を叩き、キッチンへ足を向けた。

エスプレッソマシンを勝手に拝借してエスプレッソを淹れ、冷蔵庫のミルクもいただいてカプチーノにして飲んだ。飲み終わっても大森とミカの会話は続いていた。

大森は状況を説明し、謝り、また状況を説明し、泣き、謝っていた。ミカの声は聞こえない。

一時間が経とうとした頃、やっと大森が電話を切った。

「どうだった？」

おれはリビングへ戻った。

「ミカは怯《おび》えてて、それから、怒ってます」

「そうだろうな」

「おれのせいでこんな目に遭ったんだって……」

「ミカちゃんはまだ興奮状態なんだよ。落ち着けば、君に落ち度はない、運が悪かっただけなんだって理解する」

「でも、おれのせいっすよ」

大森が叫ぶように言った。

「八百長の話、その辺にごろごろ転がってるんです。しょっちゅう耳にしますよ。だけど、自分には関係ないって思ってた。ちゃんと注意してれば防げたかもしれないのに……」

「だれにも防げないと思うよ。これは交通事故みたいなものだ。こっちは信号をきちっと守って道路を渡っても、信号無視をした車が突っ込んでくれば轢《ひ》かれるしかない。自分を責めちゃだめだ」

「でも……」

「君たちが話している間に、明日一番にリナーテ空港からヒースロウへ飛ぶ飛行機を押さえたよ」

嘘だ。前もってふたり分の席を予約してあった。

「六時半発の便だ。それに乗って彼女を迎えに行こう」

「仕事はいいんですか」

「なにかあったらと思って、明日は仕事を休めるよう調整しておいたんだ」

「ありがとうございます」

大森は両手でおれの右手を握った。

「本当にありがとうございます。高中さんがいなかったら、おれ、おれ……」

大森は言葉を呑みこんで泣きはじめた。おれの脳裏には綾の顔が浮かんでいた。

綾もまた、大森と同じように泣いている。

＊＊＊

飛行機は定刻通りヒースロウ空港に降り立った。空港からタクシーに乗り、レスター・スクエアに向かった。

ミカはレスター・スクエア近くのホテルに泊まっている。

飛行機に乗っている間も、タクシーの中でも、大森は終始無言だった。まるで口を開けば自分の言葉がミカを傷つけるとでも思っているかのようだった。

タクシーがロンドン市内に入ろうとしている頃、大森のスマホの着信音が鳴った。大森は相手を確認しただけで電話には出なかった。

「いいのかい、出なくて？」

「姉貴からっす。なにを言っていいかわからないし、余計な心配かけたくないんで……」

おれの頭の奥で、綾が泣いている。大粒の涙をこぼしている。

「お姉さんにはこのこと、話すの？」

大森が首を振った。

「だれもおれがわざと失点したとは思ってないし、わざわざ口外しなくてもいいっすよね？」

「そうだね。君の言う通り、余計な心配をかけるだけになるかもしれない」

大森はこれで終わりだと思っている。ミカが無事に戻り、すべては元通りになると思っている。

大森が哀れだった。綾が不憫《ふびん》だった。

タクシーがミカの泊まっているホテルの前で停止した。おれが金を払っている間に大森はタクシーを降り、ホテルの中に消えていった。

運転手にチップを含めた金を渡し、おれは大森の後を追った。

こぢんまりとしたホテルだ。エントランスを入るとそこがロビー。フロントの他には小さなカフェテラスとエレベーターホールしかない。大森はエレベーターホールでスマホを耳に当てていた。

「ミカ、部屋で待ってます」

大森がスマホを耳から離した。

「どんな様子？」

「昨日よりは落ち着いてるみたいですけど」

「いい兆候だね」

下りてきたエレベーターに乗り込んだ。ミカの部屋は五階の五〇五号室だった。

部屋の前で大森は大きく息を吸い込んだ。意を決したというようにノックする。

すぐにドアが開いた。

ミカが立っていた。ノーメイクの顔に乱れた髪。頬も痩《こ》けている。おれが命じた通り、食事も控えめにしていたに違いない。

「ミカ」

大森がミカを抱きしめた。

「本当にだいじょうぶなんだな？」

「苦しいよ、レオ。中に入って」

ミカの声には棘《とげ》があった。大森は抱擁をといた。

「ああ、ごめん」

ミカが身を翻《ひるがえ》した。おれたちも部屋に入った。部屋は狭く、ベッドとライティングデスクがあるだけだった。デスクの上にミカのハンドバッグが載っている。

「バッグは君の？」

おれは訊いた。ミカがうなずいた。

「中に入れてた財布とスマホだけ取られたみたい。パスポートとかは無事」

「パスポート、いつも持ち歩いてるのかい」

「たまたま。そろそろ滞在許可の延長申請しなきゃならないから、時間のある時に領事館に行こうと思ってたの」

「君を拉致したのはどんなやつらだった？」

「いきなり後ろから襲われて車に押し込まれて、すぐに目隠しされたの。どうしてこんなことするのって訊いても、だれも一言も口を利かなくて……写真を撮られた時も、みんな目出し帽だったから、顔も人種もわからない」

「怖かっただろう」

ミカはうなずき、おれに身体を預けてきた。胸に顔を埋《うず》めて泣きはじめる。

「ミカちゃん、相手が違うよ」

おれの言葉にミカは首を振った。

「レオはまだだめ」

「だめってどういうことだよ？」

大森は戸惑っていた。

「高中さんなら安心できるけど、レオは怖い」

「おれはなんにもしないよ」

「でも、レオのせいでこんな目に遭ったんだよ」

ミカはおれの胸から顔を離し、大森を睨んだ。

「ミカ……」

「ミカちゃん、気持ちはわかるけど、大森君を責めても意味がないよ。大森君だってずっと苦しんでいたんだ。そして、君を救うために人生を左右する決断をした。君のためにだよ」

「それはわかってるの。わかってるけど、怖いっていう気持ちは消えない。また同じことが起こったらどうするの？　もう絶対にないって誓える？」

ミカの銃弾のような言葉に、大森はただ立ち尽くすだけだった。

「レオが悪くないのはわかってる。わたしのために頑張ってくれたのもわかってる。だけど、怖いの。本当に怖かったの。だから、時間をちょうだい。お願い」

「わかった。おれはどうしたらいい？」

「わたしは高中さんとミラノに帰る。レオはひとりで帰って」

大森は目を閉じ、うなずいた。

23

「この後はどうすればいいの？」

飛行機が離陸するとミカが口を開いた。マルペンサに向かうフライトはほぼ満席だった。大森はひとり、別の便に乗っている。

「つかず離れず」

おれは答えた。

「もっと具体的に言ってよ」

「電話には出てやれ。メールやＬＩＮＥには返事をしてやれ。だが、しばらくは会うな」

「わかった」

ミカは頭の後ろで手を組んだ。ゆっくりと目を閉じる。

「ミラノを離れる潮時かなって思ってるんだ」

独り言のような声だった。

「いつまでも売春なんてやってられないし、なにより、レオを見てるのが辛《つら》い。わたしのために八百長したのに、詰《なじ》られるんだよ。可哀想すぎるでしょ？」

おれは答えなかった。

ミカは独り言を呟いているのだ。

「パリに知り合いがいるんだけど、前から一緒に店をやらないかって言われてるの。小さなブティック。この仕事の報酬を充てれば、開業資金になるし」

ミカが目を開けておれを見た。

「好きにすればいい」

おれは言った。

「そう言うと思った。高中さんは他人にはまったく興味がないんだよね」

ミカはまた目を閉じる。

「レオ、もう一回八百長させられるんでしょう？　だいじょうぶかな？」

「一回じゃ済まない。おれが関わるのは次の八百長が最後だが、この世界じゃ、大森は弱みを握られたカモと見なされる。サッカー界から身を引くまでしゃぶられ続けるんだ」

「やっぱり可哀想。だれかさんに目をつけられた。ただそれだけで、絶望の底に叩き落とされるんだよね」

「そう。だれかさんに目をつけられた。それだけだ」

おれは自業自得だったが、大森は違う。不運だった。ただそれだけなのだ。

「どうしてこんな仕事してるの？」

「稼げるからだ」

「高中さんはお金にも興味がないように見えるよ」

「金がなけりゃ、食っていけない。おまえだって好きこのんで売春婦をやっているようには見えない。同じことだ」

ミカの返事はなかった。目を閉じて口を結んでいる横顔は寝ているかのようだ。だが、ミカが寝ていないことは手に取るようにわかった。

「今までどれぐらいの人をレオと同じような目に遭わせてきたの？」

しばらくすると、ミカが口を開いた。

「数えきれないな」

おれは答えた。ミカの目尻から涙が一粒、こぼれ落ちた。

＊＊＊

ミカを送り届け、自宅に戻った。黒いヴァンが目に留まった。溜息を押し殺す。ヴァンのドアが開き、馬兵《マービン》がおれを手招きした。

「どこへ行っていた？」

ヴァンに乗り込むと馬兵が訊いてきた。

「ロンドンだ」

「王天《ワンテイエン》の仕事絡みか？」

おれはうなずいた。

「疲れてるんだ。用があるならさっさと済ませてくれ」

「おまえが疲れを感じるとは知らなかった」

馬兵が笑った。ヴァンが動き出した。

「どこへ行くんだ？」

「通訳を頼まれてくれ。おれの周りには台湾語を話すやつがいないんだ」

喉の渇きを覚えた。

「台湾語？　呉孝勇絡《ウーシャオヨン》みか？」

「王天がおまえは台湾語を使えると言っていたんでな」

「使えるというほどじゃない——」

声が掠《かす》れた。おれはなんとか唾を飲みこんだ。

「早口で話されたらお手上げだ」

「それでもかまわんさ。台湾語のできるやつがローマにいる。そいつが来るまでの繋ぎだ。なにか飲むか？」

馬兵はおれの渇きに気づいている。馬兵の目を欺《あざむ》くことはだれにもできない。

「水をくれ」

おれは言った。

「飛行機の中は乾燥するからな」

馬兵は助手席にいる手下から受け取ったペットボトルをおれに差し出した。

「そうだな」

おれはキャップを開け、水を飲んだ。ヴァンは郊外へ向かっている。

「王天はまだパルマにいるのか？」

馬兵が歯を見せた。笑ったのだ。

「ああ。ちっぽけな家に護衛を十人も呼び寄せている。小便もだれかに守ってもらわなきゃできないらしい。だが、あの日本人のおかげで機嫌はいいぞ」

大森のことだ。

「暗手に任せておけばすべてうまくいくと言っていた。だったら、余計な口出しはせずにおまえの好きにさせればいいのにな」

「クライアントだから仕方がない」

「殺してやろうか？」

馬兵の歯はもう見えなかった。

「おまえもあいつには虫酸《むしず》が走るだろう？」

「王天を殺せば面倒なことになるぞ。あいつは稼ぎ頭なんだ」

「北京か上海のだれかが殺し屋をおれに差し向けるか？　それも一興じゃないか。退屈しのぎになる」

「おれを巻き込むな」

おれの言葉に、馬兵が再び歯を見せた。

「変わったな」

「変わった？」

「おまえの中でなにかが変わった。おまえはもう死を待ち望んじゃいない」

馬兵の目は欺けない。

「元々死にたいと思ったことはない」

「女だな。あの女だ」

おれの声は馬兵の耳には届かなかったようだった。

「まさかおまえが女に執着するとはな……」

ヴァンのスピードが落ち、馬兵が口を閉じた。ミラノの北に位置するセスト・サン・ジョヴァンニの街並みが見える。ヴァンは幹線道路を外れ、細い路地に入ったところで停まった。

「降りるぞ」

馬兵に促されて車を降りた。五メートル前方に同じ車種、同じ色のヴァンが停まっていた。馬兵と共にそのヴァンに乗り込んだ。ここまで乗ってきたヴァンとは違い、後部座席がすべて取り払われている。代わりに、電子機器が積み込まれて、床には厚手のマットが敷かれていた。

「なるほど」

おれは言った。目と鼻の先に四つ星のホテルがある。団体ツアー御用達《ごようたし》のホテルだ。

「おい」

馬兵がモニタを睨んでいた手下に声をかけた。手下がパソコンのキーボードを操作する。どこかから声が聞こえてきた。

台湾語だった。

「謝志偉《シェジーウェイ》って男の声だ。呉孝勇の右腕だそうだ。録音したのは三時間前」

おれはうなずき、耳に神経を集中させた。どうやら、謝志偉は電話でだれかと話している。音声は明瞭《めいりょう》だった。

久しぶりに耳にする台湾語におれの心はざわついた。

「どうだ、聞き取れるか？」

馬兵が言った。おれはうなずき、通訳に専念した。

『ボスはいつこっちに来るんだ？』

『武器を載せた車が襲われたでしょう。作戦を練り直さなきゃと言ってるんです。イタリアに入るのはもう少し後になりそうで』

『台湾から呼んだ手下たちがやきもきしてるんだ。やつらをこっちで養うのにも金がかかる。せめていつ頃になりそうかだけでもわからんのか』

『ボスは自分の部屋に閉じこもったきり、顔も見せてくれないんですよ』

『おれに電話するように言ってくれ』

『わかりました。それより、王天の居場所は摑めたんですか』

『まだだ』

『それがわからなきゃ、ボスだって動きようがないですよ』

『偉そうな口利くじゃねえか。とにかく、ボスに電話するように伝えるんだ。いいな』

電話が切れ、おれの同時通訳も終わった。

「これだけでいいのか？」

おれは馬兵に訊いた。

「ああ。今日の電話は今のところこれだけだ」

「じゃあ、帰らせてもらおう」

馬兵が首を振った。

「しばらく付き合ってもらう。いつ電話がかかってくるかわからんからな」

「ローマから来るというやつはいつ到着するんだ？」

「今夜だ」

おれはうなずき、マットの上に腰をおろした。助手席の背裏に身体を預け、目を閉じる。

待つことは苦痛ではない。おれが馬兵と互角に渡り合えるものがあるとしたら、それは待つことだけだ。

＊＊＊

謝志偉に電話がかかってきたのは三時間後だった。どんな仕組みになっているのかはわからないが、馬兵の手下が向き合っているパソコンのスピーカーから着信音が流れ、車内の空気が見る間に緊迫していった。

『おれだ』

電話が繋がるのと同時に呉孝勇の声が流れてきた。おれは同時通訳をはじめた。

『待たせたな』

『いつこっちにいらっしゃるんですか？』

『まだわからん。一週間後か、二週間後か……まず、武器を調達しなきゃならん。間抜けどもが、せっかく用意したものを奪われやがって』

『どこで情報が漏れたのか……漏らしたやつを虱潰《しらみつぶ》しに捜してるところです』

『まず、ローマに飛ぶつもりだ。ローマから陸路でミラノに向かう。こっちから国境を越えるにしろ、飛行機を使うにしろ、やつらに筒抜けになるおそれがあるからな』

『それがいいと思います』

おれの横で馬兵が歯を見せた。

『王天のやつだが、ミラノにはいないらしい』

おれは馬兵に視線を送った。馬兵は歯を引っ込めた。情報を売るやつは向こうにもこっちにもいる。

『だから居所が摑めないのか……』

『かといって、本拠地のミラノから遠く離れてるわけじゃないだろう。ミラノ近郊の街を捜せ』

『わかりました』

『やつは馬兵を雇ってるらしい。手強《てごわ》い相手だ。気を抜くなよ』

『やっぱり、大ボスを殺《や》ったのは馬兵の野郎ですかね』

『死体すら出てこないんだ。間違いなくやつの仕業だ』

馬兵は表情を変えることなく、おれの通訳する会話に耳を傾けている。

『おれがやつを殺ります』

謝が言った。おれが通訳する前に馬兵は歯を見せていた。

『馬鹿を言うな。やつの噂はおまえも聞いているだろう。話半分にしても、相当な腕前だ。殺る時は慎重にやらなきゃならない』

『しかし――』

『気持ちはわかるが、抑えろ。まずは王天だ。殺ったのは馬兵だろうが、指示を出したのは王天だからな』

『はい』

『また連絡する。王天の居所を早く突き止めるんだ。いいな?』

電話が切れた。

「久しぶりだ」

馬兵が言った。

「なにが久しぶりなんだ?」

「夥《おびただ》しい血が流れるのを見るのは久しぶりになる。ここのところ、こぢんまりした仕事ばかりだったからな」

「楽しそうだな」

「謝というのはできる男か？」

馬兵がおれの目を覗きこんできた。

「知らんよ」

おれは目を逸《そ》らした。

24

翌週、ロッコは残留争いを演じている相手と対戦し、いいところなく敗れた。大森に精彩がなく、それがチーム全体に伝染していた。

ロッコは守りに守って勝つチームだ。大森は守備の要《かなめ》——つまり、チームの支柱だ。その支柱が脆《もろ》くなればチームは瓦解《がかい》する。

最終節まで残り四試合でロッコは勝ち点六を積み上げねばならない。険しい道のりだった。

このまま負け戦《いくさ》を続ければロッコには旨みがなくなる。王天を操っている連中がぼろ儲《もう》けするためには、ロッコが残留できるかどうかぎりぎりのラインで戦っている必要があるのだ。

案の定、王天から電話がかかってきた。

ロッコの連中に活を入れろ——おれはわかったと答えて電話を切った。車に乗ってロッコの大森の家へ向かった。

大森は覇気がなかった。手にしたスマホを虚ろに眺め、数分置きに溜息を漏らす。

「ミカちゃんから連絡がないのかい？」

大森が淹れてくれたエスプレッソを啜《すす》りながらおれは訊いた。

「連絡は取れてます。ただ、会ってくれない。まだ一週間しか経ってないんだから、当然ですよね」

大森は笑おうとしたが表情が引き攣《つ》っただけだった。

「ちゃんと食べているのかい？」

「食欲がないんすよ。監督やクラブのスタッフも心配しちゃって、ちょっと胃の調子がよくないんだって言ってるんすけどね。残留がかかった試合が続いてストレスだって」

「それはまずいよ」おれは言った。「プレッシャーに弱いなんていう評判が広がったら、君のキャリアに傷がつく。それに、ロッコが残留しなかったら、君へのオファーを検討しているクラブも考え直すかもしれない」

「ですよね」

大森はまた溜息を漏らした。

「ミカちゃんのことは時間が解決してくれるさ。君たちは若いんだ。焦る必要はない。今は目の前のことに集中すべきだ。ロッコを残留させて、来シーズンはより大きなクラブにステップアップする。子供の時からの夢なんだろう？　史上初の日本人ゴールキーパーとしてチャンピオンズリーグに出場する。その夢をあっさり諦《あきら》めるつもりかい？」

大森が顔を上げた。

「今が踏ん張りどころだし、君なら踏ん張れる。これまでもそうしてきたんだし、これからもそうするはずだ」

大森がうなずいた。

「そうっすよね。ここで踏ん張らなきゃ」

「きっと、君が立ち直ればミカちゃんも立ち直る」

「高中さん――」大森の声のトーンが変わった。「ありがとうございます。本当にありがとうございます」

大森は深々と頭を下げた。

「高中さんがいなかったら、おれ……」

「そういうのは苦手なんだ。やめてくれよ」

「本気で高中さんに感謝してるんです」

「それはわかったからさ。とにかく、まず、飯《めし》を食おう。体力をつけなきゃ。今の君はとてもじゃないが、サッカー選手には見えない」

「どっかに食いに行きますか？」

「出かける気分じゃない。そうだろう？　あんまり得意じゃないけど、なにか作ってあげるよ」

「高中さんが？　マジすか？」

　おれは上着を脱いでキッチンに移動した。棚を開け、冷蔵庫を漁《あさ》る。

棚には蕎麦《そば》やうどんの乾麺《かんめん》やインスタントラーメンが入っていた。綾が送ってきたのだろう。冷蔵庫にはめぼしいものがなかった。

「すいません。ミカがしょっちゅう来てた時は、冷蔵庫の中も賑《にぎ》やかだったんすけど」

「とりあえず、インスタントだけどラーメンでいいかな。ちゃんとした食事は明日から。今夜はまず、腹を満たそう」

　湯を沸《わ》かし、棚にあった乾燥ワカメを水で戻した。冷蔵庫にあったサラミも頂戴《ちょうだい》してスライスする。ラーメンに合うかどうかはわからなかったが、なにもないよりはましだろう。

　湯が沸騰《ふっとう》した鍋《なべ》に三人前の麺を放り込み、大森が出してきた丼《どんぶり》に粉末のスープの素を入れる。ケトルの湯が沸騰したら丼に注ぎ、湯切りした麺を盛りつけた。大森が二人前、おれが一人前だ。ワカメを散らし、スライスしたサラミを載せた。

「さあ、食べよう」

　ラーメン丼をダイニングテーブルに運び、ふたりで啜った。

「旨い」

　大森が微笑《ほほえ》んだ。

「たまに食べると旨いんだ」

大森のスマホから着信音が流れてきた。大森はスマホに手を伸ばし、おれに向かって片目を閉じた。

「姉貴からです。スピーカーにしますね……」

大森が電話に出た。

「さっき録画してた試合を観たんだけど、心配になっちゃって。全然元気なさそうなんだもの」

「ここんとこ、ちょっと調子が落ち気味なんだ。シーズン終盤だから疲れが溜《た》まってるのかな。なんだか食欲もなくてさ」

「だいじょうぶなの？　スポーツ選手なんだから、どんな時でも食事だけはちゃんと摂《と》らなきゃ」

「今、高中さんが来てて、インスタントラーメン作ってくれたんだ。ふたりで食った。めっちゃ旨いよ、インスタントでも」

「高中さんがいらしてるの？」

綾の口調が変わった。

「なんだよ、いきなり喋り方まで変わっちゃって」

「ちょっと、やめてよ」

「高中さんに替わろうか」

「いいのよ、迷惑だから」

「そんなことないって……高中さん、姉貴が話したいって」

大森がスマホをおれの方に押しやった。

「こんばんは」

おれは言った。

「いつも怜央がお世話になって、なんてお礼を言っていいか――」

「ぼくも試合を観て大森君のことが心配になって飛んできたんですよ」

「わたしも……体調でも悪いんじゃないかと思って」

「活を入れておきましたから、もうだいじょうぶですよ」

「食事まで作ってくれて……」

「インスタントラーメンですよ。食事なんてものじゃない」

おれは笑った。こんな時にでも芝居を演じている自分に呆《あき》れていた。

「決めました」

綾が言った。

「なにを?」

「用意ができ次第、できるだけ早くそっちに行きます。怜央のことが心配だし、高中さんにも会いたいし」

「日にちが決まったら教えてください」

「そうします」

「じゃあ、大森君に替わりますよ」

「高中さん、本当にありがとう。心から感謝してます」

「そんな必要はない」

おれは早口で言い、スマホを大森の方に押し戻した。掌がかさついていた。爪の付け根のささくれが痛んだ。喉の渇きを覚え、なにも考えずにインスタントラーメンのスープに口をつけた。飲み干した途端、吐き気に襲われた。

トイレに駆け込み、食べたばかりのラーメンをすべて吐いた。

口をゆすいでいると、鏡に大森が映った。

「だいじょうぶっすか、高中さん？」

「久しぶりのインスタントラーメンだったから、がっつきすぎたかな」

おれは鏡の中の大森に微笑んだ。

「姉貴に言ったら心配するから伝えませんでしたけど」

「それでいい。ちょっと吐いただけだ」

「本当にだいじょうぶですか？」

大森はまだなにか言いたげだった。

「どうした？」

「高中さん、時々、姉貴と話した後とか、なんて言うのかな、まるで幽霊に出くわしたっていうような顔つきすることあるんで。血の気が引いて、真っ青になって……自分で気づいてます？」

おれは振り返った。

「知っているよ。君のお姉さんは、昔知っていたあるひとに似てるんだ。そのせいだと思う」

おれの言葉に、大森は小首を傾げた。

＊＊＊

ミラノではなくコモに車首を向けた。湖から離れた森の中の小さなホテルに入り、部屋を求めた。バカンス・シーズンの前だ。部屋はなんなく取れた。

だれにも煩《わずら》わされることのない空間と時間が必要だった。王天《ワンティイエン》も馬兵《マービン》もくそ食らえだ。

部屋はさして広くなかったが、モダンなインテリアだった。窓の向こうは深い森で、木々の濃いシルエットの隙間から瞬《またた》いている星の様子がうかがえる。

枕元に置いてあったペットボトルを開け、中の水を一気に飲み干した。

綾の声がまだ耳に残っている。

大森の言葉が頭にこびりついている。

ベッドに横たわり、天井を見つめ、思案した。

おれはどうすればいいのか。

綾との未来に思いを巡らせてみる。すべてを放擲《ほうてき》し、綾と手を取り合ってどこかへ逃げる。

だめだ。綾にすべてを告げなくてはならなくなる。綾は普通の女だ。おれの歩いてきた道のりを受け入れることはできないだろう。

綾のことを諦め、これまで通りに生きていく。最終節で再び八百長に手を染めさせ、大森姉弟とは縁を切る。

イタリアには長居しすぎた。居場所を変えるのもいいだろう。スペイン、イングランド、ドイツ——ヨーロッパでサッカーの行われない国はない。八百長を画策する連中のいない国はない。どこへ行ったとしても食いっぱぐれることはない。

この仕事を続けながら待つのだ。

いつか、馬兵のような人間がおれを殺しにくるその時を。

耳に残った綾の声が消えない。おれに抱かれた時の綾の声が、姿態が脳裏から消えない。

今まで通りのおれで居続ければ綾が泣く。綾はおれを恨む。呪う。

麗芬《リーフェン》がそうだったように。

また吐き気に襲われた。鳩尾《みぞおち》の辺りがきりきりと痛んだ。

おまえが心から望むことをしろ——頭の奥で声が響いた。

邪魔者は黙らせろ——声は徐々に大きくなっていく。

望むことをしろ。

邪魔者は黙らせろ。

おまえならできる。

台湾でそうしてきたじゃないか。

「やめろ」

おれは言った。頭の中で響く声に対して、おれのそれはあまりにも弱々しかった。

25

翌週、ロッコはアウェイで引き分けた。

台湾の連中にも目立った動きはなかった。馬兵《マービン》はおれに会いに来なかった。王天《ワンテイエン》からの連絡もない。

次の週、ロッコは勝った。二週間で勝ち点四を積み上げ、残留に必要な勝ち点は残り二。次節は好調な相手との対戦のため勝ち点は望めない。奇跡が起こっても引き分け止まり。ロッコの残留を賭《か》けた戦いは最終節に持ち込まれることになる。

勝てば天国、負ければ地獄。ロッコのサポーターたちはプレイのひとつひとつに一喜一憂するだろう。サッカー賭博《とばく》に金を張ったやつらはプレイのひとつひとつに目の色を変えるだろう。

最終節のロッコの対戦相手、キエーヴォはすでに残留を決めている。死に物狂いで向かってくるロッコに本気で立ち向かうはずがない。

だれもがロッコの勝利に賭けるだろう。

王天たちの思う壺《つぼ》だ。

電話がかかってきた。

「願ってもいない状況だ。しっかり頼むぞ。最終節ではロッコを負けさせるんだ」

王天は歌うように言った。

「わかっている」

おれは電話を切った。

家電製品の窃盗《せっとう》を専門にしているマレーシア人から手に入れたタブレットPCを取りだし、セッティングした。

大森にメールを打った。

『最終節で、ロッコを負けさせろ。言う通りにしなければ、おまえがウディネーゼ戦でわざと失点したことをマスコミにばらす』

大森にも理解できるよう簡単なイタリア語にした。送信する。

大森はチームメイトたちと祝杯をあげている頃だろう。

十分も経たないうちに返信が来た。

『なにを言ってるんだ。約束が違う。おれはやらない』

たどたどしい文面だったが、大森の怒りと戸惑いと不安が伝わってくる。

『おまえとやりとりしたメールのデータが手元にある。おまえが八百長をしたという決定的な証拠だ。これをマスコミに送ればおまえのサッカー人生は終わりだ。それでもいいのか?』

送信する。すぐに返事が来る。

『待て。待ってくれ。少し時間をくれ。頼む』

大森からのメールを読み終えると、おれのスマホの着信音が鳴った。大森からの電話だ。おれは無視した。

『マスコミにばらすだけじゃない。もう一度おまえの恋人をさらおうか。それとも今度は姉がいいか。脅しじゃない。おれたちはやると言ったことは必ずやる。おまえに残された道は、おれたちの指示に従うことだけだ』

メールを打ち、送信する。おれに連絡が取れず、大森はひとりで思い悩むことになる。

それが狙いだった。

一度途切れた着信音がまた鳴りはじめた。おれは水を飲んだ。着信音が途切れ、また鳴った。血走った目でスマホを睨《にら》んでいる大森の顔が容易に想像できた。

着信音が途切れた。

ちびちびと水を飲んでいるとメールが届いた。

『ミカや姉に手を出すな。そんなこと、ゆるさない』

『おまえの姉の運命はおまえの手に委《ゆだ》ねられている』

返信を送り、タブレットの電源を落とした。

また、スマホの着信音が鳴りはじめた。水を飲み干し、空になったペットボトルを握り潰《つぶ》した。トイレで用を足す。戻ってくると、着信音はやんでいた。

ベッドの端に腰掛け、目を閉じる。頭の奥で声が響く。

望むことをしろ。

邪魔者は黙らせろ。

おまえならできる。

自分がなにを望んでいるかがわからない。邪魔者は消すにはあまりにも多すぎ、強すぎる。そして、おれにできるのはおれ自身を破滅させることだけだ。

また着信音が鳴った。大森ではなく、ミカからの電話だった。

「どうした?」

おれは電話に出た。

「レオから電話があって……安全なところに身を隠せって。それから、高中さんと連絡が取れないんだけどどこにいるか知らないかって。なにかしたの?」

「身を隠す必要はないが、大森には怯《おび》えていると思わせるんだ。おれとは連絡が取れないと言っておいてくれ」

「やっぱりやらせるのね。考え直すつもりはないの?」

「もう手遅れだ。今さら手を引こうとしてもゆるしてはもらえない」

「レオ、壊れちゃうよ」

「おれの知ったことじゃない」

「綾さんも? 綾さんのことも知ったことじゃないの?」

「もう切るぞ」

おれは電話を切った。

頭の奥で声が繰り返されている。

望むことをしろ。

邪魔者は黙らせろ。

おまえならできる。

ベッドをどかし、床板をはがした。大事なものを隠しておくスペースを作ったのだ。馬兵のような人間が本気になればすぐに見つかるが、拳銃《けんじゅう》やショットガンを剝《む》き出しで置いておくわけにもいかない。

ワルサーとレミントンを机に並べた。

ワルサーを分解し、掃除し、油を差し、組み立てる。

レミントンを分解し、掃除し、油を差し、組み立てる。

毎晩、必要もないのに同じことをしている。銃を分解し、掃除し、油を差し、組み立てるのだ。

その間、頭の奥の声が途切れることはない。

望むことをしろ。

邪魔者は黙らせろ。

おまえならできる。

レミントンに弾を込め、構えた。銃口の向こうに馬兵がいるのを想像してみた。馬兵は歯を見せていた。嬉《うれ》しそうに笑っていた。

おまえにこのおれが殺《や》れるのか？

馬兵はそう問うている。

おれは首を振り、レミントンから弾丸を抜いた。

あの頃のおれなら……台湾にいた時のおれなら、あるいは馬兵と対等に渡り合えるかもしれない。

だが、あの頃のおれに戻るのはごめんだ。嫌というほど血を浴びた。今でも血の匂いが身体にこびりついている。

ワルサーとレミントンを床下に戻していると、またスマホの着信音が鳴った。

綾からの電話だった。

電話に出たいという衝動をなんとか抑えこんだ。

おれには夢を見る資格はない。未来もない。

大森に八百長をさせ、金を手に入れ、イタリアを去る。二度と綾に会うこともない。

電話に出る必要はない。

あの女を手に入れろ。

突然、頭の奥で声が響いた。

あの女を手に入れろ、あの女を手に入れろ、あの女を手に入れろ……。

声と着信音が入り乱れる。頭の中で渦を巻く。

永遠にも思える時が流れ、やがて着信音がやんだ。気がつけば、おれは両手をきつく握りしめていた。肩も強張《こわば》っている。

あの女を手に入れろ。

声はまだ続いていた。

声に促されたというように、また着信音が鳴りはじめた。

あの女を手に入れろ。

声のボリュームが上がっていく。

望むことをしろ。

頭が割れそうに痛む。

邪魔者は黙らせろ。

歯を食いしばる。

おまえならできる。

両手で耳をふさいだ。だが、声はやまない。音量が大きくなっていくだけだ。

「くそったれ」

おれは頭を壁に打ちつけた。

声は消えなかった。

頭をもっと強く壁に打ちつけた。

声は消えない。

さらに強く、何度も何度も打ちつけた。

声が消えることはなかった。

抗《あらが》うのを諦《あきら》め、おれはスマホに手を伸ばした。

「高中さん――」

電話に出た途端、綾の悲鳴に似た声が耳に飛び込んできた。

「どうしました？」

「忙しいのにごめんなさい。怜央が……怜央が」

「落ち着いて。大森君になにかあったんですか？」

「さっき電話があったんです。なんだか泣いているみたいな声で、イタリアには来るなって。理由を問いただしてもはぐらかすだけで、そのうち怒り出して電話を切っちゃって。こっちからかけ直しても電話に出ないんです」

綾は一気にまくし立てた。

「失礼な言い方だけど、それだけ？」

「うまく伝えられなくて……でも、尋常な様子じゃなかったの。あんな怜央、初めて。とても心配で」

「泣いていたと言ったね。君にイタリアに来るなと言った時はどんな口調だった？」

「怒っていた。絶対に来んなよ、絶対だぞって言ってたわ。もしイタリアに来たら姉弟《きょうだい》の縁を切るって。そんなことを言われたことも、わたしにあんな口の利き方したことも、これまではなかったのに」

「三、四週間前にも似たようなことがあっただろう。あの時と比べてどう？」

「今回の方が心配」

大森はウディネーゼ戦だけで終わると思っていたのだ。おれの励ましでモチベーションも回復していた。どん底から再び頂点へ——そう気を取り直してアクセルをふかしたところへ再び脅迫メールが届いたのだ。その絶望感は前回の比ではないだろう。

「わたし、明日の便でそっちに向かいます」

「その必要はないよ。ぼくが明日、大森君に会ってみる」

「でも——」

「来たら、本当に姉弟の縁を切られるかもしれないよ。まず、なにが起こっているのか確かめよう」

「やっぱり、明日の便でそっちに行きます」

綾が言った。きっぱりとした声だった。

「しかし――」

「行くって決めたんです」

そう。綾は決めたのだ。決めたことはやり通す質《たち》なのだ。どれほどの困難が待ち構えていようと進むと決めたら進む。見た目からはうかがいがたいが、鉄のような意志の持ち主だった。

「大森君が来るなと言ったのには相当な理由があるんじゃないか。こっちは日本と違って物騒なこともよくある」

おれは食い下がった。綾がこちらにいてはおれが動きにくくなる。電話に出た時からおれの腹は決まっていた。

「でも――」

「いい加減にしろ」おれは怒鳴った。「大森君だって子供じゃないんだ。彼の言葉を少しは尊重したらどうだ」

「ごめんなさい」

「大森君になにが起こってるのか、わかったら報《しら》せる。こっちに来るのはそれからでも遅くはない。そうだろう?」

「はい」

子供のような返事だった。

「とりあえず、大森君に連絡を取ってみるよ」

「お願いします」

「だいじょうぶかい？　声が変だ」

「おかしいの」

「なにがおかしいんだ？」

「叱られて怒鳴られたのに、嬉しい。馬鹿みたい」

すべてを告白しても、綾のおれへの想いは変わらないだろうか。

しらを切れ。

頭の奥で声が響く。

しらを切れ。騙《だま》し通せ。おまえならできる。

「後で電話するよ」

早口で言って、電話を切った。

しらを切れ。騙し通せ。おまえならできる。

「嘘をついて手に入れたものは嘘がばれれば失われてしまう」

おれは言った。

しらを切れ。騙し通せ。おまえならできる。

頭の奥の声は壊れたレコードのように同じ台詞《せりふ》を繰り返し続けた。

26

王天《ワンテイエン》を殺さなければならない。王天殺しの罪をだれかになすりつけなければならない。

台湾の連中が王天を狙っている。

利用しない手はない。

謝志偉《シェジーウェイ》が泊まっているホテルに向かった。ホテルを見張っている馬兵《マービン》の手下たちに見つからぬよう、隙を見て従業員用の出入り口からホテルの中に入った。

ロビーの片隅でしばらく様子をうかがい、目星をつけた従業員に近づいた。ラテン色の濃いイタリア人だ。まだ二十代半ば。女には目がないという顔つきをしていた。

「ちょっと訊《き》きたいことがあるんだが」

おれは尻《しり》ポケットからこれ見よがしに財布を抜き取りながら男に近づいた。

「どういたしました、お客様？」

男はおれの財布を凝視した。おれは百ユーロ札を指先で摘《つま》んだ。

「このホテルに台湾から来た客が泊まっているだろう」

男は左右に視線を走らせた。

「台湾からのお客様は複数組ご滞在でございます」

「一番威張っていて一番いい部屋に泊まっているやつだ」

男がうなずいた。

「何号室にいる？」

「一八〇五号室です」

「ありがとう」おれは男に札を渡した。「一八〇五号室の客が部屋を留守にしたら中に入りたいんだが」

「それは……」

男の目が泳ぐ。

「今渡した額の十倍払う」

男がおれを見た。

「十倍？」

おれはうなずいた。

「かしこまりました。一八〇五号室のお客様は毎日、午後一時過ぎに昼食のために外出いたします。その時でいかがでしょう」

「それでいい」

「では、一時過ぎに、十八階でお待ちいたしております」

男は丁寧に頭を下げ、踵《きびす》を返した。時刻は十一時半を過ぎたところだった。馬兵に見つかるリスクを減らすためには、ホテル内で時間を潰す方がいい。

コーヒーラウンジへ足を向け、目立たない隅の席に座って新聞を広げた。

一時前にラウンジを出、エレベーターは使わずに階段で十八階へ向かった。七階を過ぎた辺りから息が上がり、膝《ひざ》が震えはじめた。

昔はこんなことが苦になることはなかった。肉体は確実に衰えている。

かまわず階段をのぼり続けた。十八階に着くと床に座り込み、しばらく喘《あえ》いだ。呼吸が落ち着くとよろめきながら立ち上がり、廊下に出た。

午後一時八分。

廊下の奥の方からさっきの男がこちらに向かってくるところだった。

「十五分後には部屋の掃除がはじまります。お急ぎください」

男が廊下の先に目をやった。一八〇五号室のドアがある。男がマスターキーでドアを開けた。あらかじめ用意しておいた千ユーロを男に渡す。

「助かるよ」

「わたしはなにも知りません」

「それでいい」

部屋に入ると煙草《たばこ》の匂いが鼻についた。手袋をはめ、室内を物色する。ライティングデスクの上にノートパソコンが置かれている。今の時代、黒道《ヘイタオ》もインターネットを駆使できなければ食べていけないのだ。パソコンのそばにある灰皿は吸い殻が山盛りになっていた。そのよこに煙草のパッケージとライターがある。

ライターは使い古したジッポーだった。金メッキに龍《りゅう》の彫刻が施されている。いかにも中国人や台湾人が好みそうなデザインだ。

煙草とジッポーを失敬して部屋を出た。あの男の姿はなかった。なにくわぬ顔をしてエレベーターホールに向かった。途中、部屋の清掃係とすれ違ったが、見咎《みとが》められることもない。

エレベーターでロビーまで下り、従業員用の出入り口から外へ出た。

馬兵の部下たちが乗っているヴァンを避けて大通りに出、タクシーを捕まえた。

＊　＊　＊

盗難車を専門に扱っているバイヤーから車を買った。フォルクスワーゲンのゴルフはヨーロッパでもっとも目立たない車と言ってもいい。

ワルサーとレミントン、ありったけの弾丸を大振りのスーツケースに放り込み、ゴルフに積み込んだ。

監視がついていないことは何度も確認してある。それでも不安が鎌首をもたげる。ミラノの街中を、意味もなくゴルフで走りまわり、監視はついていないと自分を納得させた。

高速に乗り、パルマを目指した。車を運転しながら国際電話をかけまくる。やがて、呉孝勇《ウーシャオヨン》のスマホの番号を知っているという人間に行き当たり、電話番号とメールアドレスーツケースを家に運び込んだ。

パルマに到着すると、不動産屋に駆け込んだ。浮気相手との逢瀬《おうせ》の場所が必要なのだと不動産屋に思い込ませ、郊外の小さな一軒家を賃貸で契約した。

家にはガレージがついていた。ゴルフをガレージに入れ、スーツケースを手に入れた。

室内にはうっすらと埃《ほこり》が積もっていた。長年この家に住んでいた老人が四年前に亡くなり、家はローマに住む長男が相続したのだが滅多にやって来ることもないという。賃貸物件として貸し出したくても、市街地からは微妙な距離だし、家も小さすぎるのだ。

室内にあった掃除機とボロ雑巾《ぞうきん》を使って掃除をはじめた。リビングを手はじめに、ベッドルーム、キッチン、最後にバスルーム。

洗面台を磨きながら、鏡に映った自分に問いかけた。

「本気なのか？」

わからない――鏡の中のおれはそう答えた。

＊　＊　＊

大森から電話がかかってきた。

「高中さん、今までどこにいたんすか？」

大森の声は掠《かす》れていた。

「どこって、出張に出てるんだよ。ローマにいるんだ」

「出張……」

「昨日、お姉さんから連絡があった。君が酷《ひど》く動転してるみたいだって」

「また、脅迫メールが来たんすよ。もう一回八百長をしろって。最終節、ロッコを負けさせろって」

「また？」

「言うことを聞かないと、ウディネーゼ戦の八百長のことをメディアにばらすって。それだけじゃない。ミカや姉貴が酷い目に遭うって。頼むからもうゆるしてくれって何度もメール送ってるんだけど、全然返事がなくって」

「お姉さんは日本にいるからひとまず安心だとして、ミカちゃんはだいじょうぶかな」

「外に出るなって言ってあります。高中さん、いつこっちに戻ってくるんすか？」

「なるべく早く仕事を切り上げて帰るようにするよ」

「すみません。でも、お願いします。おれひとりじゃ、なにをどうしたらいいのかもわからなくて。負けさせろって、それじゃロッコ、降格しちゃうじゃないっすか。チームだけじゃなく、サポーターも裏切ることになるんすよ。おれ、そんなのできない——」

大森が泣きはじめた。

「とにかく、ミラノに戻ったらそっちへ向かう。焦らないで。落ち着いて構えているんだ。いいね」

「お願いします」

電話が切れた。再び鏡を覗《のぞ》きこみ、自分に訊いた。

「どうする？」

わからない――鏡の中のおれは同じ言葉を繰り返すだけだった。

徒歩でパルマ市街へ向かい、ミラノ行きの列車のチケットを買った。駅で列車の到着を待っていると、また大森から電話がかかってきた。

「高中さん、姉貴を止めてください」

「いったいどうしたんだ？　なにがあった」

「電話があって、つい出ちゃったんすよ。この件が片づくまで話はしないって決めてたのに……」

「それで？」

「おれ、高中さんとの電話の後、散々泣いちゃって。姉貴の電話に出た時も涙声だったもんだから……」

綾がどんな反応を見せたかは想像するまでもなかった。

「姉貴、すぐにでもこっちに飛んでくるって言って聞かないんす。絶対に来ちゃだめだって言ったのに」

「すぐにお姉さんに電話をかけるよ」

「姉貴になにかあったら、おれ、だめっす」

「なにも起こらない。余計な心配はするな」

おれは電話を切った。列車の到着まであと数分しかない。列車は諦め、駅を出た。人《ひと》気《け》の少ない路地に入る。

綾に電話をかけた。

「大森君からお姉さんを止めてくれと頼まれた」

電話が繋《つな》がるとおれは言った。

「今、羽田《はねだ》に向かっているところ。韓国のインチョン空港経由でミラノに飛ぶフライトを押さえたの」

「来ちゃだめだって言っただろう」

「怜央が泣いてたの。大の男が嗚咽《おえつ》してたのよ」

押し殺した声だった。

「理由があるんだ。君はこっちに来ちゃいけない」

「そうよね。理由があるんだわ。そして、高中さんはその理由を知ってるのに、わたしには嘘をついた」

「いろいろあるんだよ。とにかく、君は来ちゃいけない。大森君のためにこらえるんだ」

「いいえ。わたしはそっちに行きます。決めたの」

「綾――」

「怜央はたったひとりの肉親なの。わたしが母親代わりになって育てたのよ。その怜央がなぜか知らないけど苦しんでる。ひとりで泣いている。放ってはおけません」

「綾――」

「そっちに着いたら、その理由とやらを聞かせてください。その理由に納得がいったら、また日本に帰ります」

電話が切れた。おれはすぐに電話をかけ直した。だが、綾はスマホの電源を落としていた。

「くそ」

スマホを握りしめ、深く息を吸った。血が滾《たぎ》っている。凶暴な感情がその血に乗って身体中を駆け巡っている。

望むことをしろ――頭の奥で声がひときわ高く響いていた。

27

顔を洗った。何度も何度も水で洗い流した。

綾が来る。綾が来てしまう。

同じ言葉が頭の中で渦を巻いている。

綾が来る。綾が来てしまう。

おれがなにもしなければ、綾は最愛の弟が八百長に加担する瞬間を目撃してしまう。おれがなにかをすれば、綾の身が危険にさらされる。

綾が泣くのは見たくない。綾を危険にさらすわけにもいかない。

王天《ワンティイエン》を殺さなければならない。王天殺しの罪を台湾人どもに着せなければならない。馬兵《マービン》に台湾人どもを殺させなければならない。サッカー賭博に関わる連中の周りに混乱の渦を作り出すのだ。

顔を洗う手を止めた。鏡の中のおれがおれを見つめている。

馬鹿を言え——鏡の中のおれが嗤《わら》っている。

あの女を騙し続けるつもりか？　本当のおまえを隠し通せると思っているのか？　無理だ。いずれあの女はおまえの本性に気づく。おまえに怯え、おまえを嫌悪するようになる。

麗芬《リーフェン》がそうだったように。

「黙れ」

おれは鏡の中のおれに毒づく。

なにをしようと手遅れだ。大森はサッカー賭博の闇に囚われてしまった。おまえがなにをしようと大森は逃れられない。王天が死のうとも代わりがやって来るだけだ。その代わりの人間はごたごたがおさまれば大森に八百長をさせようとするだろう。大森で金を稼ごうとするだろう。結局、あの女は泣くことになる。

「黙れ」

おれの声は弱々しい。

馬鹿な考えは捨てろ。人を陥《おとしい》れ、金を稼げ。大森も綾も他人だ。ただのカモだ。

おれは弱々しく首を振り、バスルームを後にした。

鏡の中のおれは正しい。間違っているのはおれだ。わかっているのに胸が締めつけられる。狂おしい感情に翻弄《ほんろう》される。

望むことをしろ――思い出したように頭の奥で声がする。

おまえはなにを望む？　なにがしたい？――おれはおれ自身に問う。

おれは答えに窮して立ち止まる。苛立《いらだ》ちを抑えるために握った拳《こぶし》をズボンのポケットに押し込む。指の関節に固いものが当たる。それを引きずり出す。

龍の彫刻が施されたジッポー。

望むことをしろ――頭の中の声が大きくなった。

＊＊＊

ワルサーとレミントンに装弾した。ワルサーは予備の弾倉がふたつ。ワルサーを使うはめになればおれの目論見《もくろみ》は失敗したことになる。

レミントンでかたをつけるのだ。

綾が来る。綾がやって来る。綾は怒っている。綾は泣いている。

たとえ綾に恐怖され、嫌悪されたとしてもかまわない。

おれはずっと死に場所を求めてきた。今がその時だ。

ガソリンスタンドで携行缶とガソリンを買った。

プリペイドの携帯で呉孝勇《ウーシャオヨン》に電話をかけた。電話が繋がると、下手くそな北京語でまくし立てた。

「蔡道明《ツァイタオミン》を殺したのは馬兵だ。おれは見ていた。馬兵が王天に命じられて殺した」

「なんだと？　貴様はだれだ？」

「謝志偉《シェジーウェイ》は馬兵の手下に見張られている。ホテルの近くに黒いヴァンが停まっているはずだ。やつらは謝志偉の電話を盗聴している」

「貴様はだれだと訊いているんだ」

「黒いヴァンだ。皆殺しにしろ。馬兵を殺せ。電話は使うな」

電話を切った。携帯をガソリンスタンドのトイレに流した。ゴルフで王天の隠れ家に向かった。

一キロほど離れた暗がりにゴルフを停めた。手袋をはめた。ワルサーを腰に差し、予備の弾倉を上着のポケットに押し込んだ。もう一方のポケットにはレミントンの散弾を十発ほど入れた。

レミントンを脇の下に挟み込んだ。上着で隠す。銃床が裾《すそ》から大きくはみ出ている。

気にしないことに決めた。辺りはもう薄暗くなっている。

左の脇の下にレミントンを隠し、右手にガソリンの携行缶をぶら下げてゴルフを降りた。家々の影に同化して王天の隠れ家に向かった。晩飯時だ。通りに人の姿はなかった。通りから外れ、とある住宅の庭に入った。庭を横切り、隣の住宅の敷地に侵入する。どの家も明かりが消えていた。人の気配がなかった。突如やって来た剣呑《けんのん》な中国人の一団に恐れをなして早めのバカンスを取ったのかもしれない。

隠れ家の斜向《はすむ》かいの家のガレージから様子をうかがった。

入口にはボディガードがふたり立っていた。ふたりとも馬兵の部下だ。身のこなしに隙はない。だが、その表情は倦怠《けんたい》を孕《はら》んでいる。王天が隠れ家にこもって二週間以上が経っている。集中力はそう長くは続かない。

上着の下からレミントンを出し、ポンプをスライドさせた。弾丸が薬室に送り込まれたのを確認した。

気配を殺して待った。呉孝勇が謝志偉に電話以外の手段で連絡を取る。謝志偉は手下を集め、黒いヴァンを襲撃する。襲われた連中は馬兵に助けを求める。馬兵は王天を護衛している部下たちに注意を促すだろう。

その時を待つのだ。

レミントンを両手で握っていると、忘れかけていた感覚がよみがえる。

台湾にいた頃はよくこうして機会を待っていた。機会は逃さなかった。確実に捉《とら》え、皆殺しにした。殺して殺して殺しまくった。

おれは人の形をした憎悪だった。闇に蠢《うごめ》く絶望だった。

血の繋がった者たちに顧みられなかったことからくる憎しみ。麗芬を失ったための絶望。そのふたつに心を引き裂かれながら、おれは台湾で殺し続けた。

浴び続けた血が憎悪を嫌悪に変質させた。絶望はおれの身体《からだ》と心に染み込んでいまだに抜けきっていない。

おれはいまだに麗芬を求めている。だが、麗芬は永遠におれのもとを去った。おれが麗芬を抱きしめることは二度とない。

綾は麗芬ではない。だが、麗芬を思い起こさせる。おれの渇いた心に潤いを与えた。おれの欲望に火をつけた。長いこと眠っていた欲望に。永遠に眠り続けると思えていた欲望に。

感覚がよみがえる。だが、憎悪は封印されている。絶望だけがおれを打ち据える。

綾はおれのものにはならない。身体を貪《むさぼ》ることはできても、彼女の心はおれの手をすり抜けていく。

おれは悪霊だからだ。ここにいるべきではない者だからだ。

どれだけ我が身を呪っても自分であることは変えられない。身体に染みついた血と絶望が消えることはない。

「いいだろう、馬兵」

おれは頭を振った。余計な考えを追い払った。唇を嚙《か》んだ。口に血の味が広がった。血まみれの口で笑った。

「おまえの望み通りにしてやろう。悪霊がよみがえったぞ」

おれの声は低く震え、闇に溶け込んで消えた。

＊＊＊

動きがあった。

ドアが開き、男が顔を出し、外のふたりになにかを告げた。ふたりが隠れ家に入っていく。

機会が来たのだ。逃してはならない。暗がりから出て、一気に道路を突っ切った。門《もん》扉《ぴ》を跳び越え、隠れ家の敷地に入る。

物音は立てない。台湾にいた頃の感覚が完全によみがえっている。体勢を低くしたまま進み、ドアに肩を押し当てた。

興奮した声が聞こえる。弾丸を薬室に送り込む音が聞こえる。恐れと熱気が伝わってくる。

「落ち着け。落ち着くんだ」

王天が喚《わめ》いている。

「おまえたち全員が出払ったらおれはどうなるんだ。馬兵が向かってるんだろう？　馬兵ならだいじょうぶだ。そうじゃないのか？」

馬兵の部下たちが戸惑っている。

「ふたりだけ様子を見に行ってこい。三人はここに残るんだ。それでどうだ？」

王天を守っているのは五人。ドアから肩を離した。レミントンを構えた。

足音がこちらに向かってくる。ドアの向こうの連中との距離を測る。

息を吐き、息を吸い、息を止めた。引き金を絞った。銃口から炎が迸《ほとばし》るのを見た。轟《ごう》音《おん》が鼓膜をつんざいた。ドアが弾《はじ》け飛んだ。

ポンプをスライドさせる。引き金を絞る。

銃火と轟音。

ポンプをスライドさせる。引き金を絞る——繰り返す。

三発撃ったところで隠れ家に飛び込んだ。男たちが倒れている。床は血の海になっている。倒れているのは五人。血まみれの馬兵の部下たちが痙攣《けいれん》している。王天——掠れた悲鳴が聞こえる。

おれはダイニングキッチンに足を向けた。王天がテーブルの下で震えていた。

「おまえか、暗手《アンショウ》」

王天がおれに気づいた。おれのレミントンに気づいた。王天の目は血走っていた。

「なんの真似だ、暗手。こんな真似をしてただで済むと思っているのか」

ポンプをスライドさせた。引き金を絞った。

銃火と轟音――テーブルが弾け飛び、王天の身体から血飛沫《ちしぶき》があがった。

確かめるまでもない。王天は即死した。

外に出る。耳を澄ませる。サイレンの音は聞こえない。斜向かいの家のガレージまで走り、ガソリンの携行缶を取ってきた。ガソリンを床にぶちまけた。

謝志偉のジッポーをポケットから出した。外に出て着火した。火が点《つ》いたままのジッポーを家の中に放り投げた。

ゴルフを停めたところまで駆け戻った。ゴルフに乗る前に振り返った。夜の闇の中でオレンジの炎が揺らめいていた。

28

パルマからミラノまで、アウトストラーダをぶっ飛ばして四十五分で帰り着いた。ゴルフのスピードメーターが時速百五十キロを下回ることはなかった。

監視がないことを確認してから部屋に戻り、シャワーを浴びた。返り血ひとつ、浴びてはいなかった。

スマホに着信があった。大森からだ。

「どうした？」

おれは電話に出た。

「相手がなんにも言ってこないんです。なんだか不気味で……」

「もう少し様子を見てみようよ。相手の出方がわからないと、対応のしようがないからね」

「そうします。それと、姉貴なんすけど、飛行機に乗っちゃったみたいなんす。明日、マルペンサに着くんだけど、おれ、練習があって――」

「すまない。ぼくもどうしても外せない仕事があるんだ」

「わかりました。姉貴も子供じゃないんだし、ひとりでロッコまで来るようLINEで言っておきます」

「仕事が終わり次第、連絡を入れるよ」

「高中さん、本当にありがとうございます」

大森は打ちひしがれていた。おれは電話を切った。それを待ち構えていたかのようにまた着信があった。馬兵《マービン》からだった。

「王天《ワンティエン》が殺された」

馬兵の声には抑揚がなかった。

「まさか――」

「パルマの隠れ家が火事で焼けた。焼け跡から死体が見つかったんだ。死体は六つ。おれの配下が五人と王天だ。ショットガンで撃たれたらしい。撃ったやつは隠れ家にガソリンを撒《ま》いて火をつけた後で出ていった」

「だれがそんなことを……台湾のやつらか？」

「謝志偉《シェジーウェイ》を監視していたおれの配下も襲われた。王天が殺されたのはその直後だ。謝志偉は姿を消した」

鎧《よろい》をまとっていた馬兵の声がひび割れていく。怒りと喜びを同時に孕《はら》んだ声だった。

「やつらはどうやって監視や王天の隠れ家を知ったんだ？　裏切り者がいるのか……」

「それは重要じゃない。金で裏切るやつはどこにでもいる。そうだろう？」

「ああ」

「問題は、おれが護《まも》っていたのに、王天が死んだということだ。おれは綻《ほころ》びを繕《つくろ》わなきゃならない。やったやつを見つけ、殺し、見せしめにしなけりゃならない」

「あんたならやるだろうよ」

「おまえの助けが必要だ」

おれは唇を舐《な》めた。馬兵の言葉には応《こた》えなかった。

「配下が十人近く死んだ。人手が足りない」

「おれはあんたの部下じゃない」

「金は払う。十万ユーロでどうだ。この件のかたがつくまでおれを補佐しろ」

「二十万だ」

「いいだろう。すぐに龍華飯店《ロンファファンディエン》まで来てくれ」

「わかった」

おれは電話を切った。身支度を整えると、ワルサーと予備弾倉を身につけた。ワルサーの銃把《じゅうは》を握った瞬間、レミントンを撃った時の感触がよみがえった。

おれの身体は殺戮《さつりく》の世界のことを忘れてはいなかった。構えて、狙って、撃つ。機械のように躊躇《ちゅうちょ》なく殺し、立ち去る。余計なことは感じず、考えない。

部屋を出る前に、麗芬《リーフェン》の写真を眺めた。

麗芬はおれを詰《なじ》ったりはしなかった。おれは麗芬の世界から締め出された。麗芬にとって、おれは死人と同じなのだ。

写真立てを引き出しの奥に押し込み、おれは部屋を出た。

＊＊＊

龍華飯店は閉店していたが、二階の明かりが煌々《こうこう》と点《とも》っていた。裏口から店内に入り、階段をのぼった。王天がいつも座っていた席に馬兵が座っていた。

「来たな」

馬兵が言った。

「まず、金を」

おれは言った。

「用意させている。支払いは明日になるが、かまわんだろう?」

おれはうなずいた。

「で、台湾の連中は?」

「謝志偉は車でスイスとの国境を越えた。向こうで呉孝勇《ウーシャオヨン》と合流するつもりだろう」

「スイスで合流? やつらは台湾には戻らないのか?」

「多分、おれを狙っているんだ。連中は蔡道明《ツァイタオミン》を殺したのはおれだと思っている」

「他にそんなことをする人間はいない」

おれの言葉に馬兵が笑った。机の片隅に置いてあったスマホに着信があった。馬兵がスマホを手に取った。おれに左手を挙げ、電話に出ながら部屋の隅に移動する。声をひそめて話しはじめた。

聞き耳を立てる。話は断片しか拾えない。電話はおそらく上海からかかってきたものだ。王天を顎《あご》で使っている連中が事態を把握しようとしている。

電話は五分ほどで終わった。

「上海の大金持ちたちが怒っている」馬兵が振り返った。「早くけりをつけろと喚《わめ》いているんだ。あの日本人に八百長をさせろ。でなけりゃ、馬兵といえどもただでは済まないとよ。何様のつもりだ」

馬兵の顔に、壮絶な笑みが張りついていた。

「おれと暗手がいるからだいじょうぶだ、安心してくれと言っておいた。連中はおまえのことを知っているようだったぞ。もしかすると、王天の後釜《あとがま》におまえを据えようとしているのかもしれん。おまえにはそんなつもりはないだろうがな」

おれは言った。

「おれのことがよくわかっているんだな」

「おまえもおれのことをわかっているだろう」

馬兵が返した。

「それで、どうするつもりだ」

「使える人間がほとんどいなくなった。ゲリラ戦でいくしかない」

馬兵はまた王天の席に腰をおろした。台湾の連中をひとりずつ殺していく腹づもりなのだ。

「上海の大金持ちどもに貸しを作りたいと考えている連中はごまんといる。台湾人たちの動向に関する情報は集まってくるだろう。武器は持ってきたか？」

おれは腰からワルサーを抜いた。

「ワルサーP99か。悪くはないな。他の武器は？　ショットガンやマシンガンだ」

「おれは殺し屋でも兵士でもない」

「今からおまえは殺し屋兼兵士だ。欲しい武器があればおれが調達する」

馬兵の声には有無を言わせぬ響きがあった。

「使えもしない武器を預けられても困るだけだ」

「おまえならすぐに覚える。それにしても……」馬兵が首を振った。「王天の護衛にあたらせていた連中は、それなりに腕が立った。おれが鍛《きた》えたんだからな。それなのに、五人が五人とも抵抗もできずに殺された。油断はあっただろう。何日も、あんな退屈な場所で警護の任務にあたっていたんだ」

「台湾の連中が念入りに作戦を立てたんだろう」

「いや。おれが調べたところ、呉孝勇にしろ謝志偉にしろ、生粋《きっすい》の黒道《ヘイタオ》だ。度胸とコネでのし上がったのさ。手下たちも似たり寄ったりだ。修羅場はくぐっているだろうが、正式な軍事訓練を受けているわけじゃない。ヴァンの襲撃はいかにもそんなやつらのやり口だ。だが、王天の隠れ家は……」

馬兵は言葉を濁《にご》した。

「現場の状況がわかっているのか？」

「向こうの警官をひとり、買収した。使ったのはショットガン。おそらく、ミリタリー用に改造されたレミントンだ。まず、ドア越しに一発。それで、ドアごと近くにいたふたりを吹き飛ばした。そのまま隠れ家の中に入って二発。残りの三人を殺した。最後の一発で王天。手際がよすぎる。躊躇した様子もない。台湾の黒道が使うのは刃物か鉄パイプ、あるいは金属のバットだろう。せいぜい拳銃だ」

「だれかを雇ったか？」

おれは素知らぬ顔で応じた。

だな」

「この世界で名の通っている中国人や台湾人はイタリアにはいない」

「なら、呉孝勇か謝志偉の手下にショットガンの使い方に慣れたやつがいるということ

馬兵が首を傾げた。納得がいかないという様子だった。

馬兵のスマホからメールの着信を報せる音が流れてきた。馬兵はまたスマホを手に取った。

「見ろ」

馬兵はスマホの画面をおれに向けた。焼けたジッポーの写真だった。

「王天は煙草を吸わない。おれの手下たちもこんなジッポーは持っていない」

「犯人が落としていったのか……」

「これだけ手際よく六人を殺した男がか?」

おれは首を傾げた。馬兵の言葉は想定済みだった。

「仕事が楽すぎて気が緩んだのかもしれない。あんたみたいに注意深い人間はそうはいない」

「だからみんな早死にするんだ」

馬兵がスマホを操作した。おそらく、ジッポーの写真をばらまき、情報を集めようとしているのだ。

馬兵は操作する手を止めると、スマホをテーブルに置いた。

「賭けてもいい。このジッポーは台湾人のものだ」

馬兵は人を小馬鹿にするような笑いを浮かべていた。それほど待つこともなく、情報がもたらされた。

「どうやら、あのジッポーは謝志偉のものらしい」

馬兵が言った。

「そうなのか」

「だれかが謝志偉に殺しの罪をなすりつけようとしている」

「それがだれなのかを突き止めなきゃならないな」

おれは言った。

＊＊＊

夜が明けた。馬兵は自分の情報網を追い続けていた。おれはリモコンでテレビをつけた。どのニュース番組も、パルマで起こった血の惨劇《さんげき》をセンセーショナルに報道していた。

「そんなものを観ても無駄だ」馬兵がスマホから顔を上げた。「警察はまだなにも掴んじゃいない。目撃者もゼロだ」

「謝志偉を監視していたヴァンが襲撃された直後に隠れ家が襲われたと言ったな？」

おれは訊いた。馬兵がうなずいた。

「だったら、ヴァンの襲撃と隠れ家の襲撃は連動していると考えていいんじゃないのか」

「そうだろうな」

「実行犯を特定するのは後でいい。呉孝勇から指示が出たに違いないんだ。警察と同じで、あんたも一晩かけてもなにも摑めていないんだろう?」

「気になるんだ。実行犯がだれなのか、知りたい」

おれは肩をすくめ、テレビの電源を切った。

「おれは自分のねぐらに戻って寝る。なにかわかったら連絡をくれ」

「だめだ」馬兵が即座に応じた。「おまえはおれと一緒に行動する。金ももうすぐ届くぞ」

「どうして一緒にいなくちゃならないんだ?」

「おれがそうしろと言うからだ」

馬兵が口を閉じた。外の廊下をこちらに向かってくる人間の気配が伝わってきた。馬兵の右手は腰の後ろに回っている。

「金を持ってきました、ボス」

声が響いた。馬兵は右手をテーブルの上に戻した。

「入れ」

黒いスーツを着た男が入ってきた。右手にボストンバッグをぶら下げている。馬兵がおれに顎をしゃくった。スーツの男がおれの前に来てボストンバッグを握った手を突きだした。

「受け取れ。おまえの金だ」

ボストンバッグを受け取り、中を確かめた。二十ユーロ札の束が詰まっていた。

「数えるか？」

おれは首を振った。

「その必要はないだろう」

「準備はできたか？」

馬兵はおれの言葉には耳を貸さず、スーツの男に声をかけた。

「はい」

「よし。じゃあ行こう」

「どこへ？」

おれは訊いた。馬兵が笑った。

「参謀本部だ」

ボストンバッグを龍華飯店の経営者に預け、外に出た。夏を思わせる強い陽射しがミラノの街を照らしていた。龍華飯店の前に停まっていたのはルノーのカングーだった。

おれたちはカングーに乗り込んだ。

スーツの男がカングーを運転した。おれと馬兵は後部座席に陣取った。

「なにか、新しい情報は？」

「台湾人どもはロカルノに集まっているようです」

スーツの男が答えた。

「他には？」

「やつらの手配したトラックが武器を積んでドイツを発《た》ちました。チューリッヒ経由でこちらへ向かっています。バスティアン・ツァイがトラックをなんとかしてやろうかと言ってきています」

バスティアン・ツァイはチューリッヒの黒社会《ヘイシエアフウイ》を牛耳《ぎゅうじ》っている男だ。金に汚いという噂《うわさ》が常について回る。

「いくらよこせと言っている？」

「百万ユーロです」

馬兵は鼻で笑った。

「バスティアンには遠慮すると伝えておけ」

「もう百万ユーロ出せば、ロカルノに人を送って台湾人どもを襲わせるとも」

「遠慮する」

「わかりました」

カングーはアウトストラーダに乗った。走行車線をおとなしく走りながら北を目指している。

「どこに向かっているんだ？」

「コモだ。あのロシア人の別荘を覚えているか？」

おれはうなずいた。蔡道明を拉致《らち》した別荘のことだろう。

「台湾人どもに王天を売っただろうと脅しをかけた。王天は死んだ。上海にいる連中はこのままじゃ済まさないだろうとな。すると、ロシア人どもは慌てだした。謝罪の印として、あの別荘を好きに使っていいそうだ」

相手が馬兵だから向こうは慌てたのだ。ロシア人は中国人に負けず劣らず傲慢《ごうまん》だ。その傲慢な連中ですら馬兵のことを畏怖《いふ》する。

カングーは一時間ほどでコモ湖のほとりに到着した。カングーを降りる間際、おれは腕時計を覗きこんだ。

綾の乗った飛行機がそろそろマルペンサに到着する時間だった。

＊＊＊

ロシア人は中国人に負けず劣らず傲慢だが、美意識は世界標準だった。金の置物もなければこれ見よがしの骨董《こっとう》もない別荘のインテリアはシックで落ち着いていた。

だだっ広いリビングのだだっ広いテーブルに数台のパソコンやモニタが置かれ、三人の男たちがキーボードを叩《たた》いたりマウスを操ったりしている。三人とも黒社会に関わるような人間には見えなかった。

「清華《せいか》大学出身のデジタルエリートだ」

三人を観察していたおれの耳元で馬兵が囁《ささや》いた。

「今時、デジタルを駆使できなきゃ真っ当な仕事もできない。殺しだろうがなんだろうがな。おれは必要なところには金を使う。こいつらはマイクロソフトやグーグルの誘いを断っておれのところに来た。いくらおれでも大企業並みの金を払ってやることはできない。だが、こっちの仕事の方が面白いんだそうだ」

おれはうなずいた。

「こっちへ来いよ」

馬兵に促され、おれはついていった。リビングを横切り、長い廊下を進むと、地下へと続く階段があった。階段の下は分厚い鋼鉄の扉に遮《さえぎ》られている。扉の脇にある暗証番号の入力装置に、馬兵が八桁《けた》の数字を入れた。

扉が軋《きし》みながら開いた。扉の奥から冷気が流れ込んでくる。扉も分厚かったが、壁も驚くほど頑丈に作られていた。

「ロシア人ってのは大仰な連中だな」

馬兵が奥へ進んだ。おれはその後を追った。

巨大な地下室は武器庫だった。拳銃を手はじめに、ショットガン、ライフル、マシンガンといった火器が整然と並べられている。ロケットランチャーまで鎮座していた。

「これも好きに使っていいそうだ」

「ロカルノへ行って、一気に連中を襲撃するつもりか？」

馬兵が首を振った。

「それをやるには人手が足りない。おれは少数精鋭主義なんだ。パルマで殺された五人は、おれが長い時間をかけて仕込んだやつらだ。代わりはいない」

おれは肩をすくめた。

「好きなものを使っていいぞ」

馬兵が火器に目を向けた。

「おれは遠慮する。味方を撃つのが落ちだ」

「おれが教えてやる」

馬兵は腕時計に目を落とした。

「おれは出かけてくる。夜には戻る。それまでは寝るなりなんなり好きにしていてくれ」

「おれも出かけるかもしれない」

馬兵の目が動いた。

「例のゴールキーパーに八百長をさせる件だ。上海の連中は試合に金を賭けるつもりなんだろう？　最後まできっちり詰めておかなきゃ、台湾人どもとケリをつけたとしても今度は上海の連中を怒らせることになる」

「おまえの言う通りだな。八百長の件に関してはおまえの好きにしていい。ただし――」

馬兵の腕が揺らめいた。次の瞬間、ナイフの刃がおれの首にあてがわれていた。馬兵の全身から殺気が放たれている。その殺気に触れた者は死を覚悟するほかない。

「おれを裏切ろうとは思うなよ、暗手」

「あんたを裏切るというのは自殺するのと同じだ」

おれは言った。ナイフが首から離れていった。

「面白い男だ」馬兵はナイフをしまった。「おまえの返事次第では本気で殺すつもりだった。わかっていただろう？」

「ああ」

「なのに、おまえは眉《まゆ》ひとつ動かさなかった」

「怖くて全身の筋肉が硬直していたんだ」

「まあ、そういうことにしておいてやるさ」

馬兵はおれを置き去りにして武器庫から出ていった。

＊＊＊

馬兵はひとりで出かけていった。デジタルエリート三人衆はコンピュータに付きっきりだった。スーツの男がさりげなくおれの行動に目を光らせている。

おれはトイレに向かった。便座に腰をおろし、スマホを手に取る。電源を入れた。

綾からのメールが届いていた。

『無事マルペンサに到着しました。これから、ロッコに向かいます』

メールが届いたのは三時間ほど前だった。なにごともなければもうロッコに着いているだろう。

大森は綾にすべてを話すだろうか。すべてを知った綾はどう反応するだろうか。

スーツの男の気配がする。おれの様子を探っている。

スマホが震えた。綾からの電話だった。おれは電話に出た。

「綾です」

「わかっているよ」

「怜央から全部聞きました」

綾は泣いていた。おれの胸が痛んだ。

「そう」

「どうして怜央がこんな目に遭わなければいけないんですか？」

「ぼくにはわからない」

言ってやりたかった。

なにも心配することはないのだ。おれがかたをつける。だから、君たちは安心していい。

言えるわけがなかった。

「わたしと怜央はどうしたらいいの？」

「後でそっちへ行くよ。三人で話し合おう」

トイレの外でスーツの男の気配が揺らいでいる。日本語がわからなくて苛立っている。

「怜央があなたがいてくれて本当に助かったって。感謝してもしきれないって」

「ぼくはなにもしていない」

「わたしもあなたにそばにいて欲しい」

「できるだけ早く行く」

「お願い。待ってるから」

そこまで言うと、綾は声を震わせて本格的に泣きはじめた。

「お願いだから、泣かないで。なんとかなる。みんなで力を合わせればきっとなんとかなる」

自分で信じてもいない言葉は綾の泣き声にいとも簡単に撥《は》ね返された。

「綾、頼むよ」

「早く来て。待ってるから、早く来て」

「わかった」

おれは電話を切った。綾の泣き声が耳の奥にこびりついていた。胸がきりきりと痛んだ。目の奥がちくちくと痛んだ。両手にショットガンを撃った時の感触がよみがえった。口の中に溜《た》まった唾《つば》を飲みこんだ。水を流してトイレを出た。

スーツの男がおれを睨んだ。

「だれと電話していたんだ？」

「日本人のゴールキーパーだ。動揺している。行ってなだめてやらないと。車はあるか？」

「ロシア人はスーパーカーがお好きらしい。ガレージにフェラーリとランボルギーニがある」

「もっと目立たない車はないのか」

スーツの男が肩をすくめた。

「ミラノから乗ってきたカングーでいいなら」

「鍵《かぎ》をよこせ」

おれは言った。

29

夕焼けが空を染めていた。おれはカングーの運転席に座ったまま、空が赤からオレンジ、黄色へと変わっていく様を見つめていた。
カングーは大森のアパートメントのそばに停めている。車を降りるのが億劫《おっくう》だった。

「綾が待っている」

おれは呟《つぶや》いた。車を降りた。重い足取りで大森の部屋に向かった。ドアをノックした。

大森がドアを開けた。おれを見た瞬間、大森の目が潤んだ。

「向こうから連絡は？」

おれは白々しい言葉を口にした。

「まだなにもありません」

「そうか。お姉さんは？」

大森は振り返り、部屋の奥に視線を向けた。

部屋は薄暗かった。不自然なほどに静まりかえっていた。おれはおそるおそる部屋に入った。廊下を進んだ。ダイニングテーブルに突っ伏している綾を見つけた。

「ずっとあの調子で……」

おれの背後で大森が言った。大森の声は老人のようだった。

「姉貴、高中さんが来てくれたよ」

大森が綾に声をかけた。綾が顔を上げた。瞼《まぶた》が腫《は》れていた。

「ありがとう」

綾が口を開いた。胸が締めつけられた。

「遅くなってすまない」

「いいの。来てくれただけで嬉しい」

綾は立ち上がり、おれに抱きついてきた。おれはその身体を抱きしめた。

しばらくそのままでいた。おれと綾はもちろん、大森も無言で立ち尽くしていた。まるでだれかの葬式に立ち会っているかのように。

「姉貴、高中さんも疲れてるだろうから、座ろうよ」

しばらくすると大森が言った。

「そうね。ごめんなさい。ちょっと待ってて。お茶を淹《い》れるから。日本茶でいい？」

綾はおれに訊いた。おれはうなずき、腰をおろした。

「なんで連絡が来ないんすかね？」

綾がキッチンへ行くと、大森がおれに囁いた。

「わからない」

「あんまり時間がないってのに……」

「まったく連絡がないのか？」

「一時間おきにメール打ってるんすけど、梨《なし》の礫《つぶて》なんすよ。どうなってるんすかね？」

「もしかすると、向こうになにか手違いがあったのかもしれない」

「手違いって？」

「たとえば、警察に逮捕されたとか」

「もしそうなら、おれが八百長したこともばれるんじゃないっすか?」

おれは首を捻《ひね》った。

「それはどうだろう。この手の犯罪組織というのはそう簡単に証拠は残さないと思うな。いずれにせよ、警察云々《うんぬん》というのはこちらの希望的な観測にすぎない」

大森は口を閉じ、頬杖《ほおづえ》をついた。目の下に隈《くま》ができている。ろくに眠れていないのだろう。

綾がお茶を運んできた。湯飲みをおれの前に置き、座った。溜息《ためいき》をついた。

「どうして大森君とぼくが君にこっちに来るなと言ったか、わかっただろう?」

綾がうなずいた。

「すぐに日本に帰るんだ。いいね?」

綾が首を振った。

「わたしは怜央のそばにいるわ」

「ミカちゃんだって危険な目に遭ったんだ。君が同じ目に遭ったら、ぼくは耐えられない」

嘘をついて生きてきた。おれは嘘にまみれていた。呼吸をするように嘘をつき、人を騙して屁《へ》とも思わなかった。

麗芬《リーフェン》にも嘘をつき続けた。自分を呪いながら嘘をつくことをやめられなかった。綾にも同じだ。おれは嘘をつく。嘘をつき続ける。

嘘がほころびても、それを取り繕うためにまた嘘をつく。

おれはそういう人間だった。

「高中さん……」

「頼むから、すぐに日本に戻ってくれ。この件は、ぼくがなんとかするから」

「でも、日本にいたら、心配で気が狂いそう」

「もし君の身になにかが起きたら、大森君はやつらの言うことに従うしかなくなるんだ。大森君のためにも、君はここにいちゃいけない」

綾の目がまた潤みはじめた。ティッシュを取って洟《はな》をかみ、それが終わると爪を嚙んだ。

「高中さんの言う通りだよ。帰った方がいいって」

大森が追い打ちをかけた。

「仕事の付き合いがある人間の中に、ミラノの警察の幹部と仲のいいやつがいるんだ。そいつに頼んで、その警察幹部を紹介してもらうことになっている」

おれはまた嘘をつく。大森と綾の目がおれを凝視する。

「公《おおやけ》にならないよう、内密に処理してもらえないかと頼むつもりだ」

「それでうまく行く？」

綾が言った。おれはうなずいた。

だいじょうぶだ。おれは王天《ワンテイエン》を殺した。馬兵《マービン》と台湾人どもが殺し合うように仕向けた。

上海の連中は王天の後釜を送ってくるだろう。そいつもおれが殺す。後釜の後釜もおれが殺す。殺し続けているうちに、セリエAのシーズンは終わる。大森を使った八百長もうやむやになる。

誓おう、綾。おまえのために、おれは昔のおれに戻ろう。暗闇を住処《すみか》にしよう。血に染まった衣をまとおう。

やがてだれかに撃ち斃《たお》されるまで殺し続けよう。

「うまく行くさ。約束する」

おれは言った。それは自分でも驚くほど優しい声だった。

＊＊＊

仕事を口実に大森の部屋を出た。綾の縋《すが》るような目に後ろ髪を引かれた。

それでも行かなければならない。誓いを果たすために。

馬兵が戻っていた。

「ゴールキーパーの様子はどうだ？」

「動揺してる。当然といえば当然だが、なだめてやらなきゃならない」

「子守も大変だな」

馬兵が近づいてきて鼻をひくつかせた。

「女の匂いがする」

「あいつの姉も一緒だった」

「姉弟の愁嘆場か。おれはごめんだ。よくそんな仕事をやっていられるもんだ」

「慣れれば平気になる」

「行くぞ」

馬兵は玄関に足を向けた。

「どこへ？」

「ミラノだ。台湾人を拉致しに行く。斥候《せっこう》だ。こっちの様子を探りに来たらしい」

「ミラノのどこだ？」

「パオロ・サルピ通りに決まっているだろう」

スーツの男の運転でミラノへ舞い戻る。車はカングーだった。道中、口を開く者はいなかった。

カングーはパオロ・サルピ通りの端に停車した。おれと馬兵は車を降りた。

「そいつはどこに？」

「ワインが並んでいるバルがあるだろう」

「カンティーネ・イゾラのことか？」

パオロ・サルピ通りにある老舗《しにせ》のワイン・バルだ。イタリア中のワインを楽しむことができる。

「それだ。そこで気取って飲んでいるそうだ。様子を見てこい」

「おれが？」

「おまえは中国人ぽくない。どちらかといえば、日本人に見える。日本語も喋《しゃべ》れるしな。中国人だと思われなければ、やつも警戒はしない」

「どんな男なんだ？」

「気取って飲んでいる男だと言っただろう」

「これほど人使いが荒いと知っていたら、五十万はもらっておくべきだった」

「働きぶりによってはボーナスを出してやってもいい。これをつけろ」

小さなピンバッジを渡された。

「小型の無線機だ。真ん中を押すとスイッチが入って、おまえの話すことがおれに聞こえるようになる」

「一方通行か？」

馬兵がうなずいた。おれはピンバッジを上着の襟《えり》につけ、カンティーネ・イゾラに向かった。小さなバルで、壁一面にワインボトルが並べられている。カウンターバーに客は五人。

気取った男はすぐにそれとわかった。カウンターの一番奥で、赤ワインの入ったグラスをこれ見よがしに揺らしている。おれが店に入ると鋭い一瞥《いちべつ》をよこした。

「キレのいい白ワインを一杯」

おれはカウンターの中央に陣取って、イタリア語で注文した。店員がにっこり笑った。

「イタリア語が上手ですね。あなたも中国人？」

「日本人だよ」

気取った男の表情が和《やわ》らいだ。イタリア語はできなくても、ジャポネーゼが日本人を意味する言葉だということはわかったのだろう。

「ファンティーニのシャルドネです」

店員がグラスをおれの前に置いた。

「シャルドネか。じゃあ、これを飲み干したら次は同じファンティーニのトレッビアーノ・ダブルッツォをもらおうかな」

イタリアを根城にしている以上、ある程度はワインの知識があった方がいい。おれは毎年発売されるワインの評価誌に目を通している。

「わかりました。飲み終えたらお声をかけてください。食べるものはいかがしますか？」

「ワインだけでいい」

おれは言い、ワインを口に含んだ。ワインは水のようだった。よみがえったはずの味覚が消えていた。

気取った男は壁のボトルに目を凝《こ》らしている。さりげなくピンバッジの中央を指で押した。

「相手はご機嫌のようだ」

囁いた。

「薄手の革ジャンを羽織っている。色はダークブルー。おそらく、ドルチェ&ガッバーナだ。身長は百七十五。体重は七十」

「別のワインをくれ。もっとしっかりしたやつだ」

気取った男が店員に声をかけた。訛《なま》りのきつい英語だった。店員が曖昧《あいまい》な笑みを浮かべた。

「しっかりしたやつとおっしゃいますと？」

「しっかりしたやつだよ。わからないのか？」

「マッキオーレがいいんじゃないのかな」

おれは英語で助け船を出してやった。

「マッキオーレ？」

気取った男がおれに顔を向けた。

「きっと気に入ると思いますよ」

おれは気取った男にウィンクしてやった。気取った男は戸惑いながらうなずいた。

店員がマッキオーレのボトルを開け、新しいグラスに注いだ。気取った男は気取った手つきでグラスを揺らし、香りを嗅《か》ぎ、一口啜《すす》った。

「旨《うま》い。これだ。これがしっかりしたワインだ。こういうのを飲みたかった」

「お気に召したなら光栄です」

おれは言った。

「あんた、日本人か？」

おれはうなずいた。

「あんた、ワインに詳しいのか？」

おれは首を振った。

「中国の方ですか？」

気取った男の目が吊《つ》り上がった。

「おれは台湾人だ」

「それは失礼。わたしは日本人の高中です」

「おれは許正倫《シュージャンルン》だ。お礼に一杯奢《おご》らせてくれ」

許が言った。

「それじゃ、あなたと同じマッキオーレを」

「あの人にも同じワインを注いでやってくれ」

許が店員に言った。ファンティーニとはお別れだった。

赤ワインのグラスが運ばれてくる。許がグラスを掲げた。おれも自分のグラスを掲げた。

ワインに口をつける。やはり、香りも味も感じられなかった。

スマホに着信が来た。目で許に断りを入れ、電話に出た。

「あまり調子に乗るなよ」

馬兵の声が耳の奥で響いた。

「やつの名前がわかっただろう」

おれはイタリア語で応じた。馬兵もそれなりにイタリア語は理解する。

「やつを外に誘い出せ」

「了解」

おれは電話を切った。グラスを片手に、許の隣に移動する。

「イタリア人のくせに、こんな時間に仕事の電話をかけてくるなんてはた迷惑ですよ」

笑顔を浮かべ、早口の英語でまくし立てる。

「すまない。もっとゆっくり喋ってくれないか」

「これは失礼。許さんはワインしか飲まないんですか？」

「そんなことはない。酒ならなんでも好きだ」

「スコットランドのシングルモルトを揃《そろ》えているバルがあるんです。これを飲み干したら、移動しませんか？　今度はぼくが奢りますよ」

「シングルモルト？」

「イタリア人はスコッチ・ウィスキーが好きなんです」

「行こう。ワインにも飽きてきたところだ」

許がマッキオーレを飲み干した。おれもそれに倣《なら》った。支払いを済ませ、ふたりで店を出る。

「向こうでタクシーを拾いましょう」

おれはカングーが停まっている方角を指差した。人通りが多いせいか、許は警戒する様子も見せていない。

「あんた、イタリアは長いのか」

「そうです」

「台湾に行ったことは？」

「ありません」

「もし来ることがあったら、おれに連絡するといい。案内してやる」

カングーが動いた。こちらに向かってゆっくり進み、最初の路地を折れていった。

馬兵の姿は見当たらない。

「その時はよろしくお願いします」

「そのバルは遠いのか？」

「タクシーで五分ぐらいです」

「さっきのマッキオーレは旨かったな」

「あれはいいワインです。こっちへ」

おれはカングーが消えた路地に許を誘導した。路地に入った途端、人の気配が薄らいだ。代わりに馬兵が放つ凶悪な気配が闇に滲《にじ》んでいた。

許は気づいていない。早死にする連中は気配というものに無頓着《むとんちゃく》だ。

おれは足を止めた。許がひとり、路地を進んでいく。おれから数メートル離れたところで許が振り返った。

「どうした、高中さん。行かないのか？」

許の言葉が終わる前に、暗がりからなにかが飛び出してきた。

馬兵だった。馬兵は許の背後に回り、両腕を許の首に巻きつけた。

路地の先に停まっていたカングーがバックしてくる。

許の手足から力が抜けた。馬兵がおれに向かってうなずいた。おれはカングーのところへ行って、荷室のドアを開けた。馬兵が許を荷室に放り込んだ。

おれと馬兵は無言のままカングーに乗り込んだ。カングーが走り出した。

拉致に気づいた者はいない。馬兵の手際は完璧《かんぺき》だった。

30

拷問は一時間も続かなかった。許《シュー》はすぐに音《ね》をあげ、馬兵《マービン》の質問にべらべらと答えた。

王天《ワンテイエン》の死を受けて、呉孝勇《ウーシャオヨン》はいきり立っている。一気にミラノへ乗り込んで馬兵を殺せという指示を出した。

「王天を殺したのはだれだ？」

馬兵が訊《き》いた。許が首を振った。

「知らない」

「呉孝勇か謝志偉《シェジーウェイ》が殺せと命令を出したのか」

馬兵は質問を続けた。

「おれはなにも知らない。ただ、王天が死んだと聞かされただけだ」

「王天が殺された現場に謝志偉のジッポーが落ちていた。謝志偉がやったのか？」

「本当になにも知らないって。もう勘弁してくれ」

許の顔は潰《つぶ》れている。瞼《まぶた》は腫《は》れ上がっている。涙で濡《ぬ》れている。

「謝志偉はどこにいる？」

許の血まみれの唇がわななないた。

「知らない」

「残念だな」馬兵が笑った。「答えるまで間が空きすぎた」

「嘘《うそ》じゃない」

「もう一度だけ訊いてやる。これが最後のチャンスだ。謝志偉はどこにいる？」

「ミラノ万博の会場跡に近い場所にあるホテルだ」

許がホテルの名を口にした。

ミラノ万博は二〇一五年にミラノの北西の郊外で開催された。跡地はいま、週末のイベント時以外は閑散としていて、身を隠すには都合が良い。

「手下はどれぐらいいる？」

「五人」

「よく教えてくれた。楽にしてやるぞ」

馬兵は許の顔を覗《のぞ》きこんだ。

「助けてくれ。頼む……」

「おれは馬兵だ。おれの噂《うわさ》は聞いたことがあるだろう?」

許がうなずいた。

「それなのに命乞《いのちご》いをするなんて、無駄の極みだと思わないか?」

許が声をあげて泣きはじめた。馬兵が舌打ちした。次の瞬間、馬兵の右手は細身のナイフを握っていた。

「安心しろ。楽なもんだ」

馬兵は許の背後に回り、首の後ろにナイフを刺した。それでお終《しま》いだ。許は死んだ。

死神は躊躇《ちゅうちょ》なく、いともたやすく命を奪う。そこに感情の介在する余地はない。

おれと馬兵の違いはそこだ。

おれは悪霊と呼ばれた。憎しみに駆られて人を殺した。血の雨を降らせた。憎悪がおれの糧《かて》だった。憎悪を失い、おれは悪霊であることをやめた。

「謝のところへ行くぞ」

ナイフの血を拭《ぬぐ》いながら馬兵がおれに向き直った。

「おれも行かなきゃならないのか」

馬兵がうなずいた。

「ついてこいと言うなら行くが、役には立たないぞ。荒事なら、あんたと手下たちだけでやればいい」

「みんな、おれみたいになりたいと言いやがる。それで、おれの下で働きたがるんだ」

馬兵は血を拭ったナイフを照明にかざした。

「馬鹿馬鹿しい。殺しのテクニックはだれだって学ぶことができる。だが――」

馬兵は肩をすくめた。

「いざという時は、あいつらよりおまえの方が使える」

「意味がわからんな」

おれは言った。

「いや。おまえはわかっている。おれみたいな存在になるのに必要なのは技術じゃない」

馬兵はおれの頭を指差した。

「ここだ」

馬兵の指がおれの心臓に向けられた。

「おい」馬兵が手下に声をかけた。「こいつをあそこへ運べ」

手下が死体を担いで去っていく。

「この別荘の地下には射撃場まであるんだぜ。ついてこいよ」

長い廊下を歩き、エレベーターに乗った。エレベーターは地下三階で停まった。エレベーターを降りると広大な空間が現れた。様々な銃器や弾丸が壁際に据え付けられた棚に置かれており、反対側の壁には人型《ひとがた》のターゲットが並んでいる。馬兵の手下が、ターゲットの手前に椅子を置き、そこに許の死体を座らせた。

「銃を出せよ」

馬兵が言った。おれは首を振った。

「あの死体を撃て」

「なぜそんなことをしなきゃならないんだ？」

「おれがそうしろと言うからだ」

「馬鹿馬鹿しい」

馬兵の右腕が揺らめいたと思ったら、その手に銃が握られていた。

「やれよ。撃たなきゃ、おれがおまえを撃つ」

おれは腰に差していた銃を握った。

「護身用に持ってきただけだ。銃は得意じゃない」

「いいや。おまえは得意なはずだ。銃もナイフも。おまえは人殺しだ。おれにはわかる」

馬兵の銃は微動だにせず、おれに向けられている。

「あれを撃て。本気で狙えよ。手を抜いてもすぐにわかる。その時はおまえを撃つ」

「馬兵――」

「やれ。やるんだ」

馬兵の目も揺らぐことなくおれを見つめていた。

おれは諦《あきら》めた。銃身をスライドさせて弾丸を薬室に送り込んだ。

構え、狙い、撃つ。

銃声が轟《とどろ》き、死体の頭部が揺れた。

「撃て」

馬兵が叫んだ。撃った。

「撃て。撃ち続けろ」

撃った。弾丸が無くなるまで撃ち続けた。死体の頭部が跡形もなく消えた。辺りに髪の毛と骨と皮膚と脳漿《のうしょう》と血が飛び散っていた。

「思った通りだ」

馬兵が笑った。

「おまえは自然に構え、自然に撃ち、自然に仕留める。だれにでも真似《まね》できるわけじゃない。才能だ」

だれかになにかを教わったわけでもないのに、おれは子供の時から野球のボールを狙ったところに投げることができた。投手としてのおれの最大の長所はコントロールだったのだ。

銃も同じだ。狙ったところに当てることができる。

「なぜ八百長のコーディネーターなんてしけた仕事をしてる？　人を殺すのが怖いの

か？」

おれは馬兵の問いかけには答えなかった。代わりに空《から》になった弾倉に弾丸を込めた。

＊＊＊

スマホに着信があった。綾からだった。

「例の日本人からだ」

おれは馬兵に断りを入れ、エレベーターに乗り込んだ。着信音がやんだ。エレベーターを降り、テラスに出た。月が空に浮かび、コモ湖の湖面に映り込んでいた。

また綾から電話がかかってきた。電話に出た。

「もしもし？　高中さん？」

「どうした？」

「声が聞きたくて……」

綾の声は甘かった。

「そう」

「もしかして、まだお仕事？」

「ああ。貧乏暇なしでね。こんな時間でも働いている」

「ごめんなさい。高中さんだって大変なのに、怜央のことで迷惑をかけて」

「いいんだ。気にしないで」

「明後日《あさって》のフライトで日本に戻ることにしました」

「大森君のことはぼくに任せて。必ず彼のことは守る」

「信じています……明日、会えませんか？　日本に帰る前にもう一度会いたくて」

「すまない。明日も仕事があるんだ。大森君の件で動かなきゃいけないし……」

「明日はミラノのホテルを取りました。時間ができたら、一時間……十分でもいいの。会いに来て欲しい。わたしの我が儘《まま》だけど、少しでいいから高中さんに抱きしめてもらいたいの」

おれの手は再び血に染まった。この手で綾に触れるつもりはなかった。

「時間ができたらね。でも、約束はできない」

おれは嘘をついた。

「ありがとう」

綾はおれの言葉を疑いもしなかった。

「ホテルの部屋番号がわかったらメールしておいて」

「はい」

「おやすみ」

「おやすみなさい」

おれは電話を切った。スマホを握る手が震えていた。スマホをポケットに戻し、手を嗅《か》いだ。血と硝煙の匂いがした。

深呼吸を繰り返す。手の震えが止まった。おれは別荘の中に戻った。だだっ広いリビングルームに馬兵がいた。だれかと電話で話している。上海語だった。おれは上海語は話せない。

馬兵は五分ほど話した後で電話を切った。

「上海語も話せるんだな」

おれは言った。

「必要ならなんでも覚える。今のはビジネスの電話だ。呉孝勇の首は二百万ユーロに決まった。おまえには五十万ユーロ出してやる。どうだ？」

おれは肩をすくめた。

「おれはあんたの部下になるのか？」

「とりあえずは。おまえなら、場数を踏めばすぐにパートナーに昇格だ」

「馬兵のパートナーか……そうなったら、ひとりで仕事をした方が儲《もう》けられるんじゃないか」

「おれを裏切るってのは、死ぬというのと同じだ。それでいいなら好きにしろ」

「気に食わないな」

「なにがだ？」

おれの言葉に馬兵は眦《まなじり》を吊《つ》り上げた。

「おれは暗手《アンショウ》だ。あんたが言うしけた仕事でそれなりに金を稼いできたし、おれの手を借りたいというやつはいくらでもいる」

「それで？」

「なのに、今はあんたに一方的に脅《おど》され、顎《あご》で使われている」

「脅したつもりはない」

「あの死体に銃を向けなきゃ、あんたは本気でおれを撃つつもりだった」

「おまえは死体を撃った。だから、おれはおまえを撃たなかった」

「それはあんたの論理だ」

「おれのやり方が気に食わないというのはわかった。謝る。おれにはおまえが必要だ。一緒に来てくれ」

馬兵は素直に言った。意味のない自尊心には価値を置いていないのだ。

「おれは殺しはやらない」

「否《いや》が応でも殺すことになる」

馬兵が笑った。

その顔に銃弾を撃ち込む自分を想像してみた。

うまくいかなかった。

「まず、部下を行かせて様子を探らせる。おれたちが動くのは明日だ。一眠りしよう。明日は今日以上に忙しくなる」

馬兵は欠伸《あくび》を嚙《か》み殺した。いつ、どんな状況下でも寝ることができる。それは優秀な戦士の条件だった。

31

謝志偉《シェジーウェイ》が潜伏しているのは、万博会場跡地から二キロほど離れた四つ星ホテルだった。万博が開催されていた時期は観光客で溢《あふ》れていたのだろうが、今は閑散としている。ミラノの中心から離れすぎているのだ。

おれたちは路肩に停《と》めたカングーからホテルの様子をうかがっていた。馬兵《マービン》がだれかと電話で話している。

「九〇九号室だと」

電話を終えた馬兵が言った。どこか揶揄《やゆ》するような響きがある。中国系の人間は九という数字に執着する。永久を意味する久という字と発音が一緒だからだ。もし存在するなら、謝志偉は九九九号室を選んでいただろう。

「やつに電話をかけておれに関する情報を売ると言え。それでやつをおびき出すんだ」

「手下もついてくるぞ」

「それがどうした」

「許は謝志偉の手下は五人だと言っていたが、警戒してもっと手下を増やすかもしれない」

「軍隊を引き連れてくるというならともかく、雑魚《ざこ》が何人来ようと関係ない」

おれはホテルに電話をかけ、九〇九号室に繋《つな》ぐように言った。電話はすぐに繋がった。

「謝《シエ》先生《シャン》？」

「だれだ？」

謝志偉の声は刺々《とげとげ》しかった。

「暗手と呼ばれていると言えば、わかるか？」

「王天《ワンテイエン》の部下だな」

「王天はただのクライアントだ。おれはだれの部下でもない」

「どうしておれがここにいるとわかった？」

おれはわざとらしく笑った。

「だからおれは暗手と呼ばれているんだ」

「なんの用だ？」

「馬兵の居場所を教えたらいくらになるかと思ってね」

謝志偉が息を呑《の》んだ。

「やつはどこにいる？」

「二十万ユーロでどうだ？」

「居所を教えるだけで二十万だと。馬鹿を言うな」

「じゃあ、他の買い手を探そう。邪魔をしたな」

「待て」

謝志偉がおれの投げた餌《え》に食らいついた。

「本当にやつの居所を知ってるんだな？」

「ああ」

「やつを売ったということがばれたらまずいことになるかもしれん。それなのに、なぜだ」

「あいつが気に入らないんだ。お互い、王天に雇われていただけなのに、顎でおれを使おうとした」

傍らで馬兵が唇を歪《ゆが》めていた。

「わかった。二十万ユーロで手を打とう」

「現金でだ」

「少し時間がかかる」

「どれぐらい？」

「三時間」

「三時間後にもう一度電話する」

おれは電話を切った。

「さすがだな。受け答えによどみがない」

馬兵が言った。

「泣き喚《わめ》く若いサッカー選手をなだめるのも仕事のうちだ。これぐらいどうということはない」

おれはスマホの電源を落とし、窓の外に視線を移した。日が暮れようとしている。仮にそのつもりがあったとしても、綾に会いに行くのは無理だった。

運転席の男が買い置きしてあったパニーニを食べていた。おれも馬兵も朝飯を食べた後はなにも胃に入れていない。空腹を覚えることもない。生き残るために全神経を集中させるべき時に、消化に余計なエネルギーを割《さ》きたくはないのだ。少しぐらい腹が減っても死にはしない。だが、集中力の欠如は死に直結する。

首を巡らせると馬兵と目が合った。

だからこいつらはだめなんだ——馬兵は声は出さず、唇を動かしてそう言った。

＊　＊　＊

「金の用意はできたか？」

電話が繋がるとおれは言った。万博跡地に人の姿はなかった。

「ああ。二十万ユーロ、用意した。馬兵はどこにいる？」

「そんなに焦るなよ。情報は金と引き替えだ。三十分後に、万博跡地の中国館の前で会おう」

「待て。せめて一時間後にしてくれないか」

「三十分後だ。一分でも遅れたら、おれは姿を消す」

電話を切った。馬兵の姿がなかった。闇に同化してどこかへ行ったのだ。おそらく、謝志偉が送ってくる斥候《せっこう》を待ち伏せするのだろう。

馬兵の手下ふたりが弾丸を薬室に送り込む音が響いた。

「おれたちも姿を隠します」

「そうしてくれ」

ふたりが暗がりに身を潜《ひそ》めた。

ワルサーの弾倉を外して装弾数を確認する。銃身をスライドさせて弾丸を薬室に装塡《そうてん》した。

あとはただ待つだけだ。ワルサーを腰に戻し、目を閉じた。右腕から力が抜けていくのを感じた。ピッチングでも銃を撃つのでも同じだ。力めば力むほどポテンシャルは落ちていく。

腕から力が抜けると、全身の感覚が研ぎ澄まされていく。身体《からだ》の表面を全方位レーダーが覆う。どんな動きも素速く察知し、対応する。

夜気を吸い込む。吸った夜気を細胞の隅々に送り込む。夜と同化していくような感覚が全身に広がっていく。時間の流れが曖昧《あいまい》になっていく。

少しずつ、封じ込めていた感覚がよみがえり、おれは悪霊に戻っていく。

かすかな空気の揺れを感じた。肌の表面が粟立《あわだ》った。

だれかがだれかに殺された——馬兵が斥候を殺したのだ。

確かめる必要はなかった。わかるのだ。何度も死線をかいくぐってきて身についた感覚だ。馬兵にも備わっているだろう。

深呼吸を続けた。感覚がますます鋭敏になっていく。

隠れている馬兵の手下たちの呼吸する音が聞こえる。夜風に吹かれて塵《ちり》がアスファルトの上を転がる音が聞こえる。馬兵が風のように移動しているのを感じる。馬兵は血の匂いを撒《ま》き散らしている。

手下のひとりのスマホが振動した。馬兵からの連絡。斥候は始末した。まもなく謝志偉がやって来る。

おれは振り返る。物陰から手下のひとりの腕が伸びてきた。左右の手を広げている。

相手は十人。

前を向き、深呼吸を続ける。感覚が鋭敏になると共に、身体にエネルギーが満ちていく。

おれは夜の生き物だ。夜を歩く悪霊だ。夜はおれに属し、味方する。

殺気だった気配を感じた。謝志偉たちが跡地に入ってきたのだ。

深呼吸を続けながら待った。謝志偉たちと馬兵の気配を追った。馬兵は謝志偉たちの背後にいる。謝志偉たちは気づいていない。

深呼吸を続ける。感覚をぎりぎりまで研ぎ澄ます。謝志偉たちの気配をすぐそこに感じる。息を潜め、足音を殺し、しかし、殺気を放ちながら近づいてくる。

通路の角を曲がって謝志偉たちが姿を現した。謝志偉の他に五人。残りの五人は足を止めてこちらの様子をうかがっている。馬兵がその背後でその時が来るのを待っている。

おれがひとりだと知り、謝志偉たちは自信満々の様子でおれと対峙《たいじ》した。

「手下を連れてくるとはな」

おれは謝志偉に声をかけた。

「ひとりで来いとは言わなかっただろう」

おれはうなずいた。

「金は？」

謝志偉の横にいた男が右手にぶら下げたボストンバッグを持ち上げた。ジッパーを開け、中の金をおれに見せた。

おれはうなずいた。

「馬兵はどこにいる？」

謝志偉が言った。おれは答える代わりに銃を抜いた。謝志偉の右の膝《ひざ》を撃った。謝志偉が崩れ落ちた。台湾人たちが慌てて銃を抜く。だが、やつらが引き金に指をかける前に、馬兵の手下たちが物陰から飛び出てきて撃ちはじめた。

　そのすべてをおれは背中で感じていた。撃ち合いがはじまる前にアスファルトに倒れ込んだ。身体を転がして、馬兵の手下たちの射線から逃れた。

　台湾人たちの動きがスローモーションのように見える。宙を飛ぶ弾丸でさえ視認できるような気がした。

　別の場所でも銃声が響いた。馬兵が他の台湾人たちに襲いかかったのだ。

　台湾人がふたり、倒れた。他の三人が反撃した。馬兵の手下たちの銃声が途絶えた。

　ひとりが被弾し、ひとりが隠れた。見なくてもわかる。

　おれはアスファルトの上で腹這《はらば》いになったまま、構え、狙い、撃った。立て続けに三発。すべて急所を撃ち抜いた。謝志偉以外の台湾人たちはみな死んだ。

　謝志偉が膝を抱えて唸《うな》っている。

　おれは立ち上がり、銃を向けたまま謝志偉に近づいた。

「悪霊……」

　謝志偉が言った。背中を悪寒が駆けおりた。

「おまえは悪霊だろう。思い出した。顔と名前を変えてもわかるぞ。おまえは悪霊だ。おまえが任海峰《レンハイフォン》と一味を殺した時、おれも撃たれた。死ななかったのは運がよかっただけだ」

　任海峰はおれがこの手で血祭りにあげた夥《おびただ》しい人間の中のひとりだった。

「なにも喋《しゃべ》るな。口を開いたら撃つぞ」

謝志偉の目に紛《まぎ》れもない怯《おび》えの色が宿った。

この瞬間、おれは間違いなく悪霊だった。

「おまえは悪霊だ。悪霊に関わった人間はみんな死ぬ」

「黙れ」

馬兵がこちらに向かっている。気配でわかる。急いで謝志偉の口を閉じなければならない。

「ゆるしてくれ。あんたが悪霊だとは知らなかったんだ。おれは――」

おれは謝志偉を撃った。額に穴があき、後頭部が弾《はじ》けた。謝志偉は死んだ。

アスファルトに膝をつき、近くに転がっていた銃を拾って謝志偉の右手のそばに置いた。謝志偉の身体を探って携帯を見つけ、自分のジャケットのポケットに押し込んだ。

「だいじょうぶか？」

背後で声がした。馬兵の手下がこちらへ向かってくる。

「銃を隠し持っていた。撃たれそうになったんで、仕方なく殺した」

おれの言葉には唇をわななかせた。

「馬兵が怒る」

「不可抗力だ。撃たれたやつの状態は？」

「肩を撃たれています」

死にはしないということだ。

「急いで車に戻る」

男はうなずき、撃たれた仲間を担いだ。

「でも、あんた、凄《すご》いぜ」

男が言った。目が輝いている。

「馬兵みたいだった」

「余計なことは喋るな。行くぞ」

馬兵が姿を現した。こちらへ駆けてきて、台湾人たちの死体のそばで足を止めた。謝志偉の死体を凝視している。

「どうして殺した？　おまえなら殺す必要はなかったはずだ」

「銃を持っているのに気づかずに近づいてしまった。おれはあんたじゃないからな。こういうことには慣れていない」

「最初に膝を撃ってやつの動きを止めている。なのに、慣れていないだと？」

「膝を撃ったことに安心して反撃される可能性を考えなかった。慣れてないんだ」

馬兵がおれを見た。おれはその視線を受け止めた。

「これだけ派手に銃を撃ったんだ。すぐに警察が来る」

おれの言葉に馬兵がうなずいた。遠くでパトカーのサイレンが聞こえた。

研ぎ澄まされた感覚が薄らいでいく。台湾にいた頃はこの感覚はもっと長く続いた。

カングーに向かって走る。肩を撃たれた男が遅れはじめた。

「急げ」

馬兵が言った。だが、男は遅れる一方だった。馬兵が銃を握った。撃った。男が倒れた。

確かめるまでもない。一撃で死んだのだ。

＊＊＊

馬兵と手下が上海語で会話を交わしている。おれに知られたくないなにかを話している。

おれは後部座席の背もたれに身体を預けた。身体が火照《ほて》っている。脳が凄《すさ》まじい勢いで働いている。時間の経過が速い。久しぶりに味わったあの感覚の余韻だった。

「トイレに行きたい」

サービスエリアの標識が見えたところでおれは言った。馬兵たちの会話が途切れた。

馬兵がうなずき、運転席の手下がカングーを右の車線に寄せた。

サービスエリアは空《す》いていた。おれはトイレに向かい、個室に入った。馬兵たちはカングーに乗ったままだ。

便座に腰掛け、謝志偉の携帯を取りだした。呉孝勇《ウーシャオヨン》のメールアドレスを検索する。

見つけた。

『馬兵はロシア人の別荘にいる』

メールを送信し、携帯の電源を落とした。水を流して個室を出た。トイレに人の気配はない。カングーに戻る途中、大型トレーラーの下に謝志偉の携帯を投げ捨てた。

「待たせたな」

カングーに乗り込んだ。

「早かったな」

馬兵が言った。おれは肩をすくめた。カングーが動き出す。

「こいつがおまえに感謝している」

馬兵は手下に顎をしゃくった。

「おまえがいなきゃ、自分も撃たれていただろうってな」

「殺《や》らなきゃ殺られる。だから殺った。それだけだ」

「こいつらがふたり殺って、残り四人がおまえだ。謝志偉はともかく、他の三人はどれも急所を一撃だ。おまえはただ銃がうまいんじゃない。場数を踏んだ殺し屋だ」

「若い頃は荒事にも手を染めた。みんなそうだろう？」

「おまえは何者だ？」

馬兵の目が光った。

「おれは暗手だ」

「腕利きの連中のことはみんな知っている。だれそれがどこそこでだれかを殺した。その手の話はみんなおれの耳に入ってくるんだ。たとえ、今は殺しから手を引いていたとしても、おまえほど腕の立つやつなら、おれが知らないはずがない」

「殺し屋じゃないからだ」おれは言った。「おれは兵隊みたいなものだったんだ」

「おまえの言うことは信じられない」

馬兵の目はぎらついたままだった。

「勝手にしろ」

おれは頭の後ろで手を組み、目を閉じた。

「運良く生き延びたが、あんな銃撃戦の後だ。もう、くたくただよ。少し眠らせてくれ」

「おまえが何者なのか、必ず突き止めてやる」

馬兵の声は呪詛《じゅそ》のように響いた。

＊＊＊

カングーが静かに別荘の敷地に入った。

カングーを降りようとして気配に気づいた。おれの読み通り、呉孝勇が手下を送り込んできたのだ。

おれはそのまま地面に転がった。次の瞬間、複数の銃声が響いた。カングーのフロントガラスが砕けて飛び散り、ボディにいくつもの穴が穿《うが》たれた。

拳銃《けんじゅう》ではない。サブマシンガンでの銃撃だ。

短い悲鳴が聞こえた。馬兵の手下がステアリングに覆い被《かぶ》さっていた。馬兵の姿はない。おれは腹這いになったまま匍匐《ほふく》前進して、建物の陰に回った。

銃撃が一旦《いったん》止んだ。カングーの下から馬兵が這い出てきた。おれと同じように匍匐前進でこちらに向かってくる。両手に拳銃を握っていた。

再び銃撃がはじまった。馬兵の匍匐前進が止まった。馬兵はおれを見、首を巡らせた。別荘を盾《たて》にして、やつらの背後に回れと言っている。

おれはうなずいた。腰のワルサーを抜き、その場を離れる。

いつの間にか、あの感覚が戻っていた。無数の銃声のわずかな違いを耳が聞き分ける。

相手は三人。一ヶ所に固まっている。

また銃撃が止んだ。弾切れだ。三人が一斉に弾倉を交換する。

おれは振り返った。馬兵の姿がない。どこかに身を隠して反撃の機会をうかがっている。

唇を舐《な》め、意識を暗がりに集中させた。闇と同化するのだ。そうすれば、あの感覚が研ぎ澄まされていく。

音を立てず元の場所に戻った。銃撃は止んだままだ。向こうもこちらの様子をうかがっている。

壁の向こうをそっと覗いた。馬兵がカングーの右側の植え込みに身を潜めている。三メートルほど先に別荘の玄関がある。おれが敵の背後に回って襲いかかるのを待って建物の中に飛び込むつもりなのだ。

敵の位置はわからない。だが、おおよその方角は見当がつく。玄関の向こう、ガレージの辺りだ。

馬兵はおれが元いた場所に戻ったことに気づいていなかった。

ワルサーを両手で握り、呼吸を整えた。

馬兵は偏執狂だ。必ず、おれの素性を探り当てるだろう。おれが悪霊だと知れば、仕事を完遂すべくおれを殺そうとするだろう。

殺られる前に殺れ。

それがこの世界の掟《おきて》だ。

差しで向かい合ってはおれは馬兵にはかなわない。だから、呉孝勇にこの場所を教えたのだ。混乱の中でなら、おれにも勝機はある。

突如、銃撃がはじまった。動きを見せない我々に業《ごう》を煮やした敵が引き金を引いたのだ。

敵は撃ちながら動いている。散開し、馬兵に向かって前進している。撃っているのはふたり。残りのひとりは弾丸を温存している。仲間が弾丸を撃ち尽くした時に引き金を引く腹づもりだ。

これではいくら馬兵でも身動きは取れない。連中が充分な距離まで近づいてくるのを待って一気に反撃するしかない。それまで、弾丸が自分に当たらないことを祈りながら。

おれはワルサーを両手で握ったまま壁に背中を押しつけた。ふたりの弾丸が切れ、もうひとりが引き金を引くまでに一瞬の間が空くはずだ。その一瞬に賭《か》ける。

銃声が途切れた。おれは身を投げ出した。馬兵に向かって引き金を引こうとした。指先が凍りついた。馬兵の姿がない。

地面の上を転がった。すぐに待機していたやつの銃撃がはじまる。

銃声が聞こえた。一発だった。サブマシンガンのそれではなく、拳銃から放たれた音だ。

人が地面に倒れる鈍い音が続いた。サブマシンガンの銃撃はない。焦ったふたりが弾倉の交換に手間取っているのがわかる。

馬兵は敵の意図を読み、銃撃の最中、待機しているひとりに接近したのだ。

立て続けに銃声が二発響いた。

残りのふたりも馬兵に始末された。おれはカングーの中に潜りこんだ。

おれは馬兵の指示に従わなかった。今頃、馬兵はその理由に思いを巡らせているだろう。

被弾して怪我をしたか。

あるいはなにかの目論見《もくろみ》があるのか。

馬兵が決断を下すのに時間はいらない。常に最悪の場合を想定せよ。そういう世界で馬兵は生きている。

カングーはエンジンがかかったままだった。馬兵の手下はステアリングに覆い被さったまま死んでいた。

おれは手下の死体を蹴《け》り落とした。パーキングブレーキを解除し、ギアを入れる。

銃声が響いた。銃弾が唸りを上げておれの顔を掠《かす》めていった。左手でステアリングを握り、右手のワルサーを銃弾の飛んできた方角に向けて撃った。アクセルを踏んだ。

「暗手」

馬兵の声が聞こえた。ワルサーを撃った。ステアリングを切った。ワルサーを助手席に放り投げ、右手でシフトノブを握った。銃声が二発。カングーのAピラーに弾丸が二発めり込んだ。

ギアを二速に入れた。アクセルを床まで踏み込んだ。カングーがゆるゆると加速していく。速く走るための車ではない。

また銃声が轟いた。おれは首をすくめ、呪詛を飲みこんだ。馬兵が走りながらカングーを追っている。研ぎ澄まされた感覚がそう教えてくれる。

逃げろ。今ここで捕まれば、お終いだ。

銃声が続く。敷地の広さが恨めしい。三速にシフトアップした。馬兵とて本物の化け物ではない。車のスピードにはかなわない。

銃声。弾丸がボディに当たり、跳ね返る。

「暗手」

銃声が途切れ、馬兵のおれを呼ぶ声が響く。おれはアクセルを踏み続けた。

銃声も馬兵の声もしなくなった。カングーが敷地を出た。ステアリングを回す。タイヤがアスファルトに擦《こす》れて悲鳴を上げた。

ギアを四速へ、五速へ。ロシア人の別荘にはフェラーリやランボルギーニが眠っている。あれで追ってこられたらカングーには為《な》す術《すべ》がない。

高速に乗った。フェラーリもランボルギーニも追ってはこなかった。それでも、ミラノ市街に入るまで、おれはステアリングにしがみつき、アクセルを踏み続けていた。

32

途中でカングーを捨て、タクシーを数台乗り換えて綾のホテルへ向かった。綾から番号を教わっていた部屋のドアをノックしても返事がなかった。

胸の奥がざわついた。

馬兵《マービン》がこんなに早く綾の居場所を突き止められるはずがない。おれより先にここに来られるわけがない。

何度も自分にそう言い聞かせ、フロントまでおりた。

「大森綾という女性がこのホテルに宿泊しているはずなんだが……」

フロントのスタッフが怪訝《けげん》そうな表情を浮かべた。

「ここで会う約束をしていたんだが、かなり遅れてしまってね」

「大森様はチェックアウトなさいました。急用ができたとかで」

馬兵がおれより先にここに来られるはずがない——馬兵には手下がいる。

喉《のど》が渇いた。おれは何度も唇を舐めた。

「チェックアウトしたのはいつ？」

「午後九時となっております」

「彼女が自分でチェックアウトしたのか？」

「さあ、そこまではわかりかねます。その時間帯に働いていたスタッフはすでに勤務時間を終えておりますし」

「わかった。ありがとう」

おれはフロントを離れた。これ以上質問を重ねても、疑念を抱かれるだけだ。綾が自分の意思でチェックアウトしたのかどうか、確かめる術はない。

スマホの電源を入れ、綾に電話をかけた。綾は電話に出なかった。大森にかけた。大森も出なかった。

背筋を冷たいものが駆けおりていく。

なにか異変が起こったのだ。

馬兵か。あるいは上海の連中が、別のだれかに八百長の仕切りを任せたか。

ホテルのエントランスでタクシーを拾った。ミラノ郊外にある小さな一軒家にタクシーを向かわせた。万が一の隠れ家として確保してある家だ。到着するまでの間、何度も綾と大森に電話をかけた。着信音は鳴るが、電話は繋がらない。

隠れ家の一キロほど手前でタクシーを降り、尾行の有無を確認しながら歩いた。隠れ家にはガレージがあり、中にフィアットが置いてある。家の中はがらんどうだ。フィアットに乗り込み、エンジンをかけた。もう一度綾に電話をかける。繋がらない。大森も同じだ。

諦めて電源を落とそうとした瞬間、着信があった。知らない電話番号だった。一瞬、躊躇してから電話に出た。

「なんの真似だ、暗手」

電話をかけてきたのは馬兵だった。

「あんたに理由を教えるつもりはない」

「台湾の連中にあの別荘のことを教えたのもおまえだな」

「知らない」

「必ず見つけ出すぞ。そして、殺す」

「おれは暗手だ。簡単には見つからないぞ」

「おまえはおれのいいパートナーになれたのにな」

「あんたが勝手にそう思ってるだけだ。おれはひとりが性に合ってる」

「逃げろ、暗手。最大限の力を発揮して逃げろ。簡単に見つかったんじゃ面白くない」

「そうさせてもらう」

おれは電話を切った。スマホの電源を落とした。

フィアットを発進させる。ロッコに向けてステアリングを切った。

＊＊＊

高速を飛ばして、一時間もかからずに大森のアパートメントに到着した。大森のアウディが見当たらない。部屋も真っ暗だった。

ドアをノックする。予期した通り返事はない。

鍵《かぎ》をこじ開け、中に入った。

持参した懐中電灯を点《つ》けた。室内に人の気配はなかった。ダイニングテーブルに食べかけの夕飯が残っていた。大森は慌てて出かけたのだ。

どこへ？

なぜ？

ふたつの疑問が頭の中で渦を巻いた。姉弟《きょうだい》そろって同じ頃に姿を消した。

上海の連中が動いている。そうとしか思えなかった。セリエAの最終節が迫っている。

連中はなにがなんでも大森に八百長をさせるつもりなのだ。

罠《わな》をかけ、ふたりが自発的に姿を消すよう仕向けたに違いない。

行き先の手がかりになるものはないかと部屋の中を物色していると、車が近づいてくる音が聞こえた。懐中電灯を消し、ブラインドの隙間から外の様子をうかがった。

黒いヴァンがアパートメントの敷地に入ってきて停止した。ドアが開き、三人の男が降りてきた。

戦闘訓練を受けた者の足取りでこちらに近づいてくる。

馬兵の手下たちだ。大森からおれの居場所を聞き出そうという腹づもりなのかもしれない。

銃を抜き、玄関に向かった。目を暗闇にならす。あの感覚を呼び戻す。

三人は階段を使うはずだ。鍵がこじ開けられていることにすぐ気づくはずだ。その前に仕留めなければならない。

大森の部屋を出た。床に伏せて腹這いになった。ワルサーを握り直した。

階段を駆け上がる足音が聞こえてくる。

目を開けた。

時間の流れがゆるやかになっている。あの感覚が戻りつつある。

廊下に三人が躍り出てきた。

撃った。ふたりは額を撃ち抜き、もうひとりは膝頭を撃った。

狙いが外れることはない。

すぐに立ち上がり、膝を抱えて呻《うめ》いている男の顎に蹴りを食らわせた。失神した男を担ぎ、階段を駆け下りた。助手席に男を乗せ、フィアットを発進させた。

ロッコのクラブハウスを目指す。この時間は無人のはずだ。

ビッグクラブのクラブハウスとは違い、ロッコのそれは開放的だった。関係者とファンを隔てるゲートもなければ守衛もいない。

フィアットを適当な所に停め、気絶したままの男を担いで練習グラウンドに向かった。

男を芝生の上に横たえ、血まみれの膝を踏みつけた。

男が目覚めた。おれは男の額にワルサーの銃口を押しつけた。

「馬兵の部下か？」

男は熱に浮かされたような目をおれに向けた。

「痛い。足が、足が……」

「馬兵になにを命じられた。答えれば手当てをしてやる。無駄に足掻《あが》こうとしたら、一生足を引きずって歩くことになるぞ」

「日本人のゴールキーパーとその姉を連れてこいと言われた」

やはり馬兵は綾と大森が姿を消したことを知らないのだ。

「どこへ連れていくつもりだった？」

「王天《ワンテイエン》の隠れ家だ」

「サン・シーロの？」

男がうなずいた。王天はサッカーのサン・シーロ・スタジアムの近くにコンドミニアムを持っている。隠れ家というより妾宅《しょうたく》だ。モデル崩れのイタリア女を住まわせている。

他に訊くことはない。

「て、手当てを……ヴァンの中に救急キットが入っている」

男が言った。おれは引き金を引いた。男は死んだ。

フィアットに飛び乗った。あちこちでパトカーや救急車のサイレンが鳴っている。サイレンから遠ざかるように、フィアットを発進させた。

＊＊＊

ミラノに戻り、プリペイドの携帯を手に入れた。真夜中であっても、正しい場所に行けば欲しいものが手に入る。それが大都会だ。

周凱《ヂョウカイ》に電話をかけた。情報屋だ。

「暗手か？　王天の件はどうなってる？　台湾の連中と馬兵が戦争をしてるって話だが」

電話が繋がると、周凱がまくし立てて来た。

「曹　暁旭《ツアオシャオシュー》の動きを知りたい。金はいつものように振り込む」

曹は王天と同じように、上海や北京の金持ちからの依頼を受けて八百長を仕組むことを仕事にしている男だった。

「あいつは今、ロンドンにいるはずだ」

「こっちに来て、王天がやっていた仕事を受けているかもしれない」

「確かめてみる。十分ほどしたらかけ直してくれ」

「わかった」

電話を切り、綾に電話をかける。繋がらない。大森にかける。やはり、繋がらない。

ワルサーの弾倉に弾丸を補充した。きっかり十分経つのを待って周凱に電話をかけた。

「やはり、曹はロンドンにいる。だが、ダニエル・フーが昨日からミラノにいる」

ダニエル・フーは曹の右腕だ。曹が王天の後任だという可能性が増していく。

「フーはどこにいる？」

「ここから先は料金が跳ね上がるぞ」

「教えろ」

「チッタ・ストゥディのヴィラだ。上海の大物の別荘だな。五百万ユーロは下らない物件だ」

チッタ・ストゥディはミラノの北東部に位置する住宅街だ。元々はミドルクラスの住む地域だったが、近年、再開発が進んで高級化している。

「フーの取り巻きの数は？」

「ボディガードがふたりいるそうだ」

「わかった。金は明日中に振り込む」

「三万ユーロだ」

足もとを見られている。だが、悠長に値段交渉をしている時間はなかった。

「いいだろう。三万ユーロで、おまえに貸しひとつだ」

周凱が笑いながらヴィラの住所を告げた。

おれは電話を切った。綾と大森に電話をかけた。相変わらず呼び出し音が鳴るだけだった。

フィアットをチッタ・ストゥディに向けて走らせた。パトカーの姿が目立つ。万博跡地での銃撃戦の影響だ。ミラノの警察官たちは、今夜は眠れない。

幹線道路は避け、路地を縫《ぬ》うように走った。かつて、台北がそうだったように、ミラノはおれの庭だ。知らない道はない。

ダニエル・フーがねぐらにしているヴィラはすぐに見つかった。周辺の家屋の中でもひときわ広い敷地を誇っている。

モダンな上物《うわもの》も真新しく、周凱の言った通り、五百万ユーロは下らないだろう。上海の連中にとってはそれでもはした金だ。

ヴィラから漏れてくる明かりは少なかった。不可解だった。もし、ダニエル・フーが綾たちを拉致《らち》させたのなら、こんなに静まりかえっているはずがない。

それでも、実際にこの目で確かめずにはいられない。

大金持ちのヴィラだ。最新のハイテクを駆使したセキュリティシステムが張り巡らされているだろう。正面突破しか道はない。

ダニエル・フーの電話番号は頭に刻みこまれている。電話をかけた。すぐに繋がった。

「こんな時間にだれだ？」

「暗手だ」

「あんたか……おれになんの用だ？」

「おまえがミラノに来てると小耳に挟んでね。馬兵と台湾人の戦争に巻き込まれて困っている。今夜だけでいいから寝床を貸してもらえないか」

「おれがミラノにいるとだれから聞いた？」

「馬鹿な質問はするな、ダニエル」

おれはぴしゃりと言った。

「確かに馬鹿な質問だな。悪いが、暗手、あんたに手を貸すことはできない。おれがいるのは――」

「上海の大物の別荘だろう？」

ダニエル・フーが息を呑むのが伝わってきた。

「今、その別荘のそばにいるんだ」

「困るよ、暗手。家の中に勝手に人を招いたのがばれたら、おれの首が危なくなる」

「おまえや曹に迷惑はかけない。約束する。態勢を立てなおす時間が欲しいだけなんだ。

曹は、例の日本人のゴールキーパーの件を引き受けたんだろう？」

おれはかまをかけた。

「ああ」

「おれの仕事だった。おれの頼みを聞いてくれたら、おれの手の内を全部さらそう。仕事がしやすくなるはずだ」

「わかった。今夜だけだぞ。明日の朝には出ていってくれ」

ダニエル・フーが綾たちを拉致したわけではない。

「ありがとう」

グラブボックスからナイフを取りだし、上着のポケットに入れた。フィアットを降りると、ヴィラの正門に向かった。すでにダニエル・フーのボディガードがおれを待っていた。

「こちらへどうぞ」

電動式の鉄扉が開いた。おれは敷地に足を踏み入れた。

「すまないが、ボディチェックをさせてもらう」

男が言った。おれはうなずき、両手を頭上に掲げた。

もうひとりのボディガードの姿はない。

男がおれの身体に触れた。おれは男の右足の甲を思いきり踏みつけた。男が悲鳴を上げる前に鼻面に額を叩《たた》き込んだ。

男が顔を押さえてうずくまった。その顎に、今度は膝をぶつけた。男が真後ろに倒れた。

二流のボディガードだ。他愛《たわい》ない。ナイフを抜き、男ののど頸《くび》を切った。

血を避けながらヴィラの中に入った。

男がひとり、スマホを覗きこんでいる。外での異変には気づいていない。おれに気づくとスマホから顔を上げた。

「マイクはどうした？」

男が英語で言った。

「小便してくるってさ」

おれも英語で答えた。

「小便？」

男が首を傾《かし》げた。その隙を突いて間を詰めた。ナイフを握った右腕を鞭《むち》のようにしならせた。ナイフの刃を男の身体《からだ》に突き立てる——素速く、何度も。馬兵のように。

ナイフについた血を死んだ男の服で拭い、しまった。代わりに銃を抜いた。

深呼吸を繰り返す。神経が研ぎ澄まされていく。二階から人の声が聞こえた。ダニエル・フーだ。電話でだれかと話している。

足音と気配を殺して移動した。ダニエル・フーの声は二階のど真ん中にあるベッドルームから聞こえてきた。ドアがわずかに開いている。

部屋の中に飛び込んだ。キングサイズのベッドの上に、全裸の白人が横たわっていた。少年と言っていい年頃だった。ダニエル・フーはベッドサイドに腰をおろし、右手でスマホを顔に押し当て、左手で少年の太股《ふともも》を撫《な》でていた。

「静かに」

おれは銃をダニエル・フーに向け、左の人差し指を唇に当てた。少年が目を剝《む》き、シーツで身体を覆った。

「イタリア人か？」

おれはイタリア語で少年に訊いた。少年は凍りついたままだ。

「イギリス人か？」

英語で訊いた。少年がうなずいた。

「静かにしていろ。抵抗しなければ傷つけることはない」

少年がもう一度うなずいた。青い瞳《ひとみ》は銃口に釘付《くぎづ》けになっている。

「な、なんの真似だ、暗手」

ダニエル・フーがやっと口を開いた。電話はとうに切っている。

「スマホを足もとに置いて、立て」

「気は確かなのか、暗手」

ダニエル・フーは両手を上げて立った。武器は携帯していない。スーツの上着がベッドの端に置かれていた。

「上着をこっちへ」

ダニエル・フーが放ってよこした上着のポケットを足で踏んで確認した。武器はない。

「ボディガードたちは死んだのか?」

「あんなのはボディガードとは呼べない。ましな連中を雇うんだな。チャンスがあったらだが」

「こんなことをして、ただじゃすまないぞ」

「わかってる」

「じゃあ、どうして——」

「ロッコのゴールキーパーの件だが、曹が上海の連中から請け負った。そうだな?」

ダニエル・フーがうなずいた。

「王天が死に、あんたもトラブルに巻き込まれているから、代わりになんとかしろという連絡が老板《ラオバン》にあったんだ」

老板というのはボスという意味だ。最近は滅多に使われることもない。

「そのゴールキーパーと姉の行方《ゆくえ》がわからなくなっている。どこにいる?」

念のために訊いてみた。

「おれはミラノに到着したばかりだぞ。老板の指示を受けて、明日から動こうと——」

「嘘《うそ》をつくと、おまえの可愛いあの坊主が痛い目に遭うことになる」

おれは銃口を少年に向けた。

「や、やめろ」

「ふたりはどこにいる？」

「知らない。本当だ。明日、コンタクトを取るつもりだった」

ダニエル・フーの顔は汗で濡れていた。少年は唇を噛んでいる。

「だれと電話で話していたんだ？」

「老板の手下だ」

「もう一度訊くぞ。ロッコのゴールキーパーがどこにいるか、心当たりはないか？」

「なにも知らない。本当なんだ」

おれは引き金を引いた。弾丸が額に穴を穿ち、ダニエル・フーの後頭部を吹き飛ばした。

少年がベッドの上で震えはじめた。刺激臭が鼻をつく。失禁したのだろう。

「名前は？」

おれは少年に声をかけた。

「ジョー。ジョー・クロス」

「どうしてダニエルと一緒にいる？」

「金をもらえるから」

「死にたくないか？」

ジョーがうなずいた。

「生きるためにはどうしたらいいかわかるな？」

「逃げて、息を潜めて、口を噤《つぐ》んでいる」

「正解だ」

おれはダニエル・フーの上着を拾い上げた。ジョーは財布を受け取ると、そそくさと着替えた。尿に濡れた下半身を気にしている暇はない。

「持っていけ」

おれは財布をジョーに放った。内ポケットに財布が入っている。

「息を潜めて口を噤んでいるんだ。さもなきゃ、どこかの暗がりでおれと再会することになる」

ジョーはうなずき、逃げるように部屋を出て行った。

かつてのおれなら、ジョーも殺していた。あの感覚はよみがえったが、完全に悪霊と化したわけではない。

おれはベッドルームを出て階下におりた。ナイフで殺された死体がふたつと、頭を撃ち抜かれた死体がひとつ。

だれもが馬兵の仕業だと考えるだろう。曹は自分の面子《メンツ》を守るために馬兵を付け狙うだろう。

周凱が口を滑らせればおれの目論見は外れるし、遅かれ早かれ周凱は喋りだす。

それでも、時間は稼げるはずだった。

33

綾はどこにいる？　だれが綾を連れ去った？

疑問符が頭の中で渦を巻いている。焦燥が思考を引き裂いていく。

おれのやったことはいずれ知られるだろう。大勢から命を狙われることになるだろう。

また顔を変え、名を変え、別人となって逃げなければならなくなるだろう。

それがなんだというのだ。綾を救うことができれば、すべてを失ってもかまわない。

死ぬことは怖くない。

いや。おれは死ぬべきなのだ。

目的地も定まらぬままフィアットを走らせながらミカに電話をかけた。

彼女ならなにかを知っているかもしれない。

電話は繋がらなかった。

ミカのねぐらに向かった。部屋に明かりは灯《とも》らず、ドアをノックしても返事はない。

解錠し、勝手に中に入った。部屋の中はもぬけの殻だった。備え付けの家具以外はすべてが消えている。ミカはこの部屋を引き払ったのだ。

アドリアーナ・バレッリに電話をかけた。

「こんな時間にどうしたの、ヴィト？」

電話はすぐに繋がった。

「ミカが姿を消した。どこへ行ったか、心当たりはないかと思ってね」

「あの子と仲がよかった子に訊いてみるわ。三十分後にわたしの店へ来て」

アドリアーナは表向き、スコットランドのシングルモルトの品揃《しなぞろ》えを誇るバルを経営している。

「わかった。三十分後に」

おれは電話を切り、ミカの部屋を後にした。路地から路地へ、フィアットをゆっくり走らせてアドリアーナのバルへ向かった。きっかり三十分後、バルの前にフィアットを停《と》めた。

バルは営業していたが、客はいなかった。カウンターの内側でバーテンダーがグラスを磨いている。深紅のドレスをまとったアドリアーナがカウンターの右端でスマホをいじっていた。

「なにかわかったか？」

おれはアドリアーナの隣のストゥールに腰をおろした。

「ミカと仲のよかった子をここに呼んだわ。もうすぐ来るはずよ」

アドリアーナは言葉を切り、おれの顔をまじまじと見つめた。

「変わったわね、ヴィト。今までのあなたは神秘的だった。今のあなたは暗がりに潜む獣みたい」

アドリアーナの目が潤んでいく。おれが放つ血の匂いに発情したようだった。

「もう会えなくなるのね」

アドリアーナが言った。

「ああ。おそらく、これが最後だ」

アドリアーナが指を鳴らした。バーテンダーが飼い犬よろしく飛んできた。

「あれを出して」

バーテンダーがうなずき、酒が並んだ棚から古ぼけたボトルを手に取った。

「あなたが飲まないことはわかっている。でも、一杯だけ付き合って。一九六五年にボトリングされたグレンリベットなの。大量生産がはじまる前に古き佳《よ》き製法で作られたお酒よ。飲みきってしまえばお終い。もう、手に入らない」

ウィスキーを注いだショットグラスがおれとアドリアーナの前に置かれた。

「乾杯」

アドリアーナがグラスを掲げた。

「乾杯」

おれもそれに応じ、ウィスキーを口に含んだ。味覚が失われていなければ、この上なく旨いのだろう。

「ウィスキーは命の水という意味なんだそうよ。こういうのを飲めば、昔のスコットランド人がウィスキーを命の水と呼んだ理由がわかる。今出回ってるウィスキーは全部まがい物よ」

おれは残っていたウィスキーを飲み干した。

「美味《おい》しかったよ。ご馳走《ちそう》様」

アドリアーナの左手が伸びてきて、指先がおれの右手に触れた。

「もしよかったら、今夜――」

「だめだ」

おれは言った。

「最後まで言わせてくれてもいいのに」

「申し訳ないが、今夜は忙しい」

「今夜じゃなければ機会はないわ。きっとあなたはミラノを離れるか、この世にさよならをする」

アドリアーナはよくわかっている。欲望の世界に身を置いて、ありとあらゆるものをその目で見てきたのだ。

「男の人に欲望を感じたのは久しぶりなのに」

おれは肩をすくめた。アドリアーナがさらになにかを言いかけた時、若い女がバルに入ってきた。大森に引き合わせた時に、ミカが連れてきたベルギー人の女だった。

「シルケよ。シルケ、こちらの男性はヴィト。一度会ったことがあるのよね。電話でも言ったように、ミカのことで話を聞きたいそうなの。訊かれたことに正直に答えるのよ」

アドリアーナの言葉にうなずき、シルケはおれの隣に座った。

「ミカは住んでいた部屋を引き払った」

シルケがうなずいた。

「どこにいるか知っているか？」

シルケは首を横に振った。

「最後にミカと話したのは？」

「一昨日《おととい》、電話で」

「なにを話した？」

シルケがアドリアーナを見た。アドリアーナはうなずいた。

「あなたの話を。サッカーの八百長に関わってるって」

「それで？」

「ミカはあなたにお金で雇われたって……あの時の日本人を騙《だま》す仕事」

「それで？」

「ミカ、レオのこと、本気で好きになったみたい。レオが可哀想だってずっと言ってた」

「それで？」

「レオを助けてあげたいって」

おれは唇を舐めた。身体の内側に突然、氷の塊が生じたような感覚に襲われていた。

全身が冷えていく。

「だけど、レオを助けたら、自分が殺されるって。あなたは本当に怖いから、絶対に自分をゆるさないと言ってたわ」

身体がどんどん冷えていく。感覚が失われていく。

「わたしはやめた方がいいって言ったの。どんなに好きでも、自分の命より大切な人間はいないって。それでも、ミカは迷ってるみたいだったけど……ミカを殺すの？」

おれはシルケの問いかけには答えなかった——答えられなかった。立ち上がり、よろめき、ふらつきながら歩いた。

「ヴィト——」

アドリアーナの声が聞こえたが、耳を素通りした。

バルを出た。フィアットに乗り込み、ステアリングに覆い被さった。

ミカが話したのだ。すべてのからくりを。

綾は知ったのだ。おれという男の正体を。

おれから逃げるために、自らホテルをチェックアウトして姿をくらましたのだ。

綾は傷ついただろう。おれを恨んだだろう。おれを憎んでいるだろう。

おれを呪っているだろう。

麗芬《リーフェン》がそうだった。おれを愛し、おれの正体を知り、傷つき、怒り、おそれおののいておれを呪った。

おれには人を愛する資格がない。人を求める資格がない。それがわかっていてなお、自分を押しとどめることができない。

バルのドアが開いた。アドリアーナがおれを見た。おれはフィアットのエンジンをかけた。強張《こわば》った横顔をアドリアーナにさらしたまま、アクセルを強く踏み込んだ。

＊＊＊

夜が明けつつあった。地平線が赤く染まり、星々から輝きが失われていく。朝焼けを背にしたサン・シーロ・スタジアムの偉容がシルエットとなっておれに迫ってくる。

おれにできるのは綾を守ることだけだった。八百長組織が張り巡らせた蜘蛛《くも》の巣から、綾と大森を救うことだ。

馬兵《マービン》とその手下たちを殺す。曹暁旭《ツアオシャオシュー》を殺す。大森を餌食にしようとした連中を皆殺しにする。そうしなければ綾を守れない。救えない。

あの頃のおれに——悪霊に戻らなければならなかった。

王天《ワンティエン》が愛人を住まわせていたコンドミニアムの窓から明かりが漏れてくる。夜明けが近い時間帯にもかかわらず、慌ただしい空気が伝わってくる。あの部屋の中でなにかが起こっている。

知りたいという欲望が鎌首をもたげていた。あの部屋の中を覗きたい。なにが起こっているのかを確かめたい。馬兵がいるかどうかを確認したい。

欲望にたやすく負ける者は早死にする。それがこの世界の掟だ。

おれにできるのは待つことだけだった。だから、おれは待った。

日が昇った。柔らかい陽射《ひざ》しが降り注ぐ。長く伸びた建物の影が見慣れた光景を変貌《へんぼう》させていた。

一台のヴァンがやって来た。馬兵たちがよく使う車種だった。ヴァンはコンドミニアムの敷地に滑り込んでいった。

おれは待った。無と化して待った。

二十分後、同じヴァンがコンドミニアムから出てきた。おれはおれに戻った。フィアットのエンジンをかけ、ヴァンを追った。

ヴァンは南東へ向かっていた。パトカーが行き来している幹線道路を避け、路地から路地へと移動していく。地下鉄M2線ローモロ駅近くのアパートメントの前で停車した。ナヴィリオの運河も近い下町だ。

町は目覚めつつあった。散歩に出る老人たち。朝食の支度《したく》をするマンマたちの奏でる音があちこちから聞こえてくる。

タクシーがやって来て、ヴァンの向かいに停まった。降りてきた客はシルケだった。あの後も客を取らされたのか、くたびれきった顔をしてアパートメントに向かっていく。

ヴァンから男がふたり、飛び出てきた。

おれもフィアットを降りた。銃を抜き、ヴァンに向かって駆けた。男ふたりはシルケ

を左右から挟み込んで動きを封じようとしていた。運転席の男がその様子を見守ってい
る。おれの動きには気づいていない。
男たちに抗《あらが》おうとしていたシルケの動きが止まった。男のひとりが脇腹にナイフを押
し当てている。
おれはヴァンの背後に回り込み、男たちを観察した。ふたりとも銃は持っていない。
おれはナイフを抜いた。
右手に銃。左手にナイフ。
男たちはおとなしくなったシルケをヴァンに誘導した。三人がヴァンに乗り込む直前、
おれは身を躍らせた。ナイフを握った男のうなじに銃身を叩きつける。同時にもうひと
りの背中にナイフを突き立てた。シルケに肩をぶつける。シルケがヴァンのシートに倒
れ込んだ。
「車を出せ」
おれはヴァンに乗り込み、運転手に銃を突きつけた。
「車を出すんだ」
運転手がうなずき、ヴァンが動き出す。男ふたりは路上に倒れたままだ。おれはドア
を閉めた。
「銃を持っているな。出せ」おれは運転手の後頭部に銃口を押しつけた。「ゆっくりと
だ」

運転手が腰に差していた銃の銃把《じゅうは》を摘《つま》んで持ち上げた。おれはそれを奪い取った。

「あ、あなたは……」

シルケがようやくおれに気づいた。シルケの顔は血の気を失っていた。

「おとなしくしていれば無事に帰れる。ミカの居場所を知ってるんだな」

シルケがうなずいた。

迂闊《うかつ》だった。綾に真相を知られたというショックで頭が働かなくなっていたのだ。だから、シルケがミカの居所を知っているという当たり前すぎる事実を見過ごしてしまった。

「ミカはどこにいる?」

「わたしの部屋」

おれは唇を嚙んだ。自分を呪った。どれだけ呪っても呪いたりない。

「車を停めろ」

運転手に言った。ヴァンが路肩に停まった。

「頼む、殺さないでくれ」

運転手が懇願した。

「目を閉じていろ」

おれはシルケに言った。

「なんと言ったんだ?」

運転手はイタリア語を解さなかった。シルケが目を閉じた。おれはナイフで運転手の延髄を切り裂いた。

運転手が死んだ。身を乗り出して身体を探る。上着やズボンのポケットから財布とスマホとナイフが出てきた。死んだ運転手の指紋でロックを解除し、スマホのメールを開いた。馬兵とのやりとり——シルケを拉致し、ミカという女の居所を聞き出せ。

馬兵も綾たちの行方を追っている。

八百長を続けさせるためではない。おれを誘い出すためだ。

馬兵のルールを破った者は殺される。おれは馬兵のルールを八つ裂きにした。

メールを読んでいく。馬兵はミラノを出た。呉孝勇《ウーシャオヨン》を殺すべく、ヨーロッパを北上している。呉孝勇は死ぬだろう。馬兵と敵対して生き残った者はいない。

遅かれ早かれ、馬兵はミラノへ戻ってくる。おれを殺すために。綾を手に入れ、おれをおびき出そうとする。

結局、馬兵と雌雄を決するしか道はないのだ。

運転手のスマホと財布を上着のポケットに押し込み、銃を腰に差した。自分の銃は腰の反対側に押し込む。

「行くぞ」

シルケに声をかけた。来た道を戻ると路上に倒れたままの男たちの周りに野次馬が集まりはじめている。おっつけ警官がやって来るだろう。時間がない。

シルケの手を取り、ヴァンを降りた。シルケは震えていた。シルケの腰に腕を回した。朝帰りの恋人を装って野次馬のそばを素通りする。アパートメントに入り、階段をのぼった。

「部屋は何階だ？」

「三階よ」

「君の部屋にいるのはミカだけか？」

シルケが首を振った。足が動かなくなった。

「だれがいる？」

おれの声は掠《かす》れていた。

「レオのお姉さん」

口の中がからからに渇いた。目の奥に痛みを感じた。手足の感覚が薄れていく。

「レオは？」

辛《かろ》うじて声を絞り出した。

「昨日の夜、お姉さんと喧嘩《けんか》して出ていった。試合があるからって」

大森にはそれしか選択肢がない。八百長組織に脅される危険があっても、試合に出続けるしかないのだ。勝手に練習や試合をキャンセルすれば契約不履行問題に発展する。莫大《ばくだい》な違約金を取られ、キャリアも終わりを迎えることになるだろう。

大森には輝かしいはずの自分の未来を切り捨てることはできないはずだ。

「行かないの?」

階段をのぼっていたシルケが振り返った。おれの足は凍りついたままだった。

「行く」

外が騒がしい。野次馬の数は増える一方のようだ。震える足を持ち上げて階段をのぼった。綾と麗芬の顔が脳裏に浮かんでは消えた。

煉獄《れんごく》へと続く階段をのぼっている。この苦しみはおれに与えられた罰だ。おれはゆるされざる者だ。罰は永遠に続く。

先を行くシルケが三階の廊下に出た。階段脇のドアの前で立ち止まり、おれを見た。おれはうなずいた。この罰から逃れることはできない。自ら進んで受けるべきなのだ。

シルケが解錠し、ドアを開けた。

「シルケ? お帰り。外でなにかあったらしいんだけど、知ってる?」

ミカのイタリア語が耳に飛び込んできた。味噌《みそ》汁の匂いが漂ってきた。綾が朝食の支度をしている姿が脳裏に鮮やかに浮かんだ。

シルケを手で制し、おれは先に部屋に入った。こちらに向かってくるミカと目が合った。

ミカは立ち止まり、両手を口に当てた。目が恐怖に塗り潰されていく。

「シルケは本当に和食の朝ご飯なんて食べてくれるかしら」

部屋の死角から綾の声が流れてきた。声が掠れている。張りがない。

胸が痛む。

おれは足を踏み出した。ミカは凍りついたままだ。恐怖に彩られた目が殺さないでくれと訴えていた。

「ミカちゃん？　シルケじゃないの？」

綾が姿を現した。髪の毛が乱れ、瞼が腫れている。おれに気づき、息を呑んだ。次の瞬間、怒りと憎しみに溢れた目でおれを睨《にら》み、つかつかと歩み寄ってきた。

平手が飛んできた。

避けるのは簡単だったが、おれは突っ立ったままでいた。

左頰に強い衝撃が来た。容赦のない平手打ちだった。

「よくも——」

綾はおれを睨んだまま言葉を吐き出そうとした。だが、言葉は喉の奥につかえたままで、綾はもう一度右手をしならせた。

最初の一発よりさらに強い平手打ちだった。

「よくも——」

綾は左手を振り上げた。右頰に衝撃が来た。

次は右手。

「よくも——」

左手。

「よくも――」

綾の打擲《ちょうちゃく》は無限に繰り返された。おれは黙ってそれを受け止めた。綾にはおれを殺す権利がある。殴られるぐらい、どうということはない。

打擲が止まった。綾の顔は汗で濡れていた。肩が激しく上下していた。それでも、綾はおれを睨むのをやめなかった。

「よくも、わたしの前に顔を出せたわね」

視線も言葉も、触れたものを焼き尽くしそうなほどだ。

「君たちは狙われている」

「だれのせいでこんなことになったと思っているのよ」

綾は炎の女だった。おれの前では猫をかぶっていたのだ。

愛《いと》おしさが募る。申し訳ないという気持ちが募る。

「おれのせいだ」

おれは言った。

「ふざけないでよ」

綾は今度は拳《こぶし》でおれの胸を殴ってきた。

「ここは危険だ。ミカとシルケの仲は知られている。シルケを拉致して君たちの居場所を聞き出そうとした男たちがこのアパートメントの前で待ち構えていた」

綾の動きが止まった。

「シルケは危うく拉致されるところだったが、おれが止めた」

ミカがシルケにイタリア語で話しかけた。シルケがうなずいた。

「じゃあ、外の騒ぎは高中さんが？」

「すぐに警察が来る。早く逃げないとまずいことになる」

野次馬の喧噪《けんそう》は時間が経つにつれて大きくなっていた。

「わたしは逃げないわ」

綾が言った。相変わらず火を噴きそうな目でおれを睨んでいる。

「わたしはなにも悪いことはしていないもの。あなたから逃げたくてここに匿《かくま》ってもらっていただけ。警察が来たら、すべてを話すわ」

「警察ならそれでかまわない。だが、君たちを狙っているのはもっと危険な連中なんだ。人の命などどなんとも思っていない」

「あなたみたいな連中ね」

綾の言葉には毒がまぶされていた。おれに騙され、裏切られたことへの怒りがその毒を生む。

「そう。おれのような連中だ」

「どうしてあなたの言葉を信用しなきゃならないの？　あなたは嘘つきよ。最初から最後まで嘘をつき続けていたじゃない」

「ほとんどは嘘だったが、君と過ごした時間は嘘じゃない」

おれは言った。綾が怯《ひる》んだ。

「君と大森君のことを守りたい。償《つぐな》いがしたい。君がおれを殺したいというなら殺されよう。だが、それは君たちを危険から救ったあとだ」

「待ちなさいよ」

綾の目が濡れた。

「最初から怜央を騙して八百長をさせるつもりで近づいたくせに、わたしのことは本気だったって言うの？　あなたのしたことにわたしが気づいたら、わたしがどれだけ傷つくか想像はついたでしょう？　それなのに――」

「すまない」

おれは言った。

「ただ騙したより酷《ひど》いわ」

「すまない。おれはどうしようもない人間なんだ。ゆるしてくれとは言わない。ただ、君たちを死なせたくはない」

「わたしはあなたと一緒ならどこへも行かない。ここにいるわ」

綾は頑《かたく》なだった。そうさせたのはおれだ。

「綾さん、気持ちはわかるけど、今は高中さんの言うことに従った方がいいと思う」

ミカが助け船を出してくれた。

「本当に殺されるかもしれないの。莫大なお金が動いてるんだから。それなのに、レオが八百長をしないとなったら……ただ殺されるだけじゃすまないかも」

サイレンの音が聞こえた。まだ遠い。だが、間違いなくこちらに向かっている。

「急ごう。警察が来る前にここを出るんだ」

綾は唇を噛んでいた。

「綾さん、行きましょう」

「バッグを取ってくる」

綾が踵《きびす》を返した。

「ごめんなさい。レオが可哀想《かわいそう》で……」

ミカがうなだれた。

「自分が娼婦《しょうふ》だということも正直に話したのか？」

ミカは首を横に振った。

「しょうがない。だれだって自分が大事だ」

おれは言った。

「わたしを殺す？」

「おれはもう八百長の組織とは縁を切った」

「本気なの？　本気でレオと綾さんを助けるつもりなの？」

「ミカちゃん……」

綾が戻ってきた。おれは綾に運転手の拳銃を渡した。

「その時が来たら、これでおれを殺せ」

綾は拳銃を握った。

「楽には死なせないから。わたしが味わった以上の苦しみをあなたに味わわせてやるわ」

「それも君の権利だ。さあ、行こう」

おれは綾とミカを促した。

「シルケ、君はアドリアーナのところへ行け。彼女なら君を守ってくれる」

シルケがうなずいた。

＊＊＊

フィアットを北に向かって走らせた。おれはミラノの郊外、鉄道のミラノ・ボヴィーザ＝ポリテクニコ駅の近くに一軒家を持っている。万が一の時のために用意してある隠れ家だ。持ち主がおれであることをだれにも悟られないよう、手間と時間をかけて手に入れた。

「どこに向かってるの？」

「ボヴィーザだ。隠れ家にちょうどいい家がある」

「ボヴィーザって、ミラノ工科大のキャンパスがあるところ？」

おれはうなずいた。

「すまないが、君たちにはしばらくそこにいてもらう。おれは大森君を守らなければならない」

「怜央はわたし以上に傷ついてるわ」

綾が言った。地の底から湧き出てくるような声だった。

「あなたのことを心の底から信頼していたのよ。あなたのことを父や兄のように思っていた――」

「知っている」

「どうして自分を信頼している人間を地獄の底に突き落とすような真似ができるのよ？」

おれは口を噤んだ。

「答えて。どうしてそんな真似ができるの？」

後部座席に座る綾とミカがルームミラーに映りこんでいる。綾は激昂《げきこう》し、ミカは怯えている。おれが自分の正体をばらすのではないかと気が気ではないのだ。

昔のおれなら問答無用でミカを殺しただろう。

「答えて」

綾が腰を浮かせた。

「それがおれの仕事だからだ」

綾の目にまた火が灯った。

「仕事？　違う。あなたのやっていることは犯罪よ。あなたは犯罪者よ」

「そうだ」

「ただの犯罪者じゃない。あなたは人殺しよ。シルケのアパートメントの前に倒れていた人たちはあなたが殺したんでしょう？」

「そうだ」

綾は両腕で自分を抱きしめるような仕種《しぐさ》をした。おぞましさに身悶《みもだ》えしている。

「どうして怜央なの？　どうして怜央に目をつけたのよ？」

「八百長をさせるにはゴールキーパーを買収するのが一番確実だ。八百長試合は、残留がかかったチームに負けさせるのが一番儲かる。大森君はゴールキーパーで、ロッコは残留争いをしていた。だからだ」

「そんな理由なの？」

「そう。運が悪かったんだ」

「わたしも運が悪かったのね」

綾の唇がわなないていた。おぞましい怪物のような男に心と身体を弄《もてあそ》ばれたと思っている。

そうではない。弄んだわけではない。おれはおまえを本気で欲していた。

喉元までこみ上げてきた言葉を呑みこんだ。

自制するべきだったのだ。うまく行くはずがないことはわかっていた。綾は表の世界に住み、おれは裏の世界に住んでいる。日の当たる場所で生きる女と、闇の底で這いつくばって息をしている男。一緒にいられるわけがない。幸せな結末を迎えられるはずがない。

わかっていた。わかっていて欲望に打ち克《か》つことができなかった。

昔も今も、おれという人間の本質は変わらない。欲望に身を任せて破滅する。それを繰り返す。

「君は銃を持っている。いつでも好きな時に引き金を引けばいい」

おれは言った。綾の右手がバッグの中に潜りこんでいるのには気づいていた。銃を握り、引き金に指をかけているはずだ。

「怜央を助けて。怜央がこのままサッカーを続けられるようにしてやって。そうしたら、殺すのだけはゆるしてあげるわ」

そうじゃない。おれはおまえに殺されたいんだ——また言葉を呑みこんだ。

綾にはおれは殺せない。どれだけおれを憎み、呪っても、最後の一線を踏み越えることはできない。

結局のところ、おれの望みを叶《かな》えてくれるのはおれと同じ世界に生きる人間だけなのだ。

馬兵の顔が脳裏をかすめていく。

死神と悪霊。

馬兵ならおれを殺せる。おれなら馬兵を殺せる。馬兵を殺し、曹を殺し、上海に乗り込んで金にあかして好き勝手をやっている連中を皆殺しにする。

そうすれば、大森を守れるだろう。

そうすれば、死ぬことができるだろう。

ルームミラーの中の綾がおれを睨んでいる。おれはアクセルを踏み込んだ。

「大森君はどこにいるんだ？　部屋には戻れないはずだが」

昨日の夜、撃ち合いを演じた。大森はいなかったし、今は警察がひしめき合っているはずだ。

「チームメイトの部屋に泊めてもらってる。ジャンルイジっていう若い子」

ロッコの売り出し中のミッドフィルダーだ。

「彼は君たちからの電話には出るのか？」

ふたりに訊いた。ふたりがうなずいた。

「電話をかけてくれ。絶対に部屋から出るな。だれかが来ても、絶対にドアを開けるなと伝えるんだ」

「わかったわ」

ミカがスマホを取りだした。

「レオ？　わたしよ。今、お姉さんと一緒に別の場所に移動中なの……高中さんも一緒」

ミカのスマホから大森の怒声が漏れてきた。

「怒らないで。緊急事態なの。絶対に部屋から出るなって。だれかが来ても絶対にドアを開けちゃだめだって」

また怒鳴り声が聞こえた。ミカが思わずスマホを耳から離すほどの剣幕だった。

綾がスマホをミカから奪い取った。

「言われた通りにするのよ、怜央」

綾が言った。有無を言わせぬ声だ。

「死んでしまったら……殺されたら、二度とサッカーができなくなるのよ」

大森の怒声は聞こえなかった。

「あいつが迎えに行くわ。顔も見たくないでしょうけど、今は頼れる人が他にいないの……だいじょうぶよ。八百長に関わっているやつらを殺したから、あいつも命を狙われるはずよ。もう、怜央に八百長をさせようとはしないから」

綾が大きく息を吸った。

「わかってる。わたしも殺してやりたい。何度殺しても殺したりないくらいだわ」

ミカがおれを見た。おれは気づかないふりをした。

綾が電話を切った。

「怜央は怒ってるし、怯えているわ。昨日、怜央の部屋で撃ち合いがあったんですって。チームメイトに説得されて警察へ行って、一晩中質問攻めにされて、さっき解放されたらしいわ」

「また、ジャンルイジの家へ？」

「ええ」

おれは唇を嚙んだ。馬兵の手下たちが見張っていたら、大森の居場所はすでにばれてしまったに違いない。

昼日中に事を起こすとは思えないが、それも絶対ではなかった。

急がなければならない。馬兵がミラノを留守にしている間に綾と大森をヨーロッパの外に逃がすのだ。

＊＊＊

綾たちを隠れ家に残し、ロッコへ向かった。ミラノから離れると、道を行き来するパトカーの数も減った。

フィアットを運転しながらパリの知り合いに電話をかけた。

「暗手か？　知らない番号だから、着信を拒否しそうになったじゃないか」

ジャック・デシャンは母親が中国系のフランス人だ。パリの暗黒街で何でも屋をやっている。

「台湾の呉孝勇がらみでなにか情報はないか？」

「馬兵に殺されたぜ」

「いつ？」

「つい一時間ほど前だ。呉孝勇と手下が五人、ほとんど抵抗できずに殺されたという話だ。さすが馬兵だな。というか、馬兵と争うなんて、馬鹿なやつらだってことだが」

馬兵がミラノを留守にしている間に綾たちを逃がそうと思っていた。時間が足りない。

「馬兵はもう……」

「イタリアにとんぼ返りしたって噂《うわさ》だ。なんでも、ダニエル・フーが殺されて、その犯人が馬兵だってガセネタが流れているらしい。馬兵はミラノにいなかったのに、どうやってダニエル・フーを殺せるって言うんだ？」

ジャックのフランス訛りのイタリア語は聞き取りにくかった。

「わかった。恩に着る」

「こいつは貸しだ。おれがイタリア絡みで知りたいことができたら教えてくれ。それでチャラにしてやる」

「了解」

電話を切った。スマホの電源も落とした。パリからミラノまでは、車を飛ばせば半日で到着する。馬兵がミラノに戻るのは夜。それまでにできることをすませておかなければならない。

アウトストラーダをおりてロッコに向かう。ジャンルイジ・ポジェッティーノの住む部屋はロッコの北東部だ。大森に八百長をさせる仕事を受けた時に、ロッコの関係者のことは調べ上げていた。

ジャンルイジの住むアパートメントは大森のそれより古く、薄汚れている。年俸の差だ。順調にキャリアアップすれば、ジャンルイジも豪邸に住めるようになるだろう。

ドアをノックした。

「だ、だれだ？」

若い男のイタリア語が返ってきた。怯えている。おれは銃を抜いた。

「レオがいるだろう？レオの知り合いだ。高中という」

ドアが開いた。ジャンルイジの左頬がどす黒く変色していた。

「あんたひとり？」

おれはうなずいた。

「レオはどうした？」

ジャンルイジは口を開いたが、おれが握っている銃に気づいて喘《あえ》いだ。

「レオはどうしたと訊いているんだ」

「さ、さっき、東洋人たちが来て連れていった。その時、ぼくも殴られたんだ。なにもしないし、警察にも通報しないから乱暴はやめてくれ」

銃を腰に戻し、ジャンルイジをなだめるようにして部屋に入った。

「男たちが来たのはいつだ？」

「一時間ぐらい前。急にやって来て、銃を突きつけて、レオを連れて出ていった。イタリア語はあまり話せないみたいで……」

おれは唇を噛んだ。一足違いだったのだ。

「何人だった？」

「三人」

スマホを取りだし、大森の番号に電話をかけた。部屋の奥から聞き慣れた着信音が流れてきた。ベッドルームのテーブルの上に大森のスマホが置いてあった。

大森が連れていかれたのはサン・シーロのコンドミニアムだろう。急いでミラノに戻らなければならない。

大森のスマホを上着のポケットに押し込み、玄関に向かった。

「今日、練習があるんだ。この顔とレオのことはなんて説明すればいい？」

ジャンルイジが追いすがってきた。

「ガールフレンドにワインのボトルで殴られたとでも言っておくんだな。レオのことはなにも話すな。おまえはレオと会っていないし話してもいない。レオをここに泊めたこともない。いいな？」

ジャンルイジも大森を拉致した連中が何者なのか気づいている。サッカーと八百長は切っても切れない関係なのだ。

「わ、わかった。レオは無事に戻れる？」

「あいつのために祈ってやってくれ」

おれはジャンルイジの部屋を後にした。今日の恐怖をジャンルイジは忘れないだろう。八百長の誘いも断固として断るに違いない。

フィアットに乗り込み、発進させた。

自宅で銃撃戦が行われ、練習にも姿を見せない。おそらく、このままの状態が続けば試合当日も不在のままだ。

ロッコの関係者――いや、サッカー関係者のほとんどが八百長絡みのトラブルだと見なすだろう。

大森のサッカー選手としてのキャリアはこれで終わりだ。

悪い時に悪いチームに所属していた。ただ、それだけで人生を狂わされる。

大森を八百長に誘い込む仕掛け人がおれだった。そのせいで、普通ではあり得ない惨《さん》禍《か》に巻き込まれる。

災厄《さいやく》をもたらすからこそ悪霊なのだ。

綾に焦がれるべきではなかった。抱くべきではなかった。八百長組織の末端とサッカー選手。それだけの関係でいれば、こんな事態に陥ることもなかった。

上着の内ポケットでスマホが振動した。おれのスマホでも、大森のスマホでもない。

あの運転手のスマホだった。

着信を拒否してスマホを助手席に放った。

また着信音が鳴りはじめた。

虫の知らせがあった。電話の相手は馬兵だ。

電話に出た。

「暗手か？」

おれは答えなかった。

「そのスマホの持ち主が娼婦の住む部屋のすぐ近くで殺された。やったのはおまえだろうとすぐにわかった」

スマホを左手から右手に持ち替えた。

「それから、ダニエル・フーとかいうやつも殺されたそうだ。やったのはおれだという噂が流れている。馬鹿馬鹿しい。やったのはおまえだ。そんなにあの女を守りたいのか」

喉が渇く。唇を舐めた。

「がっかりだ。おまえを狩るのには時間と手間がかかると思っていたんだ。充分に楽しませてもらえるとな」

電話を切ろうと、スマホを耳から離した。

「電話を切るのは得策じゃないぞ」

思わず車内を見回した。どこかに監視カメラがついているかと思ったのだ。そんなものはどこにもなかった。

「あのゴールキーパーはおれの手下たちと一緒にいる。とても怯えているそうだ。こっちの言うことをなんでも聞くぐらいに怯えきっている。だから手下に命じたんだ。姉に電話させて、どこにいるのかを聞き出せとな」

「馬兵」

意思とは裏腹に声が出た。馬兵が笑った。

「やっと口を開いたな。ボヴィーザというところに隠れ家を持っているそうじゃないか。隠れ家っていうのは自分のためだけに使うものだ。そうだろう、暗手。勝手にルールを曲げると自分の首を絞めることになる」

口の中が干上がっていた。今にも発火しそうなほどに熱い。

「なにが欲しい？」

喘ぎながら言った。

「おまえだ」

馬兵が言った。

「おまえと、一対一でやり合いたい」

「おれはおまえの敵じゃない」

「やってみなきゃわからないだろう。おれの手下やダニエル・フーを殺した手口は鮮やかだったそうじゃないか。おれがやったと噂が立つぐらいにな」

「おまえの要求に応じれば、大森姉弟を解放してくれるのか？」

「おれは八百長にはこれっぽっちの興味もない。知っているだろう」

「訊いたことに答えろ」

「解放してやるよ」

「どこへ行けばいい？」

「おれは今、アルプスに向かっている」

スイス国内を移動しているということだ。アルプスを越えればイタリア国内に入ることになる。

「アルプスを越えたら連絡を入れる。そのスマホを肌身離さず持っておけ」

含み笑いを残して、馬兵が電話を切った。おれはアクセルを踏んだ。アウトストラーダに乗り入れ、ミラノに向けてフィアットに鞭を入れた。スピードメーターが振り切れそうだった。

ボヴィーザまで一時間もかからなかった。フィアットを路肩に停め、隠れ家に向かった。

綾がいるはずがないのはわかっていた。それでも、一縷《いちる》の望みを捨てきれないのだ。

隠れ家は綾とミカを置いていく以前の状態のままだった。キッチンもバスルームもベッドルームもなにひとつ乱れてはいない。

綾もミカも抵抗する余裕さえ与えられずに連れ去られたのだ。

おれはリビングの真ん中に立ち尽くした。手足が鉛のように重い。目の奥の痛みに耐えられず、呻いた。

呻いても呻いても痛みは消えない。

やがて、おれの呻きは獣の咆哮《ほうこう》のような音に変わった。

床に膝をつき、おれは咆哮した。腹の底から声を絞り出して放った。

おれのせいだ。邪《よこしま》な欲望のせいだ。それに抗えないおれの身勝手のせいだ。

自分を呪った。呪い続けた。それでも咆哮はやまなかった。

どれぐらいそうしていただろう。喉が痛み、声が嗄《か》れた。

立ち上がり、家を出、フィアットに乗り込んだ。

「殺してやる」

呟《つぶや》きながらフィアットをサン・シーロへ走らせた。

「殺してやる」

馬兵がやって来る前にサン・シーロのコンドミニアムを襲撃し、綾たちを救い出すのだ。

「殺してやる」

パトカーのサイレンが街のあちこちで空気を切り裂いている。路地から路地へ、喉の痛みをこらえながら移動する。

「殺してやる」

まだ日は高い。銃を片手に乗り込むには明るすぎる。しかし、居ても立ってもいられない。

馬兵を殺したいのか、自分を殺したいのかもわからない。ただ、破壊的な殺意がおれの内側で渦巻いている。

「殺してやる」

コンドミニアムが見えてきた。殺意がさらに増していく。

「殺してやる」

コンドミニアムが近づいてくる。王天の部屋のベランダが見える。

ブレーキを踏んだ。フィアットを路肩に停めた。目を凝らして王天の部屋を睨んだ。

人の動きがない。人の気配がない。

王天の部下たちはあのコンドミニアムを引き払ったのだ。

「殺してやる」

おれはステアリングを拳で殴った。皮膚が裂け、血が迸《ほとばし》るまで殴り続けた。

34

王天《ワンテイエン》のコンドミニアムはもぬけの殻だった。ここに住んでいた女の姿もない。家具もほとんど残ってはいなかった。おそらく、女が金目のものをすべて売り払ってここを去ったのだ。

がらんとした部屋の中を隅から隅まで歩き回り、観察した。馬兵《マービン》の手下たちは急いでいたはずだ。なにか手がかりを残しているかもしれない。トイレのゴミ箱にそれを見つけた。くしゃくしゃに折り畳まれた紙。口紅で日本語が書き殴られている。

『ナヴィリオ』

ミカの字だった。

馬兵の手下たちはナヴィリオに向かった。綾もそこにいる。

コンドミニアムを出て車に戻った。アントネッロ・バレッリに電話をかけた。アントネッロは生粋のミラノっ子で、ミラノの裏事情に通じている。

「ヴィトか、久しぶりじゃないか。ここのところ、中国人たちが物騒な真似を繰り返していて評判が悪いぞ」

「その中国人どもがナヴィリオに潜んでいる。なにか耳に入っていないか」

「中国人のことは中国人に訊けばいい」

裏社会に生きている他のイタリア人同様、アントネッロも中国人を苦々しく思っている。

「中国人には訊けない事情があるんだ。金は払う」

「おまえが金払いがいいのは知っている。だから、中国人でもおまえが気に入ってるんだ。一時間ほど時間をくれ。調べておこう」

「助かるよ」

電話を切り、自分のアパートメントに向かった。予想通り、監視はついていなかった。馬兵の手下たちもかなり死んだ。自らは呉孝勇《ウーシャオヨン》を殺し、残った手下たちは大森と綾を拉致した。使える駒はない。

部屋に入る。引き出しに押し込んだ麗芬《リーフェン》の写真を取りだした。

殺しをやめ、台湾を出た後も麗芬のことが忘れられなかった。麗芬の姿を一目見たくて、麗芬が今なにをしているのかを知りたくて、台湾に舞い戻りたいという欲望が常に頭の隅にこびりついていた。

幸せなのだろうか。新しい男ができたのだろうか。再婚しただろうか。

おれのことをまだ覚えているだろうか。

ろくでもない執着だ。おれは自分の欲望をコントロールできない。

綾に対しても自制すべきだったのだ。それがわかっていてなお、欲望に抗えなかった。

別人として生きていても、年を取っても、おれという人間の本質は変わらない。貪欲《どんよく》すぎて、自ら求める人間を地獄に突き落とす。

「おれはおまえの愛する人間を殺した。おまえを穢《けが》した」

写真に向かって呟いた。

「おまえが欲しかった。欲しくてたまらなかった。おれは諦めることができない。自分を止めることができない。おまえと同じように、また別の女を穢してしまった。平凡に生きていた女を、煉獄へ道連れにしてしまった」

麗芬はなにも言わない。ただ、おれを見つめている。

「もう、終わりにする。俊郎《ジュンラン》を殺してしまう前にそうすべきだったんだ」

写真を写真立てから出し、ライターで火を点けた。

どうしても処分することができず、たった一枚だけ手元に置いておいた麗芬の写真が燃えていく。

おれは写真の端を持って、炎に包まれていく麗芬を見続けた。炎に指を焼かれても写真を離さなかった。やがて、写真は焼け落ち、おれは手を離した。床に落ちた写真を足の裏で踏みつけた。

麗芬は消えた。いなくなった。

アントネッロに電話をかけた。電話はすぐに繋がった。

「運河沿いの賑《にぎ》わってる界隈《かいわい》のずっと奥に行くと、古い倉庫が建ち並んでる一画がある。わかるか？」

「ああ」

「そこの倉庫のひとつに中国人どもが入っていくのを見たやつがいる」

「いつのことだ？」

「三、四時間前のことだそうだ。倉庫の壁には中国語が書いてあるそうだぜ」

「ありがとう、アントネッロ」

「これはビジネスだ。礼を言う必要はない」

「そうだな」

電話を切った。

大森の件はナヴィリオではじまった。ナヴィリオで終わらせるのも悪くはない。

部屋を出た。もう二度と戻ることはないだろう。この部屋にあった唯一の大切なものは燃えてしまった。

車に戻り、弾倉に弾を込めた。弾倉はふたつ。薬室に一発装塡して、撃てる弾は三十一発になる。むやみに撃ちまくるわけにはいかない。一発必中。悪霊と呼ばれていた頃に戻り、精密機械のように動かなければならない。

背筋を伸ばし、深呼吸を繰り返した。老廃物を吐き出し、新鮮な酸素を身体《からだ》の隅々にまで送るイメージを脳裏に描き出す。

吸って、吐く。吐いて、吸う。

心を無にする。ろくでもない欲望と決別する。

吸って、吐く。吐いて、吸う。

くたびれていた肉体に少しずつ活力が宿っていく。

吸って、吐く。吐いて、吸う。

感覚が鋭敏になっていく。右手に握っていたワルサーP99が手と同化していく。狙って撃てば当たる、あの感覚が完全によみがえる。

深呼吸をやめ、ワルサーと予備の弾倉をグラブボックスに押し込んだ。車のエンジンをかける。車までもが自分の身体の一部と化したような感覚がある。

おれは静かに車を発進させた。

＊＊＊

アントネッロの言っていた倉庫はすぐに見つかった。チェーザレ・バッティスティ通りとフィリッポ・コッリドーニ通りに挟まれた倉庫街の西の端の倉庫で、壁面に鴻星公司《ホンシンコンス》と書かれている。

一旦、予備の倉庫の前を通り過ぎ、一キロほど離れたところで車を停めた。ワルサーを腰に差し、予備の弾倉を上着のポケットに押し込んだ。

車を降りて、再び深呼吸をする。ひんやりとした夜気が体内に満ちていく。雲が凄まじい速さで流れていた。月は見えない。

やるべきことをやれ――頭の中で声がした。おれは動いた。

路地から路地へ、陰から陰へ。闇とひとつになって倉庫に近づいていく。

付近に監視カメラは見当たらない。あるとすれば、鴻星公司の倉庫から外を監視するカメラだろう。

裏手から近づき、倉庫の壁に身体を押しつけた。目を閉じて神経を研ぎ澄ます。違和感はない。見張りの姿もない。

大森と綾とミカの三人を見張るだけで手一杯なのだ。気をつけるべきは監視カメラのみ。

連中が気づく前に中に侵入し、殺す。

銃を抜き、壁伝いに正面の方へ移動した。研ぎ澄まされた神経が全方位レーダーのように周辺の状況をおれに伝える。

近隣の倉庫に人の気配はない。倉庫街は薄暗く、風の吹き抜ける音が聞こえるだけ。

倉庫の広さは縦に三十メートル、幅が十メートルというところだった。

出入り口の右の角から様子をうかがった。大型トラックなどが出入りできるような大きな扉と、その左脇に人間が出入りする小さな扉がある。人間用の扉の上部にカメラが確認できた。レンズは外に向けられている。倉庫に近づく人間を監視するためのものだった。

あれでは扉の真下を見ることはできない。

また壁を伝って移動する。足音もなく、気配もなく、小さな扉の真横で動きを止めた。

周囲に車はない。倉庫の内部に停めてあるのだろう。

耳を澄ます。扉と壁の隙間から音が聞こえてくる。足音、咳《せき》払い、舌打ち、片言のやりとり――馬兵の手下は五人。綾たちの動きは感じられない。なにかに縛りつけられているのか。あるいは、倉庫の内部が仕切られているのか。

忙《せわ》しなく歩き回るやつがひとりいた。落ち着きがなく、苛立《いらだ》っている。

着信音が流れてきた。だれかが電話に出て、中国語で応答する。

「はい。今のところ、なにもありません……こちらへの到着は何時頃になりそうですか？……あと三時間ほどですね。警戒を怠らずに待っています」

声が途切れた。

「あと三時間だって？」

別の声が響く。落ち着きのない足音の男だ。

「三時間もここでじっとしてなくちゃならないのかよ？」

「ボスの命令だ。仕方ないだろう」

「女に手を出しちゃいけねえ。丁重に扱え。馬鹿馬鹿しい。こんな日本の女どもなんて、やるだけやって殺しちまえばいいんだ」

「口を閉じろ。ボスに殺されるぞ」

落ち着きのない足音の男は苛ついていた。苛つきが他の男たちにも伝染しているのがわかる。連中の注意力は散漫になっている。

「おい――」

「煙草《たばこ》を吸ってくる」

「煙草を吸うのにもいちいちボスの許可を取らなきゃならないのかよ？」

落ち着きのない足音がこっちに向かってきた。おれは内ポケットに入れていたスマホを左手で握った。

扉が開き、男が出てきた。中肉中背で薄手のジャケットを羽織っている。左目の下に小さな傷。おれには気づかずに扉を閉めた。

男の喉元にスマホの角を叩きつけた。男が喉を押さえて地面に膝をついた。腕をねじ上げ、後頭部に銃を押しつける。

「倉庫の中は仕切られているのか?」

男の耳元で囁《ささや》いた。

「そうならうなずけ。違うなら首を振れ」

男がうなずいた。欠点だらけでも、馬兵の下で揉《も》まれている。おれの放つ殺気を敏感に察知した。

「男は右の腰に拳銃を、左の腰に鞘《さや》に入れたナイフを差していた。スマホを投げ捨て、ナイフを抜き、男の延髄に突き刺した。

男は死んだ。

ナイフの刃についた血を男のジャケットで拭い、スマホを拾い上げる。耳を澄ます。神経を集中させる。中の連中はまだ気づいていない。

深呼吸をする。

吸って、吐く。吐いて、吸う。呼吸を止める。

扉を開け放ち、中に飛び込んだ。床にダイブしながら内部の様子を把握する。左手に黒いヴァン、その奥に積み上げられたコンテナ。右側は広いスペースになっている。大森と綾とミカが椅子に座っている。両手両脚を縛られ、猿ぐつわを嚙まされている。男が四人──車のそばにひとり、綾たちの手前にひとり、背後にふたり。

撃った。立て続けに三発。

綾たちの周辺にいたやつらが倒れた。

銃口を左に向ける。

最後の男は反応が速かった。すでに銃を抜き、こちらに狙いをつけようとしていた。

こいつを先に倒すべきだった──相手の銃口から炎が噴き出た。左腕に衝撃を覚えた。

相手が次の弾を撃つ前に引き金を引く。男が真後ろに倒れた。

ワルサーが手の中で躍った。

おれは身体を起こした。左の上腕に痛みがある。上着やシャツの布地が切り裂かれ、血が滲《にじ》んでいる。男が撃った弾丸が皮膚と筋肉を抉《えぐ》っていったのだ。

銃を腰に差し、綾たちに足を向けた。血が手を伝って床に滴《したた》った。そのうち痛みは激しさを増してくるだろう。

大森と綾がおれを睨んでいた。ミカは安堵《あんど》の表情を浮かべている。ナイフを使って綾たちの拘束を解いた。大森が猿ぐつわをむしり取り、おれにつかみかかってきた。

「どうしておれを──」

激しい感情に言葉を詰まらせている。

「おまえは悪い時に悪いチームにいたんだ。運が悪かった」

「おれの人生をどうしてくれるんだよ」

「おれじゃなくても、他のやつがおまえをはめようとしただろう。どっちにしろ、おまえのサッカー人生はここで終わりだったんだ」

「ふざけんな」

大森が拳を振り上げた。殴られてやってもよかったが、まだしなければならないことがある。おれは大森の首にナイフを押し当てた。

「おとなしくしてろ。おまえは姉さんとミカを連れて逃げなきゃならないんだ」

大森はわななきながら拳をおろした。

「男たちの身体を探れ。あのヴァンの鍵があるはずだ」

おれはミカに言った。ミカは首を振った。死体に触れるのが怖いらしい。

「わたしがやるわ」

綾が動いた。死体の衣服のポケットに手を突っ込んでいく。

「イタリアから出るんだ」おれは大森に顔を向けた。「スイスに向かえ。日本に帰るんだ。サッカーは諦めろ。死なずに済んだ。それで御の字だ」

「ぶっ殺してやる」

「いつでもおまえが来るのを待っている。だが、今は、逃げるのが先決だ。姉さんたちの安全がおまえにかかってる」

「あなたはどうするの？」

綾が言った。右手にヴァンの鍵を握り、きつい目をおれに向けている。憎悪と呪詛と侮蔑《ぶべつ》が入り混じった視線だった。

「片づけることがある」おれは綾の視線を受け止めた。「まず、君たちをここに拉致させたやつを片づける。そいつを雇ったやつを片づける。その上にいるやつらを片づける。さらにその上にいるやつらを片づける」

綾の唇が吊り上がった。

「人殺し。人殺しのくせに、血に汚れた手でわたしを……」

「皆殺しにしないと、君たちの安全を約束できない」

綾の目に動揺が走った。それでも、憎悪と呪詛と侮蔑が薄まることはない。

「ミカをゆるしてやれ」おれは大森に言った。「彼女にも選択肢はなかった。言われた通りにやるしかなかったんだ。だが、最後には死を覚悟して君を選んだ」

ミカが泣きはじめた。

「早く車に乗るんだ。行け」

最初に動いたのは綾だった。おれを睨んだまま大股《おおまた》でヴァンに向かっていく。リモコンキーで解錠し、助手席のドアを開けた。

「ゆるさないわ。あなたがこれからなにをしようが、絶対にゆるさない」

「ゆるしてもらえるとは思っていない」

そう。おれにそんな資格はない。

綾は車に乗り込み、すべてを拒絶するような勢いでドアを閉めた。

「さあ、早く行くんだ」

大森を促す。

「おれはこれからどうしたらいいんだ？　サッカーはおれのすべてだったんだぞ」

「姉さんがいるじゃないか」

大森はうなだれた。泣きじゃくるミカに背中を押され、ヴァンに乗り込んだ。

おれは倉庫の車両用の扉を開けた。

ドアが閉まり、エンジンがかかり、パーキングブレーキが解除される。

時間が間延びしていた。それだけのことが起こる間に、おれの頭の中では永遠にも等しい時間が流れていた。

綾はおれを見ない。見ようともしない。

ヴァンが動き出した。血が一瞬で凍りつくような感覚を覚えた。

寒かった。凍えてしまいそうだった。

助手席側の窓が開いた。綾が顔を出し、おれを見た。

「くたばれ」

綾は燃えるような目でおれを睨んでいた。

ヴァンが倉庫を出た。加速していく。遠ざかっていくヴァンを見つめながら、おれは呟く。

「そうするさ」

左腕が痛んだ。痛みは放置する。気にしなければどうということはない。いずれ傷が塞《ふさ》がるか、失血死するかだ。

ヴァンが見えなくなった。倉庫を出ようとして、だれかのスマホの着信音が鳴りだした。

音は最後に撃った男の身体から聞こえてきた。尻《しり》のポケットに差し込んであったスマホを手にした。電話に出た。

「おれだ。問題はないか？」

馬兵だった。

「問題はない」

おれは言った。一瞬の間のあと、笑い声が続いた。

「暗手か。そこを突き止めたんだな。まったくおれがいなきゃ、だれひとりまともに仕事をこなせない」

「けりをつけよう」

「いいのか？　女は逃がしたんだろう？　おまえもそのまま姿をくらませば、おれにはなすすべもない」

「隠れていたって、いずれ見つかるだろう」

「声がいつも以上に暗いぞ、暗手」

「本来のおれに戻っただけだ。気にするな」

「本来のおまえだと？」

馬兵の声のトーンが跳ね上がった。

「おれは昔、台湾にいた。殺しに取り憑《つ》かれていた。殺しに殺して、いつしか悪霊と呼ばれるようになっていた」

激しい息遣いが聞こえてきた。

「やっぱりそうだったのか。おまえが悪霊か」

続く馬兵の声は震えていた。

「そうだ」

「おまえであってくれたらとどれだけ願ったことか……よし。よし。よし。よし。けりをつけよう、悪霊。おれの胸が高鳴っている。聞こえるか？」

馬兵は子供のようにはしゃいでいる。うんざりだった。

「サン・シーロのスタジアムで待っている」

八百長絡みの仕事のため、あのスタジアムには嫌になるほど通い詰めていた。ピッチからスタンド、ロッカールームに至るまで、あそこのことはすべて頭に入っている。だが、馬兵には完全なアウェイだろう。

敵と撃ち合う時は地の利を活用するのが鉄則だ。

「武器はどうする？」

「拳銃とナイフ」

おれは答えた。

「いいだろう」

馬兵の舌なめずりする音が聞こえてきそうだった。

「ずっとおまえを捜していた。殺すために金をもらったのに、唯一殺せなかったのがおまえだ」

「台北でおまえの仕事を間近で見たことがある。おまえは相手をナイフでめった刺しにした。自分の腕に酔っていた。酔いすぎて、おれがすぐ近くにいることにも気づかなかった。おまえが殺しの世界で幅を利かせていると聞いて笑ったよ」

「けりをつけるんだろう、悪霊？　無駄なお喋りはよそうぜ」

馬兵は怒っている。自分の仕事ぶりを嗤《わら》われたのは初めてなのだ。

「そうだな。じゃあ、待っている」

おれはスマホを足もとに投げ捨てて踏みにじった。死んだ男たちから拳銃の弾を回収した。ひとりがおれと同じワルサーP99を持っていた。予備の弾倉もひとつあった。

一発必中を狙っても無理だろう。馬兵は現役で、おれは長らく殺しから遠ざかっていたロートルだ。

倉庫を離れ、フィアットに乗り、サン・シーロを目指した。

くたばれ——頭の中で綾の声がいつまでも響いていた。

35

試合当時の喧噪《けんそう》が嘘《うそ》のように、サン・シーロ・スタジアムは静まりかえっていた。スタジアム・ツアーの窓口も閉ざされている。

観客用のゲートを跳び越えて侵入した。

スタジアム内部の様子は通い詰めたからわかっている。足音を殺して通路を移動し、警備員を失神させ、拘束し、インテル・ミラノのロッカールームに放り込んだ。全部で四人。

これでスタジアムに余計な人間はいなくなった。

おれはスタンドに移動した。ゴール裏の客席に腰をおろしてワルサーを点検し、弾倉をパンツの左右の尻《しり》ポケットに二本ずつ押し込んだ。倉庫で始末した男から奪ってきたナイフは腰に差した。

腕の付け根に巻きつけた布地のおかげで傷口からの出血は止まっている。痛みは時間が経つにつれて増す一方だった。

悪霊と呼ばれるようになる前のことを思い出した。あの時も左腕を撃たれた。傷を放置したせいで腕が動かなくなったのだ。動くようになったのは厳しいリハビリのおかげだ。左腕がまともに使えなければ殺したいやつを殺せない。だから、左腕に無理を強いた。

何度も激痛に気を失いそうになりながら、結局、左腕は動くようになった。

肉体は意思の力に従属する。

だから、肉体が負った傷の痛みは無視することができる。

くたばれ――綾の声が頭の中を駆け巡っている。

くたばれ――彼女は正しい。おれはとっとくたばるべきだった。

なぜ、ここにこうしているのか。悪霊と呼ばれ、死神と恐れられる殺し屋を待っているのはなぜか。

馬兵《マービン》がおれの望みを叶《かな》えてくれるだろう。おれを殺してくれるだろう。

くたばれ――綾の声がする。

死なせるものか。そんなに簡単に楽になられてたまるものか。

くたばれは、死ねという意味ではない。地獄の底で未来永劫《えいごう》のたうち回れということだ。

綾はゆるしてはくれない。おれを死なせてはくれない。

遠くで足音が聞こえた。

ピッチを挟んだ向こう側のスタンドに人影が現れた。

馬兵だった。

馬兵は右腕を持ち上げた。薄暗くて確認はできないが、銃を握っているはずだ。拳銃《けんじゅう》の通常の射程距離を超えている。

おれも同じように銃を構えた。おれと馬兵の距離は百メートル以上あった。拳銃の通常の射程距離を超えている。

頭の中で、おれの目に映るものが拡大された。馬兵が笑いながら狙いをつけている。

馬兵の唇が動いた。

「撃てよ」

馬兵はそう言っている。当たるはずのない距離で、どちらがより相手の近くに銃弾を寄せられるか、競おうと言っているのだ。

おれはゆっくり唇を動かした。

「いいぜ」

言葉を終えた瞬間に引き金を引いた。ほとんど同時に馬兵の銃も火を噴いた。

おれの右隣の客席の背もたれに穴があいた。

馬兵がよろめいた。

おれの放った銃弾が当たったのだ。

馬兵が姿を消した。客席から通路に逃げ込んだのだ。

致命傷を与えたという感覚はない。馬兵が負ったのはかすり傷だ。

おれも客席を離れた。階段をおりて通路に出る。コンクリートの通路を反対のゴール側に向かった。

馬兵は驚愕《きようがく》を怒りに変えてこちらに向かっているだろう。距離があればおれの射撃の腕の方が上だ。だが、接近戦になれば馬兵に分がある。

歩きながら弾倉を外し、銃弾を一発、補充した。ゴムの靴底が足音を殺す。馬兵も同じような靴を履いているはずだ。

音も気配もなく相手に近づき、殺す。

それがおれたちのやり方だ。

「悪霊！」

通路に馬兵の声が幾重にも反響した。

「思い出したぞ。おまえの名前は加倉《ジアツアン》だ。日本人だ」

壁に反響した声が前後左右から聞こえてくる。

おれは無言で歩き続けた。

くたばれ――綾の呪詛《じゆそ》が馬兵の声をかき消していく。

声がしなくなった。代わりに、わざとらしい足音があちこちで響く。

馬兵は持てる力をすべて出しきっておれを殺そうとしている。

おれは深呼吸を繰り返す。やがて、すべての感覚が鋭敏になっていく。

声も足音もしない。馬兵の気配が消えている。どこにもいない。

おれは立ち止まった。そんなはずはない。馬兵はスタジアムのどこかに潜んでいる。

背後に気配を感じた。

振り返る。馬兵がいた。瞬時に悟る。スタジアムの四隅にある円筒状の柱だ。螺旋《らせん》状に階段とスロープが作られている。あれを使って外に出たのだ。そして、おれの背後に回った。

狙う暇もなく銃を撃った。遅れて馬兵も撃った。おれに気づかれるとは思っていなかったのだ。そのせいで反応が遅れた。

通路に転がった。身体を反転させながら撃った。当たるとは思っていない。馬兵を怯《ひる》ませたかった。

だが、馬兵は怯まない。

銃弾が次から次へと飛んでくる。おれは転がり続けた。一ヶ所にとどまっていては確実に被弾する。

反撃する隙がなかった。前方からだけではなく、床や壁に当たった跳弾があらぬ方向から飛んでくる。身体を隠せそうなものも見当たらない。

弾切れを待つしかなかった。撃ち続けられるのはせいぜい十五発前後。銃を二丁持っていたとして約三十発。無制限に弾が飛んでくるわけではない。

床を転がり続けながら馬兵の銃声を数えた。十六発目で一瞬、間があき、また銃声が轟《とどろ》いた。馬兵は銃を二丁持っている。

銃弾が空気を切り裂く音を立てながら耳元を掠《かす》めていった。

馬兵がおれの動きに慣れはじめている。

弾切れまであと十発。このままでは被弾する。

おれは動きを止めた。馬兵の銃弾がおれから逸《そ》れた。この状況で動きを止めるのは素人か愚か者だ。馬兵には想定できなかったろう。

撃った。立て続けに引き金を引いた。撃ちながら後退し、スタンドへと下っていく階段に身を投じた。

弾倉を取り替えながら駆けた。スタンドに出ると、最上段を目指した。馬兵より上にいた方が有利だからだ。

馬兵はすぐには追ってこなかった。

最上段に辿《たど》り着くと、弾んだ息を整えながら取り替えたばかりの弾倉に弾丸を込めた。腰を落とし、座席と座席の隙間に身を隠す。神経を極限まで研ぎ澄ます。

馬兵はおれの行動を読んでいるはずだ。そして、おれと同じ場所を目指す。条件が同じなら、自分が有利だと確信しているはずだ。

スタンドの下方からやって来ることはない。おれに狙い撃ちされてしまう。今頃は、円柱の中の螺旋スロープを駆けているはずだ。

問題は、馬兵がスタンド最上段のどの辺りに姿を現すかだった。

馬兵もおれと同じかそれ以上の修羅場をくぐっている。常人を超越した感覚を身につけているはずだ。おれのいる場所も、大方の見当をつけているに違いない。

どこだ？

スタンド最上段に設けられた複数の出入り口に目を凝らす。

馬兵はおれの射撃の腕を知った。距離は取らないだろう。遠すぎず、近すぎず。通路からスタンドに飛び込んでくると同時におれの居場所を確認し、撃ちはじめるはずだ。馬兵には拳銃が二丁。おれは一丁。攻撃力も向こうが上だ。おれはビッグクラブと対戦する弱小チームのような戦術を取らねばならない。

守りに重点を置き、相手の隙をうかがって攻めるか、試合開始直後に一発を狙うかだ。

スロープを駆け上がる馬兵の姿が脳裏に浮かんだ。

いや、待て。違う。

頭の奥で声が響く。

馬兵は並の殺し屋ではない。馬兵はまともな人間ではない。

そう思った瞬間、寒気が背中を走った。

スタンドの一番下に馬兵が姿を現した。おれの読みを逆手に取ったのだ。

銃を馬兵に向ける——遅い。銃声が響き、客席にいくつもの穴があいた。銃弾が頭を掠《はじ》めた。強烈な蹴《け》りを食らったかのような衝撃が来る。座席の間の狭い通路を這って逃げた。コンクリートの床に血が滴っている。右のこめかみの辺りからの出血だった。

銃声がやんだ。馬兵の姿が消えていた。

殺し合いがはじまってから、馬兵は三十発以上の弾丸を撃っている。おれは五発だ。まさしくビッグクラブと弱小チームの戦いだった。

相手のシュート数は三十を超え、中にはバーやポストを叩《たた》いたものもある。こちらは反撃のきっかけさえ摑《つか》めない。守っているだけではいずれゴールを割られる。相手の意表を突くプレイが必要だった。

おれはこめかみの傷を左手で覆った。スタンドの階段を駆け下りた。足音を立てず、気配を殺す。途中でスピードを落とし、スマホを座席の下に置いた。

最下部まで達すると、ピッチに飛び降りた。ピッチに腰をおろし、スタンドとピッチの間の低い壁に背中を押しつける。

馬兵はおれの虚を突いて下から攻撃を仕掛けてきた。同じ手を使ってやる。

壁の上に顔を出した。馬兵は必ずスタンドに姿を現す。待っていればいいのだ。ここからならスタンドのほぼ半分を見渡すことができた。馬兵がセオリーを無視して下から攻撃してきたのもそのためだ。まず、おれの位置を確認した。

馬兵はなかなか姿を現さなかった。根比べだ。銃声に気づいただれかが警察に通報しているだろう。やがて警官たちが押し寄せてくるだろう。

知ったことではない。

馬兵を殺し、その警官たちも殺し、ここから出ていくだけだ。

念のため、反対側のスタンドにも視線を投げた。ピッチの向こうに動きはない。もう一度、こちらのスタンドを見上げる。

現役のプロ野球選手だった頃も、よくこうやってグラウンドからスタンドを見上げたものだ。まだ観客の入っていない時間のがらんとしたスタンドは、試合開始の時間を待ち侘《わ》びているように見えた。やがてそのがらんとしたスタンドは五万を超える観衆を飲みこみ、ざわめきで埋め尽くされる。十万を超える目が、マウンドに立つおれを見つめる。おれの一投一投に固唾《かたず》を呑《の》むのだ。

ノーヒットノーランを達成した試合は、スタンドが異様な空気に包まれていた。空気が変わったのは七回のおれの投球が終わった頃だ。敵チームで出塁したのはショートのエラーで一塁に立った選手だけ。その走者もダブルプレイで片づけて、おれはヒットの一本もゆるさないまま二十一個のアウトを取っていた。

あと二回でノーヒットノーランだ。おれのチームは敵から七点を奪っていた。試合の焦点は完全におれのピッチングに移っていた。

ノーヒットノーランを達成できるのか、打たれるのか。

スタンドのどよめきは津波のようだった。だが、ひとたびおれが投球動作に入ると、球場は沈黙に支配される。そして、おれの投げた球がキャッチャーのミットに収まると、またどよめきが起こる。

あの夜が、おれの人生の頂点だった。あのノーヒットノーランのあと、おれは頂《いただき》から転落した。文字通り転げ落ちた。今は地獄の底で蠢《うごめ》いている。

電子音が鳴った。おれが客席の下に置いたスマホだ。読みが当たった。電話の主は馬兵だ。着信音を鳴らして、おれの位置を知る腹づもりだったのだ。

馬兵がスタンド中段の出入り口から客席に躍り出てきた。着信音の鳴る方角に銃を向け、撃ちはじめる。

おれは銃を構えた。狙いをつけ、引き金を引く。

馬兵が倒れ、銃声がやんだ。

塀を跳び越え、スタンドを駆け上がる。殺したという感触はない。とどめを刺さなければならない。

いや、待て。違う。

また頭の奥で声が響いた。足を止め、その場に伏せた。倒れていた馬兵が立ち上がっていた。よろめきながらおれに二丁の銃を向けた。

馬兵が撃ちはじめた。

身体を丸めて転がった。脇腹に激痛が走った。転がりながら銃声を数える。

馬兵がスマホに向けて撃った弾は十発。残りは二十と少し。

耐えろ。弾に当たるな。悪霊なら弾道を変えてみせろ。

本気で弾道を変えようと念じながら数え続けた。

銃声が間延びした。馬兵は一丁だけを撃っている。もう一丁の弾倉をすぐに交換できるよう準備している。

弾倉を替えられたらおれに勝ち目はない。

くたばれ――綾の声がよみがえった。憎悪にまみれた彼女の声が銃声をかき消した。

くたばれ——おれは立ち上がった。

馬兵が左手の銃のリリースボタンを押すのが見えた。弾倉が銃把から外れて落下する。馬兵は右手にもう一丁の銃と弾倉を持っていた。

銃声が途切れた。

馬兵が左の銃に弾倉を叩き込んだ。

おれは撃った。馬兵も撃った。

馬に蹴られたような衝撃が右肩にあった。手から銃が落ちそうになる——握り直す。指が動かなかった。銃を左手に持ち直した。

馬兵が客席に背中を打ちつけながら倒れた。

肩が痛む。腕が動かない。肉と骨が銃弾に粉砕されたのだ。

「もう、球を投げることもできないな」

おれは呟《つぶや》いた。ピッチングなど十年以上やったこともない。それなのに、二度と投げられぬ傷を肩に負ったことを嘆くおれがいた。

階段をのぼった。馬兵の銃から吐き出された薬莢《やっきょう》が散らばっている。どれもこれも、うっすらと煙を立ちのぼらせていた。

「楽しかったな、悪霊」

声がした。馬兵は客席にもたれかかるようにして倒れていた。右の脇腹と鳩尾《みぞおち》の上の辺りから出血していた。脇腹はおれの一発目。鳩尾は二発目だ。

階段をのぼる。息が切れる。何度もよろけながら馬兵が倒れているところへ辿り着いた。

「この時を夢見ていた。おまえならわかるだろう？」

馬兵がおれを見上げた。動かせるのは口と眼球だけらしい。

「だれかが……おれ以上に忌まわしい存在がおれを殺しにくる。その日を待ち侘《わ》びていた。おまえだった。一目見た時からおまえだとわかっていた」

死を前にしても馬兵は饒舌《じょうぜつ》だった。

「王天《ワンティエン》を雇っていたのはだれだ？」

おれは訊《き》いた。

「なんのためにそんなことを知りたい？」

「殺す」

「あの女のためか？」

馬兵の目が見開かれた。心底驚いている。

「おれのためだ。教えてくれ」

「上海の方翔《ファンシン》だ」

方翔は上海を拠点にするスポーツ賭博《とばく》組織の元締めだ。顧客は上海や北京の大金持ちたちだった。

「本当に上海に殺しにいくのか？」

「その前に、曹《ツァオ》も殺す。皆殺しにする」

おれは言った。馬兵が笑った。

「さすがは悪霊だ」

おれは左手で銃を構えた。馬兵が目を閉じた。

「殺せ。殺せるだけ殺せ。おまえなら血の海も上手に泳げる」

馬兵が言った。

「くたばれ」

おれは撃った。

36

ミカはパリ郊外にアパルトマンを借りて住んでいた。ミラノにいた頃と同じように春をひさいで生きていた。

おれが訪ねてもミカは驚かなかった。

「来ると思ってた。わたしは高中さんを裏切ったんだもんね」

ミカは三角巾《きん》でつったままのおれの右腕を見てもなにも言わなかった。

「怪我が癒《い》えるまでここに置いてもらいたい。金は払う」

おれは言った。ミカが目を丸くした。

「わたしを殺さないの？」

「殺さない」

「ありがとう」

ミカのアパルトマンで十日過ごした。傷口が塞《ふさ》がり、右腕の感覚も少しずつ戻ってきた。だが、もう二度とボールを投げられないことに変わりはなかった。

加倉昭彦は本当に死んだのだ。

「君がおれの正体を明かした時、綾がどう反応したのか教えてくれ」

最後の夜、ミカに訊いた。

「あの人、泣いたわ。まるで世界が終わったっていうみたいに泣いていた。そして、あなたを絶対にゆるさないって、なにかに取り憑《つ》かれたみたいに呟き続けていた」

「そうか」

「これからどうするの？」

「中国に行く。大森をはめて金を儲《もう》けようとした連中を皆殺しにしてくる」

「そんなことをしても、あの人はあなたを絶対にゆるさないわ。ここにいたら？　怪我が完全に治るまで、面倒は見てあげる」

「ゆるされるために行くわけじゃない」

くたばれ――綾の声が消えることはない。おれは綾に呪いをかけられた。死ぬこともできず、血の海を這いずり回って生きていくしかない。

おれはテーブルに金を置いた。

「十万ユーロある。これで店を出すなりなんなり、好きなことをしろ」

「こんなお金、受け取れない……」

「おれのことは忘れろ。だれにもなにも喋《しゃべ》るな。それだけでこの金はおまえのものだ」

ミカがうなずいた。

おれはアパルトマンを後にした。綾にも大森にもミカにも、その後は会っていない。会おうと思ったこともない。

くたばれ――綾の呪詛が頭の奥でやむことなく谺《こだま》している。

くたばれ――

くたばれ――

くたばれ――

綾の声を聞きながら、おれは歩き続ける。

解説

池上冬樹（文芸評論家）

ときどき馳星周には驚かされる。

作家が新たな世界に挑戦することはわかっていても、こちらの予想を超えることはあまりない。だから『比ぶ者なき』を読んだときには驚いた。これは何と馳星周初の歴史小説である。歴史・時代小説に挑戦するなら、自由度の高い時代小説、それも活劇に富む悪漢小説が相応《ふさわ》しいと思っていた。それなら現代小説の延長線上でも可能と思ったからだが、まさか七世紀末の藤原不比等《ふじわらのふひと》の活躍を描く歴史小説とは思わなかった。飛鳥《あすか》時代末期から奈良《なら》時代初期にかけての三十年間、藤原不比等が六十一歳で亡くなるまでを捉《とら》えているのだ。しかも、歴史小説にありがちな作者による時代解説など一切なく、現在進行形の物語として、読者をぐいぐい引っ張っていく。複数の人物の視点から権力の争奪・闘争の激しいドラマが熱く語られる。

藤原不比等といえば大宝律令《たいほうりつりょう》の編纂《へんさん》者の一人であり、藤原氏の家祖という程度にしか認識はなかったけれど、この小説を読むとイメージは一変する。文武《もんむ》天皇から〝等しく比ぶ者なき〟という意味の不比等という名前をもらったが、それほど彼は権謀術数にたけ、誰とも比較できないほど未来を見すえていた。柿本人麻呂《かきのもとのひとまろ》という歌人を使っての神話の演出、天孫降臨や万世一系などの概念の創出、さらには聖徳太子《しょうとくたいし》という存在の創造まで、どこまで本当なのだといいたくなるほど従来の歴史観を根底から覆している。歴史小説家馳星周の誕生といっていいだろう。

『比ぶ者なき』の前には、『美《ちゅ》ら海、血の海』でも驚かされた。ノワール作家がいずれ戦争小説を選択することは考えられるが、物語はまるで違っていた。太平洋戦争の末期の沖縄を舞台にした戦争小説で、その切々たる筆致に、思わず落涙してしまったのだ。馳星周の小説を読んで泣くとは思わなかった。いや、これは僕だけではなく、おそらく誰もが目頭を熱くして本を閉じるのではないか。

この小説は、アメリカ軍が上陸し、本島南部への撤退を余儀なくされた日本軍の道案内をする十四歳の少年（鉄血勤皇隊として強制的に徴用された中学生）の地獄めぐりである。戦争というシステムの絶望的な愚かさと過ちを、少年と少女たちにとことん目撃させる。人が次々と無惨にも死んでいくなかで二人は次第に心を通わせ、愛を育むようになる。銃弾と砲撃と飢餓と無数の死のなかで展開する青春恋愛小説でもあるのだ。生きるか死ぬかの緊迫した情況のなかで心をさらけだし、互いのために生きようとする姿が比類ないほど美しく、どこまでも悲しい。

そして、近年もっとも驚いたのが、本書『暗手』だろう。これは馳星周がもっとも得意とするノワールである。だから驚くことはないのだが、一九九八年に発表された第三作『夜光虫』の十九年ぶりの続篇なのだ。続篇ではあるが、いきなり『暗手』を読んでも差し支えない。物語は独立しているし、『夜光虫』の出来事は過去の幻影のように忍び込んでくる程度。ただ長年のファンが手にとると、懐かしさに身を震わせることになる。初期のいちだんと狂おしくて熱い文章のリズムが脈打っているからで、絶望と悔恨のメロディがひりひりする形で奏でられている。長年のファンなら、誰もが、これだこれだ、これこそ馳星周だ！　と狂喜することだろう。

いったいどういうことなのか？　まずは簡単に『夜光虫』と書かれた時期を振り返ろう。

馳星周は一九九六年、『不夜城』でデビューし、各ミステリーランキングのベスト1に輝き、いきなり直木《なおき》賞候補になる。さすがにデビュー作での受賞は難しかったものの、吉川英治《よしかわえいじ》文学新人賞を受賞する。第二作『鎮魂歌　不夜城Ⅱ』では早々と日本推理作家協会賞を受賞し、馳星周はたった二作で文壇の寵児《ちょうじ》となった。その文壇の寵児の待望の第三作が『夜光虫』で、これも直木賞にノミネートされた。

東京六大学野球から鳴り物入りでプロ球団に入った加倉昭彦《かくらあきひこ》は、二年目にノーヒットノーランを達成し、オールスターゲームにも出場したが、肩の故障で引退。事業を起こすも失敗し、多額の借金を作ってしまう。借金返済のために台湾に渡り、プロ野球で活躍するものの、台湾では八百長《やおちょう》試合が常態化していた。彼も手を染め、やがてやくざの抗争に巻き込まれ、保身のために次々と殺人を犯していく羽目になる。

『不夜城』『鎮魂歌』はともに新宿《しんじゅく》を舞台にした故買屋劉健一《りゅうけんいち》もので、中国人社会の権力闘争を中心におき、人物たちの葛藤《かっとう》を凝縮していたが、『夜光虫』は単発の物語。ドラマよりも、主人公の変貌《へんぼう》、すなわち狂気と絶望の淵《ふち》にたたされ、殺人を重ね、どこまでも堕《お》ちていき、やがて破滅するまでが描かれる。

その加倉が顔を変え、名前を変え、イタリアに逃れた。『暗手』はそこから始まる。

台湾で行き詰まった加倉は、いまではヨーロッパの黒社会《ヘイシエアフウイ》で暗手《アンショウ》とよばれ、殺し以外の仕事なら何でも請け負っていた。そんな暗手のところにサッカー賭博《とばく》組織の末端に連なるチンピラから、日本人のゴールキーパー大森怜央《おおもりれお》を抱き込んでくれないかという依頼がくる。

大森が在籍しているセリエAのロッコはチームの成績が芳しくなく、セリエBへの降格もありうる状況だった。守備力強化のためにベルギーのチームから移ってきた大森は高く評価されていた。その大森に八百長させろというのだ。

暗手は、「高中雅人《たかなかまさと》」という名前を使い、大森に近づく。大森が好みそうな女性タイプの娼婦《しょうふ》ミカを雇い、色仕掛けで籠絡《ろうらく》するのだが、大森の姉である綾《あや》が登場して、歯車が狂いだす。綾は、暗手こと加倉が台湾で愛し、愛したがゆえに殺人を繰り返す羽目になった運命の女と似ていたからだ。暗手は綾と関係を深め、台湾時代とつながりがある殺し屋馬兵《マービン》の裏をかいて事を運ぼうとするのだが……。

殺し以外の仕事をしていた男が、嘘に嘘を重ねて、再び殺人を繰り返す羽目になる。〝あの女をものにしろ〟〝殺せ〟といった内なる声に唆《そその》かされて、どこまでも堕ちていくのだ。小説はそんな男の行動と内面に焦点をあてていく。

ここには、激情を抑え込む男の焦燥と、孤独と、絶望が脈打っている。言葉が何度もリフレインされ、語尾がリズムをきざみ、読者は激しく感情をかきたてられ、物語へと深く入り込むのだ。ひりひりするような感覚を至るところで覚え、物語のドライヴ感にうち震えることになる。

そう、ここには久しく忘れていた初期の馳星周節がある。冒頭で紹介した『比ぶ者なき』がいい例だが、できるだけ初期の文体から遠いところにいこうとしている。つまり謳《うた》いあげることをできるだけ避けて、淡々と叙述を重ねているのだ。それはそれでいいけれど、ふれれば火傷《やけど》しそうな煮えたぎる感情の奔流はどこにいったのだ、それこそ馳星周ではないかと僕はずっと思っていた。しかも馳星周だけでなく世界の作家に影響を与えたドクター・ノワールこと、『ホワイト・ジャズ』のジェイムズ・エルロイもまた、いささか狂熱のさめた文体になっていて物足りなさを覚えていた（余談だが、『夜光虫』のエピグラフは『ホワイト・ジャズ』からとられている）。

そんなときに馳節の復活である。絶望と悔恨のメロディが鳴り響くプロローグから、ファンは嬉《うれ》しくなる。これこそ馳星周だ！　と誰もが思うのではないか。しかもより語りが滑らかさを増しているのがいい。初期作品には、エルロイのむこうをはり、日本のノワールを書こうという強い意志があり、スタイルを作り上げることにこだわりがあったけれど、本書を読むともうそんな鎧《よろい》は消えて、自然な躍動感に満ちている。

細かいことをいうなら、もっとドラマティックにという思いがなくはないけれど、無駄なものをそぎ落とした文体がいいし（罠《わな》にはめていく過程が何とも迫力に富む）、クールなアクションは魅力的だし（激しい銃撃戦の数々、とくに馬兵との戦いが圧巻だ）、ほとばしるエモーションは実にたまらない（失われた愛の慟哭《どうこく》、新たな愛の歓喜と地獄など節々で胸をうつ）。ここには『夜光虫』にはない、虚《うつ》ろな愛の響きも滲《にじ》んでいるが、これは殺し屋がアメリカ裏社会を血に染めながら一人の女を探し求める、アンドリュー・ヴァクスの『凶手』を想起させる。馳星周のファンにはお馴染《なじ》みだが、この『凶手』は、馳星周が作家になる前に影響を受けた一冊であり、『暗手』というタイトルもそこからつけられたとみるべきだろう。

繰り返しになるが、本書『暗手』は『夜光虫』の続篇である。だが、本書から読み始めても何ら問題はない。『夜光虫』の出来事は過去の幻影のように挟み込まれ、次第にそれが恐怖と悲しみの象徴にまで高められて、自《おの》ずと愁いが際立ち、男の肖像はより深まることになる。また、凄《すさ》まじいまでの内なる暴力性の顕示と、ひたすら加速される狂おしさに読者は肌があわだつようなおぞましさを覚えながらも、同時に妙に官能を刺激され、昂奮《こうふん》に震えることになるだろう。謳いあげられる血まみれの絶望と孤独が、何とも甘美なのである。この倫理と道徳を挑発するアナーキーな力こそ、まさに馳星周だ。僕らの馳星周だ。昔からのファンはもちろん、馳星周を知らない若い人をも惹《ひ》きつけてやまない、まごうかたなき傑作である。必読！

本書は、二〇一七年四月に小社より刊行された
単行本を文庫化したものです。

暗手《あんしゅ》

馳《はせ》 星周《せいしゅう》

令和２年 4月25日　初版発行
令和６年 11月15日　５版発行

発行者●山下直久

発行●株式会社KADOKAWA
〒102-8177　東京都千代田区富士見2-13-3
電話　0570-002-301（ナビダイヤル）

角川文庫 22125

印刷所●株式会社KADOKAWA
製本所●株式会社KADOKAWA

表紙画●和田三造

●お問い合わせ
https://www.kadokawa.co.jp/（「お問い合わせ」へお進みください）
※内容によっては、お答えできない場合があります。
※サポートは日本国内のみとさせていただきます。
※Japanese text only

ISBN 978-4-04-109128-9　C0193

角川文庫発刊に際して

角川源義

第二次世界大戦の敗北は、軍事力の敗北であった以上に、私たちの若い文化力の敗退であった。私たちの文化が戦争に対して如何に無力であり、単なるあだ花に過ぎなかったかを、私たちは身を以て体験し痛感した。西洋近代文化の摂取にとって、明治以後八十年の歳月は決して短かすぎたとは言えない。にもかかわらず、近代文化の伝統を確立し、自由な批判と柔軟な良識に富む文化層として自らを形成することに私たちは失敗して来た。そしてこれは、各層への文化の普及滲透を任務とする出版人の責任でもあった。

一九四五年以来、私たちは再び振出しに戻り、第一歩から踏み出すことを余儀なくされた。これは大きな不幸ではあるが、反面、これまでの混沌・未熟・歪曲の中にあった我が国の文化に秩序と確たる基礎を齎らすためには絶好の機会でもある。角川書店は、このような祖国の文化的危機にあたり、微力をも顧みず再建の礎石たるべき抱負と決意とをもって出発したが、ここに創立以来の念願を果すべく角川文庫を発刊する。これまで刊行されたあらゆる全集叢書文庫類の長所と短所とを検討し、古今東西の不朽の典籍を、良心的編集のもとに、廉価に、そして書架にふさわしい美本として、多くのひとびとに提供しようとする。しかし私たちは徒らに百科全書的な知識のジレッタントを作ることを目的とせず、あくまで祖国の文化に秩序と再建への道を示し、この文庫を角川書店の栄ある事業として、今後永久に継続発展せしめ、学芸と教養との殿堂として大成せんことを期したい。多くの読書子の愛情ある忠言と支持とによって、この希望と抱負とを完遂せしめられんことを願う。

一九四九年五月三日

角川文庫ベストセラー